故事会

2023 · 146

合订本

上海故事会文化传媒有限公司
上海文化出版社

图书在版编目（CIP）数据

2023年《故事会》合订本.146期 /《故事会》编辑部编.-- 上海：上海文化出版社，2023.3 (2024.6重印)
ISBN 978-7-5535-2684-3

Ⅰ.①2… Ⅱ.①故… Ⅲ.①故事-作品集-中国-当代 Ⅳ.①I247.81

中国国家版本馆CIP数据核字(2023)第024124号

书　　名：2023年《故事会》合订本146期

主　　编：夏一鸣
副 主 编：吕　佳　朱　虹
责任编辑：曹晴雯　孟文玉
发稿编辑：吕　佳　朱　虹　姚自豪　丁娴瑶　陶云韫　王　琦
曹晴雯　赵嫒佳　田　芳　孟文玉　彭元凯
装帧设计：王怡斐
责任督印：张　凯

出　　版：上海文化出版社
出　　品：上海故事会文化传媒有限公司
(201101 上海市闵行区号景路159弄A座3楼　www.storychina.cn)
发　　行：上海文艺出版社发行中心
(上海市闵行区号景路159弄A座2楼206室)
印　　刷：上海中华印刷有限公司
开　　本：787×1092毫米　1/32
印　　张：9
版　　次：2023年3月第1版
印　　次：2024年6月第3次印刷
书　　号：ISBN 978-7-5535-2684-3/I·1034
定　　价：25.00元

上海故事会文化传媒有限公司所有图书可办理邮购，免收邮费（挂号除外）
汇款地址：上海市闵行区号景路159弄A座2楼206室（201101）
收 款 人：上海故事会文化传媒有限公司出版发行部
联系电话：021-53204159
如发现本书有质量问题，请与印刷厂质量科联系　Tel:021-60829062

761 故事会® 2022
CONTENTS STORIES SEMIMONTHLY
10月下半月刊

欢迎登录故事会官方网站：www.storychina.cn

绿版·下半月刊
社 长、主 编 夏一鸣
副社长 张 凯
副主编 朱 虹 吕 佳
本期责任编辑 赵媛佳
电子邮箱 babyfuji@126.com
发稿编辑
朱 虹 王 琦 田 芳
美术编辑 郭瑾玮 王怡斐
红版编辑部电话 021-5320 4055
绿版编辑部电话 021-5320 4051
地址 上海市闵行区号景路159弄A座3楼
邮编 201101
主管、主办 上海文艺出版总社
出版单位 《故事会》编辑部
发行范围 公开
出版发行部
发行业务 021-5320 4165
发行经理 钮 颖
媒介合作 021-5320 4090
广告业务 021-5320 4161
新媒体广告 021-5320 4191
融媒体中心
《故事会》微博 @故事会
《故事会》微信 story63
故事中国网 www.storychina.cn
《故事会》网店
shop36332989.taobao.com

故事会公众号

故事会小程序

国外发行 中国图书贸易总公司
印刷 上海四维数字图文有限公司
发行 中国邮政集团公司报刊发行局总发行
国内代号 4-225 定价 6.00元

·笑话·

螺丝掉了

小梅胆子很大，经常嘲笑男友胆子小。这天两人去游乐场玩，男友问小梅：“你敢坐过山车吗？”小梅不以为意地说：“这有啥不敢的？是你自己害怕吧！”

男友没吭声，直到两人坐上过山车，车子快要爬到顶点的时候，他掏出事先准备好的螺丝，故作惊讶地对小梅说：“你座椅的螺丝怎么掉了？”

小梅瞥了一眼，淡定地说：“你看看清楚，是你那边的螺丝掉了！”

（丫二丫）

（本栏插图：包丰一）

离家出走

一对夫妻吵架，老婆赌气说要离家出走。她把行李箱拉到门外，发觉手机没带，又回去找手机。再要出门时，她发现门口的行李箱不见了，就对坐在客厅里看电视的老公说道：“干吗把我的行李箱藏起来？”

这时，儿子进门说道：“妈，你怎么还不走？我都帮你把行李箱提到楼下了。”

（阿　光）

比例失衡

小军是个大学生，表哥问他：“你们班里有谈恋爱的吗？”小军答：“有。”

表哥来了兴趣，问：“你呢？”小军一脸沮丧地说：“我没谈。我们班男女比例失衡。”表哥问：“有多失衡？”

小军长叹一声，道：“男生比女生多一个，我就是多出来的那个。”

（一米阳光）

讲故事

妈妈哄儿子睡觉，给他讲故事："有两个人，一个男的，一个女的，他们每天都在一起，却不能交谈，甚至不能扭头看对方一眼……"

这时，儿子打断妈妈，问道："你说的是《新闻联播》里的叔叔阿姨吗？"

（小飞侠）

吻痕

小美对闺密说："我跟男友吵架了，你帮我一下，在我脖子上亲出个吻痕，假装是别人亲的，气气他！"

闺密说："行，小事一桩！"

闺密亲完后，小美对着镜子仔细看了看，怒道："我男友脖子上的吻痕，怎么跟这很相似？"

（咖啡糖）

辅导功课

爸爸给儿子辅导功课，一道数学题讲了好几遍，儿子都不会。爸爸气得牙痒痒，却不敢说什么，怕伤害儿子的自尊心。

后来，爸爸终于忍不住了，用手戳了一下儿子的头。儿子抬起头，一脸天真地问："爸爸，你为什么戳我的头？"爸爸叹了口气，想了想说："儿子，我这是为你点赞！"

（蒙　奇）

两个人

男孩对女孩说："世上有两个人会像我这样对你好，一个是父亲，另一个是男朋友。你懂我的意思吗？"

女孩红着脸摇头说："不懂。"

男孩深吸一口气，问："你有没有男朋友？"

女孩说："没有。"

男孩暗喜，又问："既然是这样，你猜到我想说什么了吧？"

女孩恍然大悟道："你想当我爸？"

（古　雯）

·笑话·

酸辣粉

儿子要吃酸辣粉，妈妈煮好粉后发现家里没有醋了，只好放了些辣椒，让儿子凑合着吃。

儿子生气道："没有酸味还叫什么酸辣粉？我不吃！"

妈妈板起脸说："你再闹，下个月就没有零花钱了！"

儿子一听，差点哭出来，妈妈问他："心酸吗？"见儿子点点头，妈妈把碗往前一推，说："快！趁着这股酸劲儿吃了！"

（泡泡羽绒）

怎么受伤的

医生问病人："你的胳膊是怎么受伤的？"

病人说："我做梦开车，撞到树上了。"医生非常惊讶，说："做梦开车都能受伤？"

病人说："唉，梦醒了才知道现实中我也正在开车……"

（小　翩）

拆墙补墙

小李见舍友愁眉苦脸的，就问他怎么了。

舍友说："日子过得太紧巴了，这个月我又得拆西墙补东墙了。"

小李听了，疑惑地说："你说错了吧，应该是拆东墙补西墙才对呀！"

舍友摇头道："唉，这个月我已经拆了一次东墙了！"

（青　青）

没家教

大壮带儿子去超市，儿子太顽劣，乱扔货架上的商品。一个售货员过来呵斥，说大壮儿子没家教，大壮听了很生气："你讲话注意点！"

售货员问："你是他爸？"

大壮一看周围很多人围观，赶紧摆手道："不是，我是孩子他爸请的家教。"

（蓝眼熊）

傻子套餐

几个同学一起去食堂吃饭。甲的外号叫傻子，他对打菜阿姨说："我要一份排骨和一份米饭。"

乙说："阿姨，给我来一份和前面那个傻子一样的。"

丙顺口说："我也要跟那两个傻子一样的。"

轮到丁了，他还没开口，阿姨就问他："你也要傻子套餐吗？"

（焉　然）

什么感觉

一个男生对哥们说："认识我这么多年，你有没有一种感觉？"

哥们问："什么感觉？"

男生意味深长地说："就是下象棋执红子输了的感觉！"

哥们一脸疑惑："那是什么感觉啊？"

男生说："'帅'死了！"

（伏　羲）

多吃点

饭店里，一对父女在吃饭，父亲不停地把菜夹给女儿，嘴里还说着："多吃点，多吃点！"

一旁的服务员看了很感动，忽然听到父亲接着说："多吃点，吃得胖胖的，没人追，你就能专心学习了！"

（栗　子）

睡不着

老公应酬到很晚，到家推开门，却发现老婆端坐在客厅里。老公赔笑道："怎么还不睡觉？"

老婆淡淡地说："睡不着。我听到外面起风了，怕风把阳台上的搓衣板吹走。你回来得刚好，快去用膝盖压着它，它飞不走，我就可以睡个安稳觉了。"

（海　豚）

本栏目欢迎来稿。请把有新鲜感、有精彩细节的笑话佳作尽快投寄给我们。来稿一经采用，即致稿费，最高稿费为一则100元。本期责任编辑电子信箱：babyfuji@126.com。

偷青

□朱海峰

他远远地躲在树后，看女人挎着筐，慌慌张张地钻进苞米地，随后就传来"咔嚓咔嚓"的掰苞米棒子的声音。

这块苞米地离屯子最近。队里习惯把苞米种在离屯子较远的坝外，可今年开春的时候，队长偏要在村头种一片苞米。好多社员不解，说到时苞米还不都得丢净了？

眼下是八月初，正是苞米成熟的时候。女人还真麻利，一会儿工夫，挎着满满一筐苞米从地里钻出来，她静静地听了听，又警觉地向道两边望了望，将筐用力向胯上提了提，便迅速朝屯子的方向走去。

他悄悄地从树后探出头，打算等女人走近时，来个人赃俱获。也许是苞米太沉了，女人挎得很吃力，她时不时地换一下胳膊。

他在心里暗骂：贪心的娘们儿，下手忒狠，掰了这么多，也不怕累死你。骂完，他赶紧"呸呸"两声，还轻轻打了自己一个嘴巴，掰几穗苞米，至于咒人家死吗？

他长这么大从没骂过人，更没与人红过脸。那天，队长找到他说："选来选去就觉得你最合适，今年看青，就你了。"

他红着脸说："队长，我不行。"队长把手一挥："磨叽啥？不行也得行。就这么定了。"

女人已经走近了，可等他看清了女人，又赶紧将头缩了回去。这不是老蔫媳妇吗？老蔫够不幸的了，去年就因为偷青，被看青的追撵，不慎摔到坝下，一直瘫痪在炕上。现在，家里家外都靠这个女人苦苦支撑，四个丫头片子正是长身体的时候，一定是揭不开锅了，不然，老蔫媳妇不会干这种偷鸡摸狗的事儿。想到这，他不由得叹息一声，眼睁睁看着女人从他眼皮子底下走了过去，走回了屯子。

月光如水，无风亦无声。他望了一眼黑黢黢的苞米地，坐到树下长叹一口气，这青真不好看啊！自打苞米灌浆以来，已经连续三天有人偷青了。

前天半夜，他刚走到这片苞米地头，就听到苞米叶子“哗啦哗啦”的声音。不好，有人偷苞米！他急忙闪到树后，等人钻出苞米地，他看清那竟然是王瘸子。王瘸子成分不好，还残了一条腿。他家里要是能揭开锅，才不会大着胆子来偷青。这要是被抓住送到队里，王瘸子还有活路吗？还是放他一马吧。他目送着王瘸子扛着一袋苞米一瘸一拐地走了。他摇了摇头，要是队长知道了，挨罚他也认了。

最匪夷所思的是昨晚。当时刚入夜，他到地里查看，没承想，与往外走的秦大奶奶撞了个正着。秦大奶奶那是谁呀？烈士的母亲，现在和七岁的孙子相依为命。他啥也没说，看了看秦大奶奶的筐里，也就装了七八穗，他一转身，又掰了好几穗，装进她的筐里。秦大奶奶惊愕地说：“这咋行？再说我也挎不动啊。”

他一弯腰，拎起筐，“咚咚咚”，帮秦大奶奶送回了家……得，看青的和偷青的唱双簧，还给送回家，这不是监守自盗是啥？这活儿还能再干吗？

第二天，他去找队长：“这活儿还是让四愣子干吧，丢多少你罚我好了。”队长诡秘地“哼”了一声：“你还提四愣子？去年要不是他瞎撵，老蔫能摔下大坝，至今还瘫在炕上吗？让你干你就干，我就信得过你。”

话说到这个份儿上，他还能咋整？继续看吧。

秋收的时候，村头那块苞米地只收回一点儿秆儿。真让那些社员说对了，整块地的苞米丢得一干二净。可队长非但没处罚他，还说这青他看得有水平。社员们也乐呵呵地提议，应该给他奖励工分，队长竟然同意了。只有他自己糊涂着。

（推荐者：春　秋）

（发稿编辑：王　琦）

（题图：孙小片）

·传闻轶事·

状元的秘密

□吴 嫡

巧遇奇案

张生寒窗苦读十载，离家两年进京赶考，终于金榜题名，高中状元。上殿见了皇帝后，张生就等着朝廷分配官职。

这日，当朝丞相竟亲自来拜访张生，这让张生十分吃惊，赶紧出迎奉茶。丞相开门见山地告诉张生，他是来做媒的。那日张生骑马游街时，皇帝的长公主见他才貌双全，十分欣喜，回去就跟皇帝说了，皇帝这才让丞相来做媒。

张生大吃一惊："恩相，这可使不得。我进京前家中已有妻子，虽然还没有孩子，但既有家室，不敢再耽误公主。"

丞相点头说："公主的意思是，既然还没有孩子，和离即可，多给金银补偿就是了。"

张生连连摆手："我与妻子情投意合，她又没有错，怎么能和离呢？恩相不用再说了，此事无须再议。"

丞相见张生意志坚定，也就回宫复命去了。张生觉得自己离家两年了，虽然给家里写过信，但山高路远，也不知道能不能收到，家里人一定都很着急了，还是快些把家人接到京城，自然也就没什么事了。因此他赶紧派人回去。

很快，张生被朝廷任命为翰林院编修，同时兼任礼部主司，虽然

没有多大实权，但管理天下礼教，前途十分光明。

这天，下面府里送上来一桩奇案，刚好张生当值，就落在他手里。这其实算两个案子，一个是通奸案，一个是孝行案。奇就奇在这两个案子是关于同一个女子的。

这女子的丈夫离家两年，下落不明。当地发生蝗灾，饿死多人。女子不肯回没有受灾的娘家，自己只吃火烧蝗虫，将仅有的粮食敬奉给公婆吃，三人才得以活过灾年。因此公婆请人禀报知府，要求表彰儿媳的孝行。

知府十分为难，朝廷以孝治天下，理应表彰；但当地人又说该女子淫荡通奸，说去年公婆之所以有粮食吃，就是因为该女子与多人通奸所得。通奸案按礼法归族中管，最严的族规是可以浸猪笼的，但该女子夫家在当地并无同族，其公婆又坚决否认儿媳有行为不端的事，因此知府只能上报，请礼部判罚。

张生也觉得很新奇，上报的府城就是自家县城所在，想来自家那边也受灾了。好在父亲早年行医，家中颇为殷实，应该不至于像案中人家那么艰难。再说他对妻子非常了解，也不可能有这种事。他当即挥笔判道：“孝可通天，淫可入地。功过相抵，不奖不罚。继续奉养公婆，待其丈夫回家自行决断。”

喜成驸马

几个月后，家人终于被接进京城了，张生高兴地到驿站迎接，却惊讶地发现只有母亲一人。母亲一见他就号啕大哭起来，边哭边说，他走后半年，家里就遭了蝗灾。本来家里尚有积蓄，还过得下去，但父亲忽然得了病，不得不花钱治病，顿时捉襟见肘起来。多亏儿媳孝顺，没日没夜地织布卖，自己吃蝗虫，将粮食都留给公婆吃。好不容易熬过灾年，几个月前当地忽然传起了流言蜚语，说儿媳与人通奸，不但说得有鼻子有眼的，一群无赖还天天上门骚扰。公婆气不过，告到县衙，知县却不肯受理。好在有个好心的秀才，与知府衙门的师爷有交情，帮他们将儿媳孝行及流言写成状纸，请师爷上交府里。

可怜儿媳在灾年中本就吃了很多苦，又因被流言侮辱后心中悲愤，一病不起，没几天就过世了。张生父亲见儿媳去世，悲愤交加，一个月后也去世了。母亲万念俱灰，差点自尽，却被邻里劝住，说无论如何要等儿子回来。想不到一月之后，

竟有车马来到家中，说儿子高中状元，要接家人上京！

张生大哭一场，把母亲带回家中，又写下文书，令知县严查流言之事，同时上告皇帝，请求为妻子旌表。

皇帝也十分同情，下旨表彰其妻子孝行。知府那边得知此事竟发生在状元家，也十分恼火，亲自督查，很快就抓住了一个造谣的无赖，判了死刑。

尘埃落定后，丞相又来找张生，说此事虽不幸，但高堂尚在，岂能无人侍奉？旧事重提，张生也没再推辞，很快公主就下嫁了，张生成为驸马，皇帝赐了驸马府邸。张生想要调往刑部，皇帝自然也不反对，还给升了官，让他做了刑部侍郎。

此后三年，张生与公主夫妻恩爱，只是公主却一直未能生育。这让张生和母亲都很着急，公主更急，找了不少太医来诊治，太医都说公主玉体并无病症，只需耐心等待即可。终于在第三年年尾，公主有了喜脉！

母亲经过灾年，加上儿媳、丈夫接连去世，郁结于内，其实早已风烛残年，来到京城后因有太医诊治，这才多活了三年，如今见公主怀孕了，心里一口气放下，没几天就去世了。张生悲痛欲绝，府里一切都不管了，全交给了管家。

这管家是公主从自己府里带过来的，办事十分得力，深得张生和公主信任。这天，张生派管家出去办事，路很远，管家半夜才赶回府里。他走进自己屋子，想点灯，却发现油灯没油了，索性脱了衣服，直接上床睡觉。

上床后，管家忽然摸到床上有人。他一愣，妻子被驸马派去相国寺给老太太念经了，晚上应该回不来才对啊。他正纳闷呢，忽然院子里灯火通明，接着房门被人一下撞开了！

火把照亮下，管家才看清床上的人，顿时面如土色。是公主，而且衣冠不整！此时她迷茫地睁开眼睛，看着眼前的人，半天才发出惊叫声，用被子捂住身体。

门口的张生怒道："你们这对狗男女，竟然趁我在府内佛堂给母亲守灵，干出这等勾当！"

管家吓得跪在地上，拼命磕头："驸马误会了，绝无此事啊！我回屋时公主就已经在了！"公主回过神来，瞪着张生说："让奴才们都出去！"众人都吓退了，管家也两腿发软地跟着出去了。

惊人真相

公主盯着张生质问："是你偷偷把我带到这里的？"张生冷冷地看着她，不说话。公主突然想起了什么，说："你给我喝的茶里有药！我喝完就睡着了！怪不得你提前把丫鬟都支走了。你为什么这么对我？"

张生淡淡地说："三年前，我回绝婚事后，你派了管家，快马赶到我家县城，见了知县。我派去接我家人的马车，要两个月才能到；而管家日夜兼程，换马不换人，八天就到了。"

公主像被毒蛇咬了一样，身子猛地一缩，惊恐地看着张生："你胡说什么？"

张生"哼"了一声说："有多少事是三年时间调查不清的呢？说实话，我只用了三个月，在和你成亲前就弄清楚了。造谣的无赖是管家找的，他本来就对我妻子垂涎不已，被我妻子骂过，心怀怨恨。忽然有人出钱让他造谣，他当然求之不得，他那些狐朋狗友自然也是见钱眼开，散布谣言。那知县收了钱，更惧怕公主的身份，自然不肯受理。"

公主低下头，躲避他的目光："那你为何还要娶我？"

张生笑了笑说："这三年里，我作为刑部侍郎，不动声色地将那些参与的无赖都治罪处死了。那个知县，我也以贪污罪弹劾流放了。唯独你，我没有其他复仇方法，只能娶你。"

公主突然抬起头，直视着张生："我本以为你没了妻子，就能跟我恩爱一生。既然你无情，那我也不隐瞒，就是我干的。你想诬陷我通奸，只怕太天真了。这公主府是我的公主府，你是驸马，也只是臣子而已。他们谁敢出去乱说？"

张生冷冷一笑："你知道我父

亲是个郎中吗？成亲后我一直在吃药，这种药能让我暂时不能生育。太医们给我诊断后，都知道我不能生育，只是不敢明说罢了。我见母亲快油尽灯枯，才停止用药，你才能怀孕。”

公主不解：“那又如何？”

张生低声说：“你想想，全京城的太医都知道我不能生育，你却忽然有了孩子，加上今天这件事，你觉得别人会怎么想？你不要觉得没人敢乱说，天下没有不透风的墙，你堵得住府里人的嘴，堵得住太医的嘴吗？”

公主大怒：“我要让父皇杀了你！”

张生站起身，挺拔的身体似乎卸去了重担，火把映照下，鬓角竟已有了几丝白发。他淡淡地说：“三年前我就已经死了，只是老母尚在，要先尽孝。你如要杀，最好今天晚上就杀，明天我就会到京城中宣扬你与管家通奸的事。”

公主见来硬的不行，只得垂泪道：“相公，当初是我不懂事，我只想败坏她名声，让你休了她。我虽是公主，也是嫁夫从夫的女子。你我夫妻恩爱三年，你当真要逼死我吗？”

张生已走到门口，淡淡地说：“你不会死，像你这样的人，一定会先杀了管家，再杀了我。他是罪有应得，我是心甘情愿。但你得顶着通奸的名声，作为一个寡妇活一辈子。至于孩子，你不用担心，我服药太久，这个孩子活不了的。”

公主终于崩溃了，嘶吼道：“我是你的妻子！我对你那么好，你这个畜生！”

张生缓缓向府门外走去，快消失在黑暗中时，像是对她，更像是对自己说：“我有过一个妻子，她是天底下最好的妻子，可惜她被人害死了……”

（发稿编辑：朱　虹）

（题图、插图：孙小片）

这就有点尴尬了

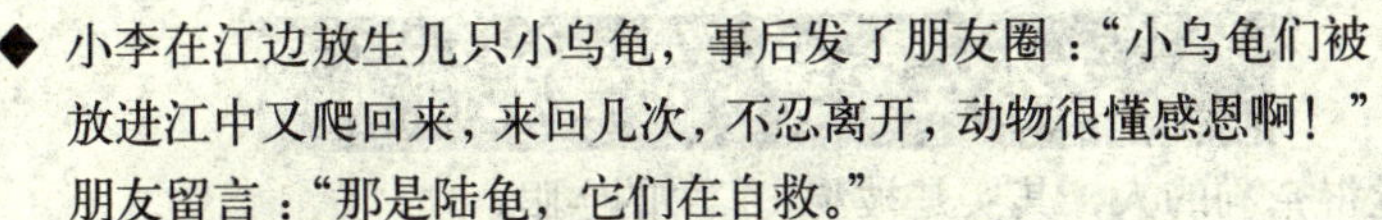

◆ 小李在江边放生几只小乌龟，事后发了朋友圈：“小乌龟们被放进江中又爬回来，来回几次，不忍离开，动物很懂感恩啊！”朋友留言：“那是陆龟，它们在自救。”

◆ 南方的老李去北京玩，在超市发现商品标签上都写了儿化音：“果汁儿 9.5 元。”一旁的北京朋友说：“这写的是‘1L’，不是‘儿’。”

◆ 小时候，老师让我们“德智体美劳”全面发展；长大后，我发现自己只发展了最后一项，成了一名打工人。

◆ 你说金钱买不来时间？“网管！加 10 块钱，延时。”你说金钱买不来爱情？“丈母娘，这是我的百万礼金。”

（推荐者：小　檐）

极品吃货，了解一下

◆ “作为一个吃货，经常失眠怎么办？”“将莲子、龙眼、花生配粟米放入锅中，文火慢煮，手持汤勺，顺时针搅一圈，再逆时针搅两圈，顺时针三圈，逆四圈，顺五，逆六……依此类推，搅着搅着，你就睡着了。”

◆ 培根：“在吃货眼里，我永远只是一块肉。”

◆ “你有啥忌口吗，不能吃啥？”“不能吃……不饱……”

◆ 爱吃是一种学问，是一种艺术，是一种追求美好事物的精神境界，所以别说我是吃货，叫我“馋师”。

◆ 人的潜力真是无限的，比如你晚上自认为已经吃得很饱，但是现在有人请你撸串，你还是能吃几十串、喝好几瓶啤酒的。

◆ 身材苗条的吃货堪称吃货中的精品。（推荐者：笑熬浆糊）

话不在字多，你懂就行

◆ 我觉得牵狗的人，其实是被狗牵着。

◆ 作诗的三大低级毛病：复制、表态、胡扯。

◆ 围着垃圾拍手叫好的，除了苍蝇还能有谁？

◆ 好心情要复制、粘贴、保存；坏心情要撤销、剪切、删除。

◆ 明明是根生了虫，硬往叶子上喷药。

◆ 暖冬和春寒，是两个让人清醒的字眼。

◆ 人的手上若有太阳的开关，比核武器按钮可怕多了！

◆ 想故作高深，就在阳光下举根蜡烛。

◆ 微信的微妙，让短信短命了。

◆ 最怕打扰我读书写字的，是默不作声的灯光。

◆ 既有用处又不听话的动物，逃不脱链子、笼子和鞭子。

（推荐者：凹凸曼）

嘘，告诉你个真相

◆ 希望我的脑子争点气，记住之前每天四十几度的感觉，不要到了冬天再生出“还是夏天比较好熬一点”这种想法。

◆ 在浴室里花费 50 分钟的人，洗去污垢，需 5 分钟；洗去悲伤，要 45 分钟。

◆ 你知道吗，不努力的话老天就会收走你所有的天赋，但是你本来就没天赋的话，老天也拿你没办法。

◆ 如果你一闲下来就容易胡思乱想，说明你能闲下来。

◆ 我要做的事：把洗衣机里的衣服晾上、把床单洗了、发两个邮件、把草稿图发给同事确认、把昨天的 PPT 看完、上网课兴趣班、读新买的工具书且做好笔记、把厨房的碗洗了、整理冰箱、倒垃圾、浇花剪枯叶、换新床单……我正在做的事：嘿嘿，小狗真可爱。

◆ 电梯里，一个小女孩拿着可乐一直晃啊晃。我好心提醒她：“你这样打开的时候会喷出来的！”“我知道！”“知道你还晃？”“我给我哥买的……”

（推荐者：寒　夏）（本栏插图：孙小片）

做人要坦率一点，不然到嘴的鸭子也会飞……

飞走的鸭子

□朱关良

这事儿有点年头了。张全是矿上的一名维修工，他看上了矿区“一枝花”秀丽，于是展开了疯狂的追求。张全这人有点小聪明，经过一段时间的努力，终于让秀丽对他有了些好感。

这天，张全又跑到秀丽家献殷勤，忽然发现了一个严重的问题：秀丽家一个院子住了两户，虽然都有各自的院门，但中间没有隔断，秀丽妈和邻居罗婶处得跟姐妹似的——我家蒸屉包子给你送两个，你家炖锅酸菜给我盛一碗，真是亲如一家。这倒没什么，可今天罗婶家出现了一个眉清目秀的小伙子，正坐在院子里看书呢。秀丽回来后，立刻高兴地跑过去，甜甜地说道：“罗勇哥，你什么时候回来的？”然后两人就热火朝天地聊上了。

张全边干活边竖着耳朵偷听，得知这个小伙子是罗婶的儿子，在外地读大学，最近刚毕业。

一瞬间，张全被浓重的危机感包围了。他琢磨了一阵，隔天提着几只小鸭雏来到秀丽家，说是在农村的姑姑给的，自己怕养不好，所以送来了。

秀丽妈非常喜欢这群毛茸茸的小家伙，立刻用木板建了个小小的围栏，将它们安置进去，又出门采了些野菜，剁碎了掺着玉米面喂它们。张全看着欢天喜地的秀丽妈，

心里暗暗地充满了期待。

小鸭子见风就长，一天一个样，很快就跳出围栏满院子乱跑。十多天后，张全再次来秀丽家时，秀丽妈面色非常难看，对他说道："全子，你能不能帮婶在院子中间钉一排板障？"

张全假装惊讶道："没问题，可是为什么呀？"

秀丽妈不是滋味地说："人家爱干净，不待见这些小东西！"

张全心中暗喜，他之前就发现罗婶有些洁癖，每天都把院子打扫得干干净净。她怎么能忍受鸭子满院子拉屎呢？爆发矛盾是意料之中的事情！

张全浑身干劲，甩开膀子干了起来，不到两个小时，一个崭新整齐的板障就在两家之间竖立起来。那头罗勇见了，站在院子里对秀丽妈说："阿姨，好好的弄个障子干吗？你们老姐俩好了半辈子，何必为这点事儿红脸呢！"

秀丽妈撇撇嘴："还是隔开好，一家不一家、两家不两家的算怎么回事！"

罗婶躲在屋里偷听，本来还想儿子出面能缓和一下，见秀丽妈不识趣，跳出来嚷道："隔开就没事了？鸭子的粪便味不是照样能飘过来吗？"

秀丽妈更生气了："嫌有味你到市里买楼去呀！都是穷矿工，讲究倒不少！"

得，两个老姐妹隔着板障又吵了半天。这时秀丽回来了，见状连忙和罗勇各劝各的母亲，总算平息了战火。秀丽从家里拿了一盒蛋糕给罗婶送过去，好言好语说了半天，把罗婶说得脸上有了笑模样；罗勇又拎了两瓶水果罐头过来，撒娇耍赖地把秀丽妈也哄得弯起了眉毛。

眼看自己煞费苦心想出的计谋就要付诸东流，张全心里十分着急。不觉间天色已晚，他见那两家人家要一起吃饭了，不顾秀丽妈的挽留，有些难过地走了。回到家，他一个人喝起闷酒来，想到罗勇又帅又有学问，自己终究竞争不过人家，不由得有些沮丧。两杯酒下肚，张全越想越不甘心，忽然又冒出了个鬼点子。

此时已经晚上 9 点了，张全趁着夜色，悄悄摸到秀丽家，用一根细木棍轻轻挑开她家的门闩，闪身进了院子。秀丽家院子里有个下水井，平时排污水都靠它。下水井的出口通往不远处的一条小河，他打算把这些鸭子都丢到下水井里，让它们顺着小河游走。等秀丽妈发现鸭子丢了，第一个怀疑的对象肯定是罗勇，这样一来他就彻底没戏了！

张全贴在门后观察了一会儿，见没有动静，刚想奔鸭笼而去，忽然院子里有了声响，一个人影蹑手蹑脚地走到了鸭笼旁边。张全立刻屏住呼吸，惊讶地看着眼前发生的一幕，他呆住了。几分钟后，他又悄悄地退出院子，故技重施闩好了大门。

第二天一早，秀丽妈就发现几只鸭子全部失踪了，立刻判定了嫌疑人，她站在院子里对着板障那头骂了起来：“好狗还知道护四邻呢，这可好，有人属贼兔子的，专门吃窝边草，谁偷了我家的鸭子，不得好死！”

她骂了不一会儿，罗婶沉不住气了，跳出来接火道：“大清早抽什么风？要骂你冲别处骂，别对着我家喷粪！谁偷你家鸭子，出门让车撞死！”

秀丽听到动静，立刻跑了出来，拉住妈妈的胳膊往屋里拖：“妈，没凭没据的这是干吗！不就几只鸭子，怎么就过不去了？在院子养它们，我也觉得味道难闻。”

秀丽妈见罗婶发了重誓，心里也不确定起来，于是就坡下驴，跟着女儿回到家里。这场风波虽然暂时过去了，但两个老姐妹的关系却达到了冰点，基本断绝了往来。

隔了半个月时间，秀丽下班回到家，难过地和妈妈说：“听单位里人说张全出车祸了，断了两根肋骨，正在矿医院治疗呢。”

秀丽妈焦急地说道：“这孩子对咱们家不错，得去看看呀！”

秀丽有些失落地说：“也不知道怎么回事，他好长时间都不理我了，我要是去看他，岂不是热脸贴了冷屁股？”

秀丽妈劝道：“就算是普通朋友，人家出车祸了也应该去看望一下嘛，我和你一起去！”

秀丽被妈妈劝着点头答应了。二人提着水果到医院一问，才知道张全已经出院回家休养去了，于是母女俩又转头去了张全家。

一进院子，秀丽妈立刻被一群鸭子的叫声吸引了。她疑惑地凑近一看，立刻惊呼起来：“秀丽你看，这不是咱家丢的鸭子吗？我怕弄混，给每只鸭子拴了塑料牌呢！”

不等女儿说话，秀丽妈就冲进了屋子，对躺在炕上的张全说道：“你小子太不地道了，居然把送给

我的鸭子偷回来了，害得我和她罗婶到现在都不说话！”

张全看了一眼门口的秀丽，闭上眼睛道：“想要鸭子就抓回去。我就是个小人，也得报应了，你们爱咋想咋想吧！”

“谁稀罕你的破鸭子，自己留着吧！以后离我家秀丽远点！”秀丽妈拉着女儿气冲冲地走了。

一路上秀丽心事重重，秀丽妈顾不上问，回家就三下五除二地拆除了板障，来到罗婶家门口，大声嚷道：“老妹子，我冤枉你了，给你赔礼来了！”

罗婶闻声出来，冷着脸听秀丽妈说了事情的经过，表情松动了，嗔怪地拍了秀丽妈一下：“误会解开了就好，这阵弄得我也不得劲，这么多年好姐妹，心里舍不得呀！”

另一头，张全正躺在炕上伤心呢，秀丽忽然推门进来，表情复杂地看着他问道：“我知道鸭子不是你偷的，为什么要承认？”

见秀丽去而复返，张全一愣，凄凉地笑了：“我确实有偷走鸭子嫁祸给罗勇的想法，所以也不算冤枉。那天，我摸进你家院子，却发现你把鸭子全都赶进了下水井。我顿时想明白了，都是偷鸭子，咱俩的心思却不一样，你是在乎罗勇，不想因为鸭子和他家闹翻。更没想到的是，我回家后，这群鸭子竟然顺着小河游到了我家门前。这是天意呀，我家正巧在你家下游，当中也没啥障碍……既然如此，那就物归原主吧，我养着也算留个念想。”

秀丽气笑了，伸手过来扶他：“你还能动吗？去我家把事情说清楚，不能让你背这个黑锅。”

“说清楚有用吗？我怎么也比不上罗勇！”张全有气无力地说道。

“关罗勇什么事？我赶鸭子是为了让我妈和罗婶和好！再说了，人家罗勇有女朋友，今年秋天就要结婚了。我和他就像兄妹似的，真不知你吃的哪门子干醋！”

“啊？”张全起得急了，肋骨一阵剧痛，他却全然顾不上，拉着秀丽的手说道，“这么说我还有希望？”秀丽伸出手指戳着他的脑门道：“你一肚子弯弯绕累不累呀，直说喜欢我就那么费劲吗？”

张全的脸腾地红了，鼓起勇气说道：“我爱你！”

窗外的鸭子一齐叫了起来，仿佛在说，这次可不能让我们再飞了！

（发稿编辑：赵嫒佳）

（题图：豆　薇）

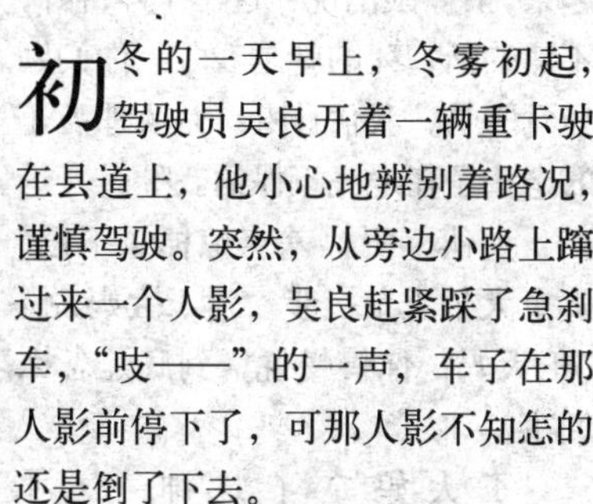

死了儿子活了娘

□韩李英

初冬的一天早上，冬雾初起，驾驶员吴良开着一辆重卡驶在县道上，他小心地辨别着路况，谨慎驾驶。突然，从旁边小路上蹿过来一个人影，吴良赶紧踩了急刹车，“吱——”的一声，车子在那人影前停下了，可那人影不知怎的还是倒了下去。

吴良忙下车察看，发现倒地的是个大妈。他把大妈扶了起来，问道：“大妈，怎么样，你还好吗？”

那大妈惊魂未定地说：“还好！我是被‘吱’的刹车声吓了一跳才滑倒的，没事没事。”顿了顿，她又对吴良说：“小伙子，谢谢你哦。要不是你及时刹车，我这条老命就没了……”

这时，大卡车的后面突然传来“砰”的一声巨响，吴良吓了一跳，怎么前面没撞到，后面却撞上来了？他赶紧跑过去一看，天哪，一辆摩托车撞在他的车上，那驾驶员没戴安全帽，当即摔得脑浆迸裂，眼看已没气了……

吴良之前从没出过车祸，就连这血淋淋的车祸现场也是第一次看到。他吓得双腿像筛糠一样抖个不停，摸出手机，哆嗦着拨通了110和120。

很快，路过的人都围了过来。有人说：“咦，看样子这摩托车是自己撞上去的呀，这么大的雾开这么快，真是作死呀！”吴良一听，也急忙解释道：“是呀，我……我车子前方有个大妈横穿马路，我赶紧急刹车，结果大妈没撞到，可后面‘砰’的一声，就这样了……”

这时，有人突然发现那摩托车旁有一包散开的衣服，捡起一看，当即触电般又丢在地上，大叫起来：“天哪，这里有一包寿衣，他……他难道是去送寿衣？这倒好，直接送到阴曹地府去了呀！”人们一看，地上果然有一套中式的女式寿衣。这是怎么一回事呀？

这时，那个在车头滑倒的大妈也挤了进来。她先是看了一下摩托车，再蹲下身去看那个死者，不看还好，这一看，她竟不由得瘫坐在地号啕大哭起来：“儿子呀，你怎么死在我前头了啊？你刚刚还说要为王家传香火，叫我选文死还是武死，想不到你自己先死了呀，呜呜呜……”

大伙听了面面相觑，什么“文死”“武死”？吴良更是傻眼了，这骑摩托车的是那大妈的儿子？娘没撞到，儿子却撞死在自己车上？天哪，今天这是怎么了呀？

人群中有个大伯认识这大妈，对大家说：“这是王家埭的王大妈，她老公早死，只有一个儿子，还没有成家，看样子死的是她儿子。这下麻烦了，这叫王大妈怎么活呀？”

有个性急的年轻人一把拉住吴良，质问道：“谁让你车子突然停下来的？你看，老太太都哭糊涂了，你要负责呀！”听他这么一说，旁边几个人也围住了吴良，推推搡搡起来。

吴良急了：“我……我车子前方有人横穿马路，我……只……只好刹车了……”

那王大妈却从地上一骨碌站了起来，擦擦眼泪说：“这车子停得好，不停的话，死的就是我了。你们别怪驾驶员，我估计呀，是我那死了的老头子在地底下保佑我呀……”

大伙一听，差点惊掉了下巴。那个大伯上前一步，对王大妈说：“王大妈，你慢慢说，到底是怎么回事？”

王大妈定了定神，这才一五一十地讲了起来。原来，王大妈是个苦命人，她才三十几岁时，丈夫就因病死了，留下一个十岁都不满的儿子王林。为了儿子，她没有改嫁，一个人既当爹又当娘的，好不容易把儿子拉扯成一个大小伙，可她自己却落下了一身的毛病。按西医诊断，需要手术治疗，可为了省几个钱，她就用中药调理，几乎天天都在吃中药，成了全村有名的“药罐子”。

哪知道这“药罐子”居然影响了儿子的婚事，眼看儿子三十多岁了，前来说亲的人也不少，可那些姑娘一听王林家有个“药罐子”，便和王林“拜拜”了，为此王林没少朝老娘发脾气。

最近，王林经人介绍，又认识了一个姑娘，约过几次会，感觉不错，可到了谈婚论嫁时，焦点又集中在了“药罐子”身上。

今天早上，王林推出了摩托车，说要带母亲到镇上去吃馄饨。王大妈一听，愣住了，今天的太阳难道从西面出来了吗？不过儿子要带她去吃馄饨，她毕竟还是很开心的，于是便坐上了摩托车。

谁知王林开了一会儿摩托车，突然拐下了县道，在一条小河旁的一座桥边停了下来。这座桥是解放初造的，现在由于外面造了新桥，这座老桥已经没人走动了，显得很僻静。

王林停下了摩托车，突然说道：“妈，我和你商量个事情。”

王大妈觉得奇怪，吃馄饨怎么吃到这个没人的地方来了，还要商量事情？她不由得问道：“什么事呀？”

王林显然已经过深思熟虑，索性直说道：“我那女朋友嫌你是个‘药罐头’，不想和我谈了。所以我想与你商量，要不你早点去见老爸吧，反正你活在世上天天吃药也是受罪，早死早解脱。你死了，我也能讨到老婆为王家续传香火；你要是不死，我就要打一辈子光棍了！”

啊？王大妈像不认识儿子似的，死死地盯住他：“你……你要我死？”

王林点点头，毫无人性地说道：“妈，你也一大把年纪了，可以死了。今天我给你两个选择，‘文死’还是‘武死’，由你挑！”

“什么是‘文死’？什么又是‘武死’？”王大妈一头雾水。

王林不紧不慢地说：“‘文死’就是自己走到河里去；‘武死’动静大点，是从桥上跳下去！”

王大妈一听，好不容易拉扯大的儿子竟要逼自己死，真是作孽呀！这样活着还有什么意思？好好好，死掉算了！想到这里，她便对王林说：“好，我‘文死’好了！我去年就为自己做好了寿衣，放在柜子里，你回去给我拿来，我要穿着寿衣干干净净地去见你爸……”

“寿衣？好，你等一会儿，我去去就来。”王林一听高兴极了，当即发动摩托车，掉头回家里去了。

等王林一走，王大妈越想越伤心，一个人坐在小河边一把眼泪一把鼻涕地哭了起来。哭了一阵，她突然不哭了，越想越气愤，自己怎么养了这么个不孝的儿子？也许是气糊涂了，她便沿着小河走上了县道，一方面因为雾大，另一方面是她在想心事，根本没注意到自己走上公路了，还好驾驶员反应快，来了个急刹车。等她站起来后，突然听见后面一声巨响，驾驶员赶过去看了，她也慢慢地走到后面去看，这才发现儿子撞在大卡车的后挡板上，竟然死在了她的前面！

听王大妈说完，大伙个个目瞪口呆，这事实在太戏剧化了！有人在一边感叹说：“儿子要娘选‘文死’或‘武死’，想不到自己却抢先‘横死’了！这真是‘人在做，天在看’呀！”

那个大伯上前对王大妈说：“王大妈呀，今天是你在阴间的老头子在保佑你呀，这种不孝儿子，死了就死了，不值得你为他哭。只不过今后你孤苦一人，这日子怎么过呀？”

“跟我过吧！”

咦，谁在说话？大伙一看，说话的原来是驾驶员吴良！

只听吴良动情地说道：“我是个孤儿，一直羡慕人家有娘我没娘，我万万没想到，这世上居然还有逼娘‘文死’‘武死’的人！”说到这里，他转身朝王大妈跪了下去：“王大妈，不，娘！你如果不嫌弃的话，从今往后，你就是我的亲娘！你和我一起过日子吧……”

（发稿编辑：朱　虹）

（题图、插图：谢　颖）

偏心眼的爷爷

□杜 辉

张建和李梅是一对普普通通的夫妻，他们生了两个孩子，只差一岁多，一个叫小宝，另一个叫小贝。

这天周末，张建带着孩子去了父母家。吃完晚饭回来，四岁的小贝气呼呼地向爸爸告状："爷爷好偏心！他只给哥哥剥虾，不给我剥虾！"

张建回忆了一下饭桌上的场景，好像还真是这样，不过在他看来，这也不能证明父亲偏心，父亲只有一双手，能照顾好一个孩子就不错了。都是他的亲孙子，有什么可偏心的？

可惜现实很快给了张建当头一棒。这天，张建给两个儿子各泡了一杯奶茶，小宝一看，嫌蓝莓味的太酸，非要抢小贝那杯蜜桃味的。小贝当然不干，一番争抢后，奶茶洒在了小贝的手上，而小宝的手也被弟弟的指甲给划伤了。

这时，张建父亲正好打电话来，听到孩子们的哭声，忙问发生了什么事。张建讲了一下情况，说："小贝的手被烫得起泡了，疼得受不了，怎么哄也没用。"

父亲轻描淡写地说："小孩子嘛，这种事是难免的，过上一两天就好了。"

张建接着说："我正批评小宝呢，他的手不过有几道划痕，还大呼小叫的，不知道让着弟弟！"

没想到父亲一听就急了："什

么？小宝受伤了，你怎么不早说？我现在就过去！”

半小时不到，父亲便拎着一个袋子，气喘吁吁地赶到了，一进门便把小宝搂到怀里，看着那几道划痕，心疼得眼泪都快流出来了。

张建实在忍不住了，提醒父亲：“爸，小贝手上的泡你要不要看一下？”一旁的小贝还在抽抽噎噎地哭着，一脸委屈的表情。

父亲根本没接茬，他把袋子里的东西都取了出来，除了一大堆零食，还有一整排的草莓奶茶，他对小宝说：“这些都是你爱吃的，以后想吃什么，爷爷给你买什么！”

小宝脆生生地答应着，小贝“哇”的一声哭了出来。张建想跟父亲据理力争几句，但看着父亲满头大汗的样子，还是把到嘴边的话又咽了回去。

到了晚上，李梅下班回家后，张建忍不住问她：“你有没有一种感觉，我爸对小宝更好一些？”没想到李梅白了他一眼说：“我还以为你这个书呆子永远都看不出来呢！”

“啥？你早就发现了？”张建有些惊讶。

李梅不答反问：“我先问你一个问题，你觉得你爸为什么偏心？”

张建挠挠头说：“这……我也不清楚，不过很多老人都是对长孙更好，可能是因为这个……”

李梅撇撇嘴说：“跟这个没关系，你爸不喜欢小贝，是因为他跟我姓！”

张建一下子愣住了，很快如梦初醒。张建和李梅都是独生子女，两人婚前就商量好了，婚后要两个孩子，一个跟父姓，一个跟母姓。这事遭到了张建父亲的强烈反对：自古以来子女都是随父姓，我儿子又不是上门女婿，凭什么让孩子随母姓？但张建也有自己的理由，现在是新时代了，孩子随母姓的情况越来越常见，何况老大不还是跟自家姓吗？

父子俩谁也说服不了谁，不过给孩子取名的权利毕竟在张建手里，父亲也是干瞪眼没办法。

好在小宝的出生化解了父子之间的芥蒂，当爷爷的简直把小宝捧在了手心里。几年时间过去了，张建早就把这茬给忘了，没想到父亲非但没放下，反倒因为姓氏的问题，对两个孙子厚此薄彼。张建决定找机会和父亲谈一谈。

还没等张建找到这个机会，父亲便因为心脏病突发住进了医院。

父亲未雨绸缪，直接写下了遗嘱，把自己名下的两套房子全都留给了小宝。

张建很难接受父亲这种做法，这份遗嘱分明就是针对小贝的，要剥夺他的继承权。于是，张建找到父亲说："爸，小宝是你的亲孙子，小贝也是你的亲孙子，你不能这么厚此薄彼呀！"

"那能一样吗？"父亲没好气地说，"一个是老张家的人，一个是老李家的人，我的财产当然要给自家人！"

张建说："我在乎的不是分财产，我害怕的是一对亲兄弟，让你这么搞，将来成了仇人！"

父亲"哼"了一声："这会儿知道麻烦了？早干吗去了？我当初劝你们，别给孩子乱改姓，你们听得进去吗？"

张建辩解道："随母姓怎么能叫乱改姓呢？做母亲的十月怀胎，饱经辛苦，难道连这个权利都没有……"

父亲挥挥手打断他："你媳妇有权利，你老爹就没权利了？怎么分配我的财产，难道不是我的权利？"

张建叹了口气，父亲这么固执，看来是没办法说服了。但为了两个孩子的健康成长，这事必须想办法解决。正所谓一物降一物，他突然想到了乡下的爷爷。不过张建并没有什么把握，因为他不知道老爷子会站在谁的立场上，他年纪更大，会不会比父亲更保守，更不能接受孩子跟母姓呢？如果是那样，事情就不好办了。

事实证明张建的担心是多余的，老爷子在电话里听明白事情原委后，完全站在张建这边，他中气十足地说："这小兔崽子，简直是花岗岩脑袋，这事儿你就别管了，让爷爷帮你敲打敲打你爸！"

让张建没想到的是，这次父亲

的轴劲上来了，连爷爷都没法压服他，他在电话里说："爸，啥事我都能听你的，唯独这件事不能，我也是为了咱老张家的根脉，你别被那个小兔崽子洗了脑子！"

张建也搞不清谁才是小兔崽子了，只能发出无奈的苦笑。连老爷子出面都没法解决的话，这问题还有解决的可能吗？

但老爷子似乎很有信心，隔着电话张建都能感觉出来，他说："我还有个看家法宝没使出来呢，本来不想使的，现在看来不用是不行了，你就等着瞧吧！"

才隔了一天，老爷子就打来电话："你现在就可以带着我那俩重孙去你爸家了，我保证他会一视同仁！"

张建将信将疑地带着小宝和小贝去了父亲家，是父亲亲自开的门。他竟破天荒地左手拉着小宝，右手拉着小贝，怎么看都是一样亲近。吃饭的时候，父亲给小宝剥了一只虾，又给小贝剥了一只，似乎为了弥补什么，他干脆把那只虾喂到了小贝嘴里。

老爷子到底施了什么魔法，让父亲瞬间变了一个人？张建实在忍不住了，吃完饭便把父亲拉到一边，问道："爸，到底是什么原因，让你接受了小贝？"

父亲瞪了张建一眼，压低声音说："当着孩子的面，别胡说八道，小宝小贝都是我的亲孙子，在我眼里从来就没任何区别！"

看来父亲是耍上赖了，从他这里是问不出答案了。但张建实在好奇，便悄悄打电话给老爷子："爷爷，你那看家法宝到底是什么？告诉我吧，我快纳闷死了！"

爷爷在电话那头朗声大笑道："我就跟他说了一句话，什么老张家老李家的，你自己都是跟你奶奶的姓，钻那牛角尖有啥用？"

"啊？"张建顿时愣住了，惊讶得嘴巴都合不拢了。只听爷爷继续说道："这事儿说来就话长了，你太爷爷这个人不成器，我小的时候，他就抛妻弃子，跟着别的女人跑了。是你太奶奶一个人含辛茹苦把我带大的，长大后我主动改了她的姓。我在电话里狠狠训了你爸一顿，这世上什么最重要？是感情，是亲情！没有了这些，什么都是空的！"

没想到难题就这么解决了，张建不禁感慨万千……

（发稿编辑：朱　虹）

（题图、插图：张恩卫）

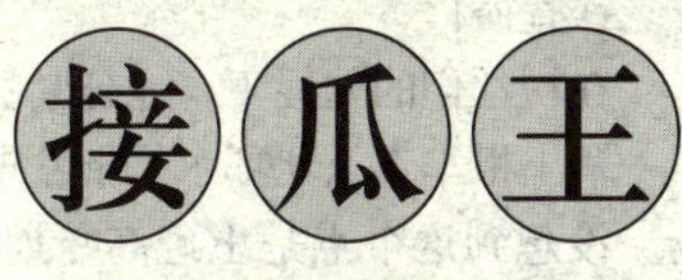

接瓜王

□曹景建

李老三在北环水果批发市场算个奇人，他有一手接西瓜的绝活，外号“接瓜王”。夏天，大家的餐桌上自然少不了西瓜，在水果批发市场，早有一辆辆车等着运瓜了。西瓜贩子要把瓜农的西瓜挑选后装到车上，就要有李老三这样的熟练工在车厢里接瓜，然后小心放下码放整齐。西瓜不是石头蛋子、木头疙瘩，任你随便摔打扔掷，要靠人来接住码放，靠的是手和眼的灵活劲儿。

在人头攒动的水果批发市场，为啥就李老三得了个“接瓜王”的称号呢？因为凡是见过李老三干活儿的人，无不佩服他的功夫。李老三那双胳膊似乎安装了弹簧，忽而长忽而短，忽而弯曲，忽而又直如钩矛，稳稳地接住瓜农抛来的一个又一个西瓜，简直像杂技演员。不一会儿，一车西瓜就从瓜农车上平安地转移到瓜贩子的车厢里。对面车上的几个汉子都已经大汗淋漓、气喘吁吁，而李老三却拍拍手，径直跳下车厢，气定神闲，一身轻松。

随着李老三“接瓜王”的称号渐渐传开，有人也盯上了他。谁？一个叫郝湃的网络主播。郝湃一心想要出名，可无奈黔驴技穷，没有好素材。这天他去买水果，无意中听到摊贩们谈论“接瓜王”，心中一动，假如他能直播李老三接

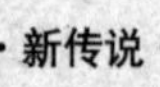

瓜，说不定能火!

于是，郝湃在直播间预告，他将要直播“接瓜王”精彩的接瓜过程，粉丝们一听，也都来了精神。第二天早上，郝湃起床后，特意到楼下的早餐店饱餐一顿，出了店门，他摸着滚圆的肚子，笑眯眯地对直播间的粉丝说，这叫磨刀不误砍柴工，吃饱饭才有劲给各位老铁直播!

在粉丝们的催促下，他赶紧打了一辆出租车直杀北环水果批发市场。没想到这个点是上班高峰期，原本一刻钟的路程硬是磨蹭了半个小时。

等郝湃左打听右找寻地来到李老三所在的西瓜批发点时，李老三正巧从瓜贩子的车上跳下来，拍了拍裤脚，准备走人了。

知晓了郝湃的来意后，李老三轻轻地摆了摆手说：“我一个大老粗，有什么好直播的？”郝湃马上脸上堆满笑容，竖起大拇指：“李大哥的能耐早就远近闻名，我的粉丝们都想一睹您的风采呢。”李老三无奈地说：“今天不行啊，你来晚了，我的活也干完了。再说我还有事，现在要回家了。”

不管郝湃怎么求爷爷告奶奶地央求，李老三的腿就像拧了发条似的，脚下生风，甩开膀子，大步流星向前走。

郝湃一路小跑，举着直播的手机，挂上了哭腔：“大善人，您行行好，就可怜可怜我，给大家露一手吧！”说完，他指着手机屏幕大声喊:“各位家人,千万不要离开啊,我真没骗你们……”

李老三回头看看气喘吁吁的郝湃，有些过意不去，跟他解释说：“小兄弟，不是我不帮你，只是今天家里老母亲一早要去医院做心脏检查，都约好医生了。要不你明儿一早再来北环市场吧。”说着，他钻进路旁的一个小店去买烟。

郝湃听了，只能跟直播间的粉丝们约定明天再直播，可是那些等着看好戏的粉丝觉得受到了戏弄，开始冷嘲热讽,有的竟然破口大骂，并表示要永久脱粉。

郝湃正不知如何是好，就在这时，他发现路口的几个路人突然抬头惊呼起来。他们的举动，像磁铁般一下子把路过的行人都吸引过去了。

郝湃随着众人抬头一瞧，不得了，只见一个三四岁的小孩正骑在上边四层楼的窗台上，而最让人担心的是,窗台上竟然没有安防盗网。

正在人们议论纷纷之时，一个

中年妇女跑过来着急地说："我刚敲了他们家的门，没人！"

她的话音刚落，人群就炸锅了，有人赶紧掏出手机报了警，有人说从隔壁邻居窗户爬过去接孩子，有人急中生智，说赶紧到旁边的窗帘店拿块布料，万一孩子掉下来，能把他兜住。

郝湃此时的心也提到了嗓子眼，无意中一瞥，发现直播间的粉丝量"噌噌"往上涨，大家都在关注着孩子的安危。

要去窗帘店取布料的那位胖阿姨刚一拔腿，要从四楼隔壁救人的年轻人刚冲进楼道，随着楼下人异口同声的惊呼，大家就见那个孩子身子一歪，从窗台上掉了下来……

郝湃也惊叫一声，举着手机的手顿时僵住了。就在这千钧一发之际，一个身影旋风般冲到楼下站定，一双蒲扇似的大手稳稳地接住了孩子，然后身子一扭，顺势把孩子轻轻地放在了地上。

那孩子似乎还没意识到发生了什么，疑惑地盯着救他的大汉，竟然咧嘴笑了。

这个救人的身影不是别人，正是李老三！目睹了整个惊险过程的直播间粉丝们猛烈地刷着礼物，纷纷说李老三刚才真如神仙附体，就像事先排练好的演员在拍电影一样，太不可思议了！

郝湃心有余悸，也觉得李老三的反应速度太快了，问他是怎么做到的。李老三憨憨地笑了："我买完烟出来，看到一堆人站在这里，不知道咋回事儿，也想看看热闹，突然就觉得一个花皮大西瓜不知道从哪里滚落下来，我想也没想就去接了，把这'西瓜'放到地上后，才发现竟然是个孩子……"

这时，那个孩子已被一个好心的阿姨抱在怀里。大家转头一瞧，那孩子身上穿的是一套连体童装，翠绿底，墨绿条纹，可不就像花皮西瓜嘛。

郝湃回过神来，对着手机的直播屏幕大喊："老铁们，今天的直播简直太精彩了！俗话说熟能生巧，我们这位'接瓜王'已经出神入化了！大家刚才都看到了，接西瓜救娃娃，真是个奇迹！大家明早锁定直播间，我一定准时为老铁们直播——'接瓜王'接真西瓜！"

（发稿编辑：王 琦）

（题图：陆小弟）

·新传说·

撞死了一只羊

□乔　迁

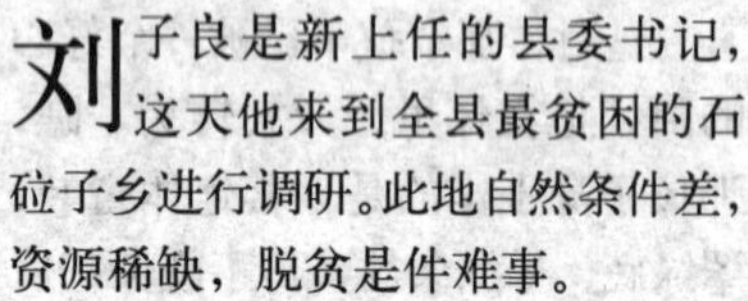

刘子良是新上任的县委书记，这天他来到全县最贫困的石砬子乡进行调研。此地自然条件差，资源稀缺，脱贫是件难事。

乡党委书记林大海做完汇报，已临近中午，林大海说乡里没饭店，只好请刘书记在乡政府食堂吃。刘子良点点头，林大海又笑着说："刘书记来，给乡干部们带来了口福，有羊肉吃了。"林大海的声音粗哑，说话嗡嗡的，此时他的大嗓门里透出一丝喜悦。

刘子良皱了一下眉头，口气有些不悦地说："我来，全乡干部都陪着吃羊肉吗？咱们乡不是很困难吗？"

林大海一怔，憨笑了一声说："刘书记误会了，不是你来才特意杀只羊的，是今天早上我从村里急着回乡里，路上撞死的……"

刘子良心里一声冷笑，挥了挥手，面无表情地说："哦，那你们吃吧，我得赶回县里，中午还有客人。"说完，刘子良又瞥了一眼林大海，心里一声长叹，这个表面看起来憨厚耿直的乡党委书记，没想到心思居然那么狡诈。还撞死了一只羊，如此的说辞也站得住脚？谁家的羊会那么想不开，往你车轱辘下面钻？

林大海慌了，想阻拦刘子良又不敢，脸憋得黑红，说："刘书记，羊真是撞死的，你就吃了再走吧！"

刘子良摆了摆手，阴沉着脸走出门。坐上车，他对有些目瞪口呆的司机小陈说了一句："回县里。"

小陈看了一眼刘子良，赶紧发动车，驶出了乡政府。乡里通往县城的路崎岖颠簸，除了刘子良的车外，没有别的车，可见这里穷乡僻壤，鲜有人来。刘子良不吱声，小陈自然不敢问，只好小心驾驶前行。跑出五六里路，前方路边突然冒出一只羊，在路上悠闲地走着。路旁不远处的草地上还有一群羊在啃草，放羊人悠闲地挥着羊鞭，有一下没一下地抽打着草地。小陈按了几声喇叭，路上的羊竟然像听不见似的，依旧在路中间闲庭信步。小陈只好放慢车速，忍不住骂了一句："就该像林书记那样把它撞死！"

刘子良听了一惊，忙问小陈："你说什么？"

小陈说："我听乡里的司机说，他和林书记是早上从乡里最偏远的村赶回来的，路上也突然蹿出这么一只羊，他们的车开得急，等发现羊时想刹也刹不住了，结果把羊撞死了。林书记自己掏钱把羊买下来，说正愁中午没啥招待书记呢，正好也给乡干部们改善改善伙食，大家好久都没看到荤腥了。"

刘子良声音微颤地说："是吗？"

小陈说："其实乡干部们也吃不着几口肉的，那么多人，就一只羊，也就喝喝羊汤。"

刘子良透过车窗看了看路边的放羊人，突然伸手拍了一下小陈的肩膀，指着路上那只羊说："撞过去！"小陈惊诧地看着刘子良："什么？刘书记……"

刘子良不容置疑地说道："撞过去！"小陈重重踩了一脚油门。

路边的放羊人见状，立刻跑了过来。刘子良打开车门下车，放羊人刚跑到刘子良跟前，刘子良就冲他叫了一声："表弟！"

放羊人一下子愣住了，随即惊喜地叫道："表哥，是你啊！听说你调到县里当书记了，想去看你又不敢，怕人家说我求你办事，对你有影响……正好，走，中午炖羊吃！"

刘子良说："羊是得炖，但不跟你吃了，我带走。过两天我再来，把买羊钱给你拿来。"

刘子良和小陈返回了乡政府。林大海看小陈从后备厢里拽出一只死羊来，转头怔怔地望着刘子良。

刘子良笑说："真是撞死的。抓紧让人收拾了炖上，好饭不怕晚，召集乡里干部一起吃羊肉！"

霎时，林大海热泪盈眶。

（发稿编辑：王　琦）

（题图：陆小弟）

·网文热读·

深海鱼

□申　平

这天，老伴晨练回来，手里拎着两条鱼，进门就对我说："认识吧？这是正宗的深海鱼，老虎斑，是阿红送的。"

我有点奇怪："阿红是谁？"

"就是走路喜欢扬着头的那个人呀！"老伴说着，学了学她的样子。

听了这话，我的脑海里立刻浮现出那个中年女人的形象来。她是我们小区的一个邻居，长相一般，但是打扮惹眼，而且她很高傲，整天扬着脑袋走路，从不主动跟左邻右舍说话。以前老伴总是看她不顺眼，最近却不知道怎么了，两人忽然就打成了一片。

只听老伴继续说道："其实这人可好了，以前就是缺少沟通。你知道吧，人家老公可是个大司机哩！"

"什么，大司机？"这个词我还是第一次听说呢。

"你不懂吧，大司机就是给大领导开车的人，不是一般人呀！"

"哦，那他到底是给哪位大领导开车呢？"

"这个我怎么好问人家嘛。不过我去她家里串过门了，哎呀，看人家那装修，那摆设！人家吃得也讲究，水果都是高档的，吃鱼必须吃深海鱼；而且呀，都不是自己花钱买的，吃也吃不完。这不，让咱帮忙吃一点儿。”

我马上就明白那女人为什么老是扬头走路了，原来人家是有背景的人。于是我提醒老伴说：“这么说，咱和人家可不是一个层次的人，你不要攀高枝哦！”

老伴却说：“看你小心成这样。都是人嘛，以诚相待就行了。”

自从吃过那两条老虎斑，老伴真的就迷上了深海鱼，她去买鱼必须要买深海鱼，看手机也在搜索深海鱼。深海鱼，好像成了她的命。她还整天在我的耳边讲深海鱼的好处，什么补充脂肪酸啦，降低胆固醇啦，无污染、抗癌症啦，等等。我有一搭没一搭地听着，却见深海鱼上餐桌的频率越来越高，什么石斑、青斑、鳕鱼、三文鱼，不断换花样。

我对老伴说：“听说深海鱼价格不菲呢，你悠着点！”

老伴却神神秘秘地告诉我：“这些深海鱼，大部分都是阿红送的。”

我皱着眉头说：“啊？她家里难道有深海鱼库？”

老伴不屑地说：“我说你见识少吧！阿红老公是大司机，求他办事的人多了去了，再就是跟着大领导沾光呀。她老公基本不在家吃饭，孩子又住校，以前家里的好东西都扔了，把阿红愁坏了。”

看来我们这是在助人为乐呀！但人家的鱼和水果等东西吃得多了，还是过意不去。这天，我对老伴说：“咱请人家吃个饭吧，也顺便认识一下那个大司机。”

没想到，约大司机吃个饭却比登天都难。人家不但吃饭没空，甚至连见个面都没空。阿红说，她老公一般都是一早就去接领导，晚上很晚才回来，或者经常不回来。老伴让阿红约了多次，人家都腾不出空来。

我对老伴说："算了，人家要么是真没空，要么就是不愿见，怕咱找麻烦呢。"

老伴说："人家就是忙嘛，阿红也叫咱们别多心。"

又等了一段时间还是约不到，我劝老伴说："我想明白了，人家吧，就好比那深海鱼，生活在大海的多少米以下，一般情况下你是见不到的；咱们呢，属于浅海鱼，或者根本就是淡水鱼，不是一伙的，你怎么能和人家游到一起去呢？那个阿红，是因为待在海底太寂寞了，所以才游出来跟你玩玩，你不要太当真了。"老伴听了我的话，还有点不大高兴。

谁知，我说完这话没几天，老伴从外面回来，一脸的不高兴。我赶紧问她怎么了，她气呼呼地说："这个阿红，还真是给你说中了。刚才我在楼下，看见她陪一个时髦太太在散步，我过去跟她说话，她竟然好像不认识我一样……"

我说："肯定是人家深海鱼游到一起了，怎么会跟你说话呢？"

过了几天，老伴又告诉我，阿红给她道歉了，说那天那个女人，就是大领导的太太，对方最不喜欢和不熟的人说话了，所以她当时也不方便招呼。之后，两人的关系似乎没受什么影响，老伴仍和阿红来来往往，但阿红给的免费深海鱼却渐渐变少了。

原来，反腐风声日紧，阿红家应该也没有太多免费的深海鱼吃了吧。但是我和老伴的嘴却吃刁了，再吃浅海鱼和淡水鱼，总感觉索然无味。没办法，老伴只好咬着牙去买深海鱼，自己花钱买来的鱼吃起来格外珍惜。

忽然有一天，老伴带阿红到家里来了，我看见她的头不再扬着，穿着也没那么扎眼了。她告诉我说："大领导出事了，这些天我老公一直在家里窝着，闷闷不乐的。哎呀，您是退休教师，明事理，能不能过去陪他说说话，开导他一下？"

看在吃了人家那么多深海鱼的分上，我马上答应，并和老伴一起到她家去串门。

没想到那个大司机听见有外人来，立即躲进卧室里避而不见，任阿红怎么敲门都不开。我们只好灰溜溜地出来。

路上，我对老伴说："唉，我看这条深海鱼，一时半会儿是游不回来了。"老伴没作声，只是默默点了点头。

（发稿编辑：田　芳）

（题图、插图：豆　薇）

看不透的人情世故

□吴宏庆

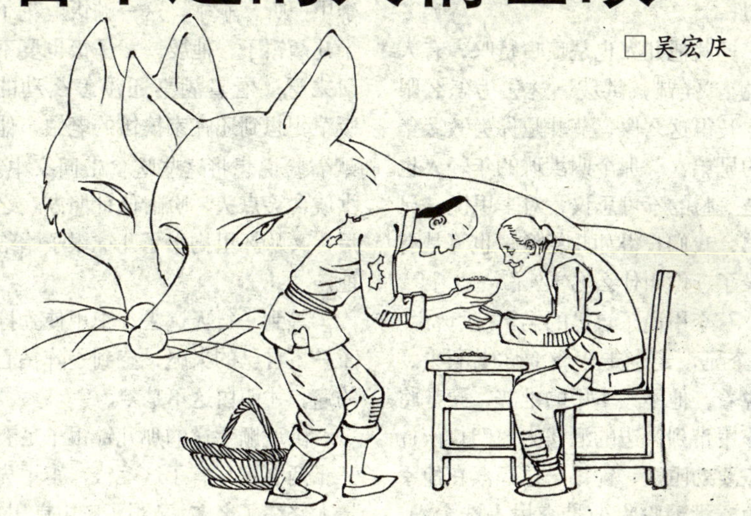

从前，有个叫李甲的人，一生下来左腿就有残疾，被父母遗弃在路边。将死之际，被附近村里一个叫张婆的人发现了，把他带回家收养。后来，李甲渐渐长大，张婆渐渐变老，于是，李甲便拖着残腿出去乞讨，他很孝顺，每次讨来的食物总是让养母先吃。

村子不远处有座大山，山上有两只修炼成精的狐狸，它们对人情世故很感兴趣，没事的时候就喜欢研究这对母子。其中一只红狐狸说："小灰，你说怪不，这两人活得这么辛苦，图个啥呢？"另一只灰狐狸转了转眼珠，说："要不……我们考验他们一回？"说完，它如此这般地对红狐狸说了起来。红狐狸听了，连连点头。

这天，李甲拖着残腿，来到县城乞讨。县城很热闹，路上人来人往，两边店铺林立。李甲走了许久，早已又累又渴，便在一家金碧辉煌的酒楼旁，找了个空地坐下休息。这时，有几个人说说笑笑而来，个个衣着光鲜，一看就知道是富贵之人。他们路过李甲身边时，突然有人"咦"了一声，随后停下脚步，蹲下身来。李甲一抬头，顿时和对

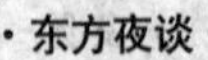

方都愣在了那里。原来，两人的相貌竟出奇地相似！

其他几人也是啧啧赞叹，有人说："怪哉，洪琥，这乞丐怎么跟你长得这么像，莫非是你失散多年的兄弟？"那个叫洪琥的年轻人也是一脸的不可思议，对李甲说："兄弟，我们长得如此相像，也算是有缘了。你叫什么名字？"

李甲说了自己的名字。洪琥说："李兄，走走走，我请你喝酒去。"说着，他不顾李甲的推辞，硬是将李甲带到旁边的酒楼去。门口伙计正要劝阻，一锭银子已经落在他手中，洪琥吩咐他带李甲去洗个澡，随后又让一个灰衣老汉从包裹里拿出一套干净衣服送给李甲。

等到菜上齐后，李甲也回来了。众人一看，又忍不住惊叹起来，原来他满脸污垢时，与洪琥只有八分相似，这会儿洗干净了，又穿了洪琥的衣服，简直是十分相似了。

洪琥上下打量着他，笑着鼓掌叫好，随后拉着他的手坐下来。李甲虽然有些惶恐，但见有好酒好肉，也就没那么多顾忌了。二人一聊起来，才知洪琥是离此不远的梁州人，家里三代从商，富可敌国。而洪琥听了李甲的身世后，很是感慨，说他们同样相貌，境遇却天差地别。

酒过三巡，洪琥叫来伙计结账。李甲一听，乖乖，这一顿饭就花了十几两银子，他要一辈子饭也要不回来呀。看着满桌还没怎么动的饭菜，想到还在家挨饿的老娘，他觍着脸说想将这些吃食带回家中。洪琥含笑点头，吩咐伙计照办，之后，又从怀里掏出了几锭银子赠给他。

等到一行人远去，李甲使劲拧了一下自己的大腿，感到一阵钻心的痛，才明白这不是梦。

洪琥顺手送的那几锭银子足有三十两之多！有了这笔钱，李甲先请人修缮了老宅，又买了三亩良田，还请木匠打了个货郎担，准备做货郎的营生。最后剩下六两银子，他全部交给了张婆保管。一夜之间，张婆有房有地有积蓄，儿子还有了营生，一高兴，病体居然痊愈了。

这一番变化让山上那两只狐狸蒙了。原来，那洪琥正是红狐狸变的，灰衣老汉则是灰狐狸变的。它们给李甲银子，并不是单纯地想帮他，而是想看看他有了钱，会不会变坏，他的人生会不会就此改变。可李甲这番安排，倒是让它们颇感意外。

灰狐狸啧啧赞叹："咱们修炼

这么多年，对人情世故也不算太陌生呀，怎么还是摸不着他们的套路？”红狐狸胸有成竹地说：“没事，我已经有办法了……”

这天，李甲挑着货担，拖着残腿来到县城进货。正走着，突然有人拍了一下他的肩膀，他一回头，原来是洪琥的随从——那个灰衣老汉。李甲赶紧跟他行礼，灰衣老汉说：“可找到你了！走走走，有急事！”说着，灰衣老汉便又把他带去了上次那家酒楼。

进了一个包间后，灰衣老汉关上门，随后“扑通”一声跪了下来，哭求道：“请公子救我！”李甲吓坏了，赶紧搀扶说：“老伯，有话请直说。”

坐下来之后，灰衣老汉说自己叫阿福，是洪琥的老仆。梁城洪家是名门望族，洪琥是家族的嫡长子，按规矩是要继承整个家族的。可就在七天前，洪琥在城外老君山游玩时，不慎失足坠崖死了。人死不能复生，但这个消息一旦让素来和长房不和的二房得知，二房必然会来抢夺继承权，一旦让二房掌权，长房这一脉必然会损失惨重。所以他们这才一直秘不发丧。

李甲吃惊不小，洪琥死了？真是太可惜了，多好的一个年轻人呀。只是，阿福来找自己做什么？阿福看出了他的困惑，说出了自己的计划：因为李甲与洪琥长得一模一样，所以，他跟长房夫人说了，让李甲来代替洪琥。

李甲一听，连忙摆手，说他这辈子从没骗过人。阿福老泪纵横道：“李公子，恕我直言，如果不是我家公子宅心仁厚，你至今还是那沿街乞讨的乞丐，所以无论如何，还

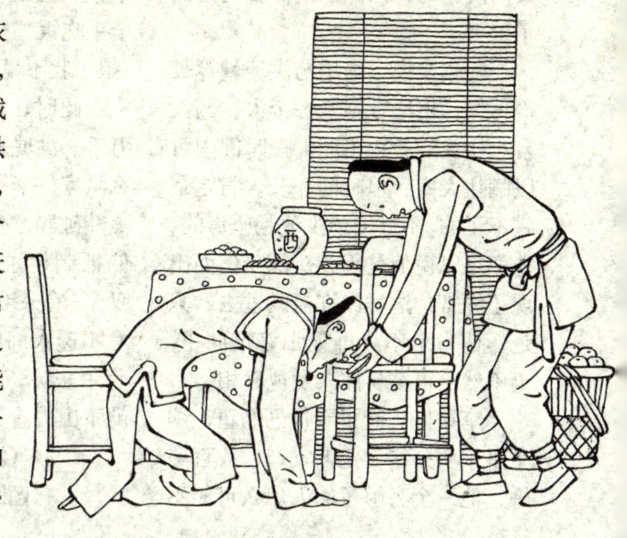

请你答应下来。我家夫人说了，她会将你当成亲生儿子，到那时，洪家亿万家财、成百美婢都是你的。”

李甲听得手脚直哆嗦，谁不想财色双收呢？一时间，他头脑混乱起来，想了半天才说：“可是，我的腿……”

“这个我们想过了，”阿福说，“我家公子从高空坠落，侥幸活下来，折了条腿很正常。”

李甲一咬牙，正要答应下来，突然想到了什么：“那我娘呢？”

阿福愕然，半晌才说：“你去洪家之后，夫人便是你娘了。不过你娘这边也尽可放心，我自会派人伺候她的，但你们最好就别见面了。”

阿福又说，李甲与洪琥就算长得再像，但毕竟不是一个人，两人自小接受的教育不同，短时间内可以瞒住大家，但时间一长，肯定是瞒不了的。不过因为洪琥是坠崖的，他们可以说他是因为头部受伤而出现了异常，这样或许能瞒过去。只是，他肯定不能再跟张婆见面了，要不然，很容易被人发现真相。

李甲低头看了看自己的腿，脑子里千头万绪，亿万家产，成百美婢，他一个穷够了的人怎么可能不动心？只是一想到老娘，他突然就变得心如止水了。当初如果不是老娘捡了他，他哪还有命在？现在为了得到自己想要的而不管老娘，他做不到。想到这儿，他摇了摇头，说：“对不起，我不能答应。”

阿福瞠目结舌，说了这么多，李甲居然还是不同意。一时间，他说话都结巴了：“她、她只是一个跟你没有血缘关系的老太婆，你、你想清楚了，这可是万贯家财啊！”

李甲心意已决，摆摆手说：“你不用再劝我了，再多的财富也不能让我不孝敬自己的母亲。”

临近傍晚，李甲回到了家。张婆正站在门口翘首以盼，见他回来了，笑盈盈地说：“累了吧，快洗个手吃饭。”李甲放下货担，笑着说：“娘，我不累。来，我扶您回屋。”

此时，山上的两只狐狸感慨万千。洪琥是假的，当然也就没什么洪家，李甲只要答应下来，到时美梦破碎，生不如死。哪知道他偏偏抵制住了诱惑！灰狐狸摇头感叹：“看来我们的道行还不行呀，看不透人间的人情世故。”红狐狸莞尔一笑，说：“山上看不透，那就下山去看，他正好缺个娘子……”

（发稿编辑：朱　虹）

（题图、插图：刘为民）

本文改编自美国作家布伦南·迪布瓦的同名小说。

专用蓝盘

伊莱恩曾是一个有名的记者，发表过不少颇具影响力的文章，可谓前程似锦。但她的丈夫凯西厌倦了大城市的生活，带着伊莱恩一起搬离纽约，来到新罕布什尔州的乡村。

伊莱恩本想靠写小说赚钱，到了新地方却没了灵感，一个字都写不出，凯西的新公司也运转艰难，两人的存款不断减少。夫妻俩为此不断争吵，最近更是动起了手。伊莱恩不禁怀疑，自己选择离开城市，是不是做错了？

就在这时，有个编辑向伊莱恩约稿，让她写一篇有关新罕布什尔州当地风情的文章，伊莱恩高兴地答应了。

做足了前期的准备后，伊莱恩开车来到镇上的莱所餐厅，她想采访餐厅的老板兼主厨詹森。

这时才早上六点，但餐厅里已经坐满了人。一个秃头壮汉正在烤架边忙活，嘴里不停地和客人搭话，正是伊莱恩要找的詹森。伊莱恩找了个座位坐下，静静地听其他客人闲聊，在等待早餐的短短几分钟内，她就听到了好几个有趣的八卦。

吃完味道不错的早餐，伊莱恩小心翼翼地拿出名片递给詹森，问道："你愿意接受采访吗？"要知道，伊莱恩曾采访过银行家和国会议员，但当詹森看向她时，她的心脏竟然紧张得怦怦直跳。

詹森困惑地盯着伊莱恩："这附近有这么多餐厅，你为什么想采访我？"

伊莱恩指了指喧闹的人群："你这里总是客满，老板和客人之间一定有很多有趣的事，对吧？"

詹森笑了："现在用餐的人太多，你十点半再来吧。"

于是，伊莱恩开车回到家，发现离十点半还有三个小时，她叹了口气，坐在沙发上，揉了揉被凯西打青了的右脸颊，往事一幕幕浮现在眼前。

和凯西初见时，他是那么温柔，那么迷人，伊莱恩根本不会想到，自己会遇到家庭暴力。第一次挨打那天，伊莱恩外出时被一场大雨淋成了落汤鸡。她狼狈地回到家里，弄得地上都是水。等伊莱恩洗完澡走出浴室，却发现凯西提前回来了。他手里提着伊莱恩的湿衣服，恶狠狠地吼道："我这么辛苦出差，为我的家庭打拼，回到家就看到你的湿衣服，把我花钱买的地毯弄得一塌糊涂！"说完，不等伊莱恩解释，他就打了她一拳。

伊莱恩没有和任何人说这事，她的自尊不允许她这么做，更何况凯西也承诺永不再犯。后来的几个月也的确风平浪静，直到有一次因为晚饭做晚了，伊莱恩又被凯西打了；还有一次是因为没有熨衬衣……

伊莱恩越想越觉得悲哀，她抹了把脸，看看采访时间快到了，便又开车去了莱所餐厅。

这次餐厅里没几个人，安静得很。詹森侃侃而谈，告诉伊莱恩他曾为政府工作了三十年，四年前来到这里，因为这是他的故乡。詹森喝了一口咖啡，说："工作了那么多年，离开政府是一种解脱，至少我的客人不会想着背后捅我一刀，他们都是真诚的人。"

伊莱恩飞快地做着记录，问："那么你认为你的客人都是好人？"

詹森笑了："这我可不能保证……"

伊莱恩又问："那么，你在政府具体是做什么的？"

詹森的笑容消失了："哦，各种各样的事，杂七杂八，挺无聊的。"

显然，他在逃避这个问题。伊莱恩深吸一口气，从文件夹中抽出一篇报道。报道说的是几年前的国会咨文，照片里坐在证人席的是中央情报局的探员，虽然头发多些，衣着考究些，但那明显就是詹森。伊莱恩问道："你在中央情报局做

什么工作？”

詹森冷冷地说："对不起，无可奉告。"

伊莱恩将那张报道放回去，又抽出另外两张纸："还有一篇报道和一张照片，是关于你在阿富汗的事。你在那儿执行各种机密的军事任务，隶属于特别分支。那是一支杀手队伍，对吧？"

詹森"哼"了一声："采访结束了，你该走了。"伊莱恩又吸了一口气，拿出另外四张纸："这是四份讣告，这四个人在过去十八个月先后死去，他们都是莱所餐厅的常客。"

詹森一下子瞪大眼睛，沉默了。伊莱恩接着说："据我所知，他们都是四五十岁，身强力壮，没有疾病史，他们就只是……死了，四个都死于心脏衰竭，会有那么巧的事吗？"

见詹森还是不说话，伊莱恩长叹了一口气："还有一个共同点，他们都有犯罪记录，虐待妻子，或是孩子。"她压低了声音："你是怎么选择的，是早上满客时听到的吧？听到人们议论谁虐待妻子，又怎么逃脱惩罚……而你无法忍受，所以决定做点什么，对吧？"

詹森看了看伊莱恩，忽然笑了："你是想敲诈吗？你想要什么？鸡蛋、培根，还是钱？"

伊莱恩拿起一张湿纸巾，轻轻擦掉右脸颊和眼周的妆，被丈夫凯西殴打的伤痕渐渐显露出来。她流着泪轻声说："我需要你的帮助。"

原来，伊莱恩在为采访做准备时，发现了詹森的秘密：杀人间谍成了煎蛋师傅，又变身为家暴者的终结者。一开始她很兴奋，因为这个故事肯定会大卖，但就在她努力构思报道时，因为没有及时给汽车加油，她被凯西扭伤了胳膊。于是，

她改变了想法。

詹森将纸放回文件夹，说："我很钦佩你所做的调查，但是很抱歉，我不能。"说着，他站起身来，做了个让伊莱恩离开的动作："随便你怎么写，但我建议你再多做点调查。我们幸福分子所做的比你认为的要多。"

之后的几个星期，伊莱恩又挨了两次打。她被虐待得有些疑神疑鬼了，甚至觉得为了防止她逃跑，凯西雇了个人来监视她。

在发给编辑的文稿中，伊莱恩没有提及詹森的秘密，故事自然也就平淡多了，编辑说得等几个月再发表。伊莱恩已经无所谓了，为了不再挨打，她加倍努力地做着家务。但她的精神状态每况愈下，有几次外出后回到家，她发现门居然没锁，不禁有些绝望，自己熬到哪一天会承受不住而发疯呢？

这天是凯西的休息日，他悠闲地坐在了沙发上，指了指餐桌上的信："那些信好像还没分好。"伊莱恩忙说："我马上去分。"

那些信里有目录、账单、旧车广告……咦，这是什么？伊莱恩仔细一看，这是一个淡蓝色的盘子，来自莱所餐厅，信封上写着："专用蓝盘。"上面列着时间、菜单条目，最底下写着："如果有这个东西，丈夫可以免费用餐。"

伊莱恩的心剧烈跳动起来，詹森那天不是拒绝了吗？不对，他似乎还说了点别的。她赶紧找出那天采访时的笔记本，詹森的最后一句话是：我们幸福分子所做的比你认为的要多。

这是什么意思？伊莱恩在网上搜索后，心跳得更快了。

这话出自一篇有名的小说，是一个中央情报局的间谍说的："我们幸福分子所做的比你认为的要多。我们关注，我们学习，我们侦查，我们不半途而废。我们的目标是除非某人应得，否则他绝不会成为我们的目标。"

伊莱恩恍然大悟，被监视的奇怪感觉，本该上锁的门没有锁……这都是因为詹森在侦查！她走到凯西面前，把那个蓝盘和莱所餐厅的宣传广告一起递给他，脸上挂着真诚的笑容："去尝尝吧，是免费的。一定会很有趣的。"

凯西看着她，耸了耸肩："好吧，你确定？"

伊莱恩笑着点点头："当然。"

（改编者：一味凉）

（发稿编辑：赵嫒佳）

（题图、插图：佐　夫）

阿P哄老婆

□刘振涛

阿P经常跟朋友喝酒，还总是抢着买单，为此，老婆小兰没少跟他生气。这不，这天阿P又醉醺醺地回来了，还把刚发的工资花掉一大半，小兰一气之下，没收了阿P的工资卡，回了娘家。

看来这次小兰真动怒了，衣服都带走了不少，阿P有些害怕了，也很后悔，可怎么把小兰给哄回来呢？

想到自己有错在先，应该主动认错，阿P思量再三，决定拉下面子去老丈人家。到了老丈人家门口，阿P往后衣领里插上一个衣架，见门打开，立刻“扑通”一声跪了下去：“老婆大人，我错了，特来负荆请罪，你大人有大量……”

小兰被吓了一跳，赶紧看看四周，见没人，她压低声音怒喝：“别在我家门口丢人现眼，滚！”阿P话还没说完，就被小兰关在了门外。

阿P回到家，越想越憋屈，我阿P好歹是七尺男儿，铮铮铁骨，给她一个小女子下跪，居然还不识好歹，哼，爱回不回！

可转天，阿P下班回来又累又饿，看家里冷锅冷灶，心里很不是滋味，只好随便点了份外卖，贵的还不敢吃。因为阿P乱花钱，小兰把他的钱管得越来越紧，阿P手机账户里几乎没啥钱。阿P正看着手机里那可怜的数字，盘算着还够叫几次外卖，突然响起一声消息提示音，阿P点开一看，竟然进账

3000元!

难道是小兰大发慈悲了？阿P定睛一看，并不是，这是公司上季度一个项目的奖金，阿P都快把这事儿给忘了。真是天无绝人之路哇！阿P开心地哼起了小曲儿，不禁心痒难耐，又想叫上哥们喝酒了……可他转念一想，不行，老婆还在娘家呢，她就是因为自己喝酒才被气走的，自己可不能一错再错啊，赶紧把小兰哄回来才是正事。

阿P环顾空荡荡的屋子，回忆着小兰的各种好，她作为自己的老婆那可真是没说的，很少买衣服，化妆品更是少得可怜，勤俭持家过日子……化妆品？阿P猛地坐起来，琢磨了一会儿，一拍大腿，有招了！

阿P有个哥们儿东子是开网店的，做化妆品代理，他一个电话打过去："东子，帮个忙……"

很快，阿P在东子的网店买了一套名牌化妆品，2888元。阿P深知，以小兰的性格，看到阿P买这么贵的东西一定会大骂他败家。于是，阿P收到化妆品后，精心摆拍了好几张照片，发在朋友圈里，还配文："最美的礼物，当然送给最爱的人。"果然，不一会儿，小兰就打来了电话，阿P按捺住内心的得意，挂断了！接着，小兰又要求视频通话，阿P照样不接，他"嘿嘿"一笑，自言自语说："半小时，准到家！"

趁这个时间，阿P把家里收拾了一番，还没等收拾完，只听"砰"的一声，门被踹开了，小兰刚进门就大喊着："你日子不过了？哪来的钱买那么贵的东西？是不是又找谁借钱了？"

阿P连忙摇头，否认找哥们儿借钱，小兰气得直发抖："啊？难道你去网贷了？好啊，你……"眼看小兰要急哭了，阿P忙拿出自己的手机给她看："老婆，你看，这是我的奖金！光明正大，倍儿敞亮！"

这下小兰才相信，转怒为喜，可她转念一想，又说："奖金总共3000，你一下子就花出去2888？这不是败家是啥？咱还是给退了吧，这钱都够买一个月的菜了……"

果然，小兰坚持要退货，这又被阿P猜中了。阿P一脸犹豫的神色，说："老婆，真要退？这可是我送给你的礼物啊。"

小兰非常坚决："退！我用不上这么贵的化妆品。"

阿P说："那我给东子打个电

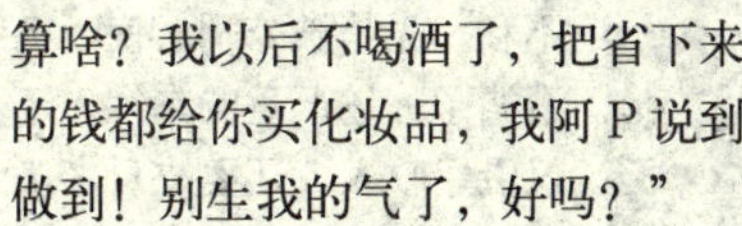

话，这是在他的网店买的。我跟这哥们儿一起喝过酒呢，退货肯定是一句话的事。”说完，阿P掏出电话拨了个号，特意开了免提：“东子，上次我在你那儿买的一套化妆品，我媳妇儿，嗯，不太满意，等下我给你退回去……”

谁知东子直接打断了他：“阿P啊，那可不行，我都看见你发的朋友圈了，化妆品包装都拆了，这种情况按规定是不能退的。”

阿P一愣，看了看旁边的小兰，很有气势地问：“东子，你嫂子在旁边呢，她问你到底能不能退？”

东子为难地说：“阿P啊，我搞网店也不容易，只是个代理商，你理解理解我吧。你这样给我退回来，这套东西我就没法再卖了，你这不是坑兄弟吗……”不等阿P再说啥，人家直接把电话挂了。

阿P只得小声问：“老婆，咋整？”

小兰生气地指着阿P说：“这就是你一起喝过酒的哥们儿？哼，真是狐朋狗友！看你下次还当冤大头请人家喝酒不！”

阿P赶紧搂住小兰，说：“老婆，你消消气。我知道这么多年你跟着我吃了不少苦，我给你买一套化妆品不应该吗？放心，不管啥时候，在我心里，我老婆都是最大的，那些狐朋狗友算啥？我以后不喝酒了，把省下来的钱都给你买化妆品，我阿P说到做到！别生我的气了，好吗？”

听了阿P这一番表态，小兰忍不住笑了，她点了点阿P的脑门，喜不自禁地摆弄起桌上的化妆品，说：“哪个女人对这些东西不心动呢？可我平时根本舍不得买……这下终于能好好打扮一下自己了。”

阿P终于长舒一口气，抽空给东子发消息，感谢他配合自己表演，阻止小兰退货。谁知小兰慢悠悠地从他身后走过，开口道：“当你哥们儿也不容易啊。”阿P一听这话里有话，立马反应过来，其实小兰早就识破了自己的小计策！真不愧是我的老婆啊，聪明！能把这么贤惠又聪明的好老婆哄回家，我阿P也不错啊……这么想着，阿P得意地吹起了口哨。

（发稿编辑：王　琦）

（题图：顾子易）

2022年10月(上)动感地带答案

神探夏洛克：海拔高的地方气压低，在海拔3500米的地方，酒液不会喷出那么高。

疯狂QA：你的名字。

·3分钟典藏故事·

幽默大师“一字”动人

冯内古特是美国幽默作家。他有个邻居流年不利，先是被公司解雇，又遭遇了一场严重的车祸，不仅没了收入，还要支付各类账单。邻居对冯内古特诉苦：“我认识一位慈善家，就写信给他，希望他能帮助我，可是被拒绝了。”冯内古特问：“你在信里是怎样说的？”邻居说他向慈善家讲述了自己的遭遇，为了让对方更能明白他的处境，激发出同情心，他还说出了“我想死”这样的话。冯内古特听了，说：“也许你应该把‘我想死’改成‘我想活’。”

邻居不明就里，但还是采纳了这个建议，没想到，他很快就收到了慈善家寄来的支票，还有一封亲笔信，不仅鼓励他，还表示愿意继续帮助他。邻居吃惊地问：“只改了一个字，结果却截然不同。难道‘死’不比‘活’更有震撼力吗？”冯内古特笑着说：“‘我想死’给人的感觉是一个被生活打垮的、毫无志气的、软弱的形象；而‘我想活’则让人看到了一个虽然遭受了生活的打击，却依然积极向上、不肯服输的形象。你觉得哪个更能打动人？”听了这番解释，邻居才恍然大悟。

很多时候，悲观可能会引来同情，

但乐观与积极更能让人由衷佩服，并愿意伸出援助之手。

（**编译者**：张君燕；**推荐者**：玉　竹）

李离伏剑

李离是春秋时期晋国的法官。有一次判案时，李离因误听了下属对案情的陈述，导致判断错误，枉杀了人命。事后，李离重看卷宗，发现了疑点，确认是自己判案错误。他痛悔不已，把自己打入死牢，判了死罪。

晋文公闻知此事，非常震惊，他认为李离是个不可多得的好法官，偶尔出错在所难免，于是就赦免李离，并劝诫道：“朝廷官员的官职高低不一，刑罚也轻重有别。这是你手下官吏的过失，不是你的罪责。”李离却说：“臣是掌管司法的长官，不曾把高位让给下属；我领取的俸禄很多，也不曾分给下属。如今我听察案情有误而枉杀了无辜的人，却要把责任推卸给下属，哪有这种道理？”

晋文公不想失去李离这样的人才，于是继续劝说：“按照你的逻辑，我是君主，任命你为法官，你认定自己有罪，那么我是不是也有罪啊？”李离说：“法官办案必须遵循律法，判错案理应受罚，错杀人更要以死偿命。您没有错，您是因为臣断案细致入微、善于决断疑难案件才让我做的法官。现在我判案有误而错杀了人，就应该被判处死罪。”

后来，李离拒绝了晋文公的赦免令，伏剑自刎而死，用生命捍卫了法律的尊严。

（**作者**：赵盛基；**推荐者**：一　一）

糟糕的事情

有个渔夫打鱼归来，挑着鱼篓回家，天刚下过一场阵雨，路上有些湿滑。走在两边都是河沟的泥泞路上，渔夫小心翼翼，生怕不小心一个趔趄滑倒了，鱼篓里的鱼掉到河沟里，一天的劳动成果也就付诸东流了。

尽管如此，渔夫走到一处狭窄的地方，鞋子一打滑，身子一偏，还是摔倒在地，他挑着的其中一个鱼篓掉进了河里。渔夫顾不及身上的泥水，就势一滚，抓住了另外一个鱼篓，万幸的是，这个鱼篓没有被水冲走，渔夫为自己保住了一个鱼篓高兴不已。

有个人看见了，嘲笑他说：“你跌了一跤，导致一个鱼篓掉到水里冲走了，还滚了一身的泥，遇到这种糟糕的事情，瞧你那样子却还挺高兴的，真是让人不可思议！”

渔夫说：“我摔了一跤，滚了一身的泥不假，不管怎么说，我保住了一个鱼篓里的鱼，把损失降到了最低，给自己争取到了一个不算完美，但算得上好一些的结局，而没有破罐子破摔，一无所有，这自然是一件值得庆幸的事儿。”那人根本无法理解渔夫的心思，摇了摇头，走开了。

遇到糟糕的事情，再糟糕也要及时止损，为自己争取一个相对好点的结局，而不是破罐子破摔，以致失去所有。

（**作者**：赵元波；**推荐者**：清　溪）

（**本栏插图**：陆小弟）

·传闻轶事·

蝈蝈有毒

□张　茂

有一年，京城斗蝈蝈的风气盛行。借着这股风气，附近沙河县的吴桐发了家，他养的蝈蝈受到王公大臣的追捧，他也由此巧取豪夺了不少产业。不过，随着养蝈蝈的人越来越多，吴桐的蝈蝈生意越来越差，其他抢来的产业也都生意惨淡。他性格狭隘，认为百姓是瞧不起他养蝈蝈的出身，才不愿光顾他的生意，不禁恨得咬牙切齿。

这年秋天，管家沈福来报，说县衙粮库准备收购一批粮食。吴桐想起自家的粮食卖不出去，立刻让沈福备轿，亲自去找胡知县。

到了县衙，吴桐说明来意后，胡知县冷哼一声道："别当我不知道，你那些粮食放了很久，不是虫蛀就是霉变。朝廷设官仓以备天灾战乱，怎能采购劣等粮食？"说罢，他便端茶送客了。

吴桐十分难堪，知道胡知县是故意轻慢他。之前，胡知县想走京城大员的门路，让他调教几只好蝈蝈，只可惜他的蝈蝈都没入上官的眼。吴桐一肚子火不敢发，只好大骂沈福来泄愤。

过了几日，吴桐让沈福趁着尚未入冬，将暖阁扩大两倍。所谓暖阁，是专门用来在冬天养蝈蝈的地方，配有炭火，保暖通风。按说暖阁成本较高，而那些拔尖的蝈蝈需放入葫芦揣在人怀里过冬，因此暖阁的规模不会太大。对吴桐这一反常的安排，沈福有些不解。

接着，吴桐又让沈福把那些不挣钱的买卖都转让了，只留几家粮铺，用换来的钱大量收购稻米。沈福猜想吴桐是要把身家都压在粮食生意上，便提醒道：“老爷，咱们囤的米都卖不出去，再收只怕要亏本……”吴桐不耐烦地摆摆手，让他只管去做。

转眼到了来年春天，吴桐找到胡知县，说自己新调教了一只特别的蛐蛐，请他去看。胡知县将信将疑地来到吴府，径直去了养蛐蛐的暖阁，只见偌大的暖阁里挂着十余只小巧的蛐蛐笼。他看了看笼中的蛐蛐，直言品相一般。他看暖阁中还有几只用布盖着的大笼子，随手一掀，却吓了一跳，里面黑压压一片，竟都是蚂蚱。

吴桐忙道：“都是蛐蛐的吃食。”胡知县想起来了，给蛐蛐喂蚂蚱等活物，可以保持蛐蛐好勇斗狠的野性。这时，吴桐挥手叫过几名少女，让她们各自从怀里掏出两个葫芦。打开后，里面都是肚大腰圆、油光发亮的大蛐蛐。吴桐取出其中一只，又捉来一只大蚂蚱，一起放入瓷盆。那蛐蛐几下便将蚂蚱撕了个粉碎。

胡知县捻着胡须道：“这蛐蛐有点意思，不过到了京城，恐难拔尖。”吴桐不敢反驳，又从怀里掏出个葫芦来，将里面的蛐蛐倒入瓷盆，接着拿一张细网盖住盆口，似是怕蛐蛐飞出。

胡知县见那蛐蛐翠绿中夹杂白斑，双翅格外修长。他从未见过这样的蛐蛐，但看它体形不大，恐怕不堪一击，不由皱眉。

此时，瓷盆里原先的那只蛐蛐听到动静，抛下吃了一半的蚂蚱跳了过来。两只蛐蛐一靠近，体形差距更加明显。眼看翠绿蛐蛐就要被压制，它却一扇双翅，瞬间飞到大蛐蛐身后，迅速咬了一口。不过，那伤口细小，大蛐蛐似乎不疼不痒，转身继续追逐，好在翠绿蛐蛐非常灵活，大蛐蛐始终追不上。几个回合后，大蛐蛐的动作慢了下来，两腿一蹬，再也不动。

吴桐又叫人抱过一只公鸡，将鸡冠子伸入盆中，翠绿蛐蛐双翅一扇，飞上去就咬。又过一会儿，公鸡身体一瘫，竟也死了。“这蛐蛐有毒！”胡知县惊呼一声，又不解地问，“按说蛐蛐天生无毒，这翠绿蛐蛐为何有毒？”

吴桐拿出一个小瓶，掏出些黑色的泥状物，边喂那蛐蛐边解释道：“这种蛐蛐产自南方密林，叫‘鑫斯羽’，虽天生无毒，但我从古书上找到个法子，可将牛肝、青豆加上蝎子、蜈蚣等毒虫晒干磨成粉，和上清水喂养调教，能让其慢慢具

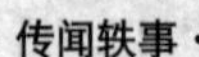

有毒性。只是此法耗费时日和精力，我虽找到数枚‘螽斯羽’之卵，但整整一个冬天也才调教成一只，就请胡大人呈送上官。”

胡知县不禁喜上眉梢，再过一个多月，便是吏部尚书李大人的寿辰，他打算将这只新奇的蝈蝈送去，打通门路，好升官发财。

又过十余日，吴桐突然神色慌张地来找胡知县。原来，他一时大意，竟让“螽斯羽”飞走了。他已在自家周围找过，没发现“螽斯羽”的踪迹，想来已飞入了附近稻田。

胡知县一听便急了，他已特意给李大人的管家打了招呼，说自己会献上寿礼。他忙让人去找，吴桐拉住他：“这么找不行，须将它平日的吃食撒在田边，吸引它过来。那吃食里别的食材都好说，关键要有新鲜的牛肝。”

胡知县问：“需要多少牛肝？”吴桐皱眉道：“不好说，田间开阔，不知道‘螽斯羽’飞到哪儿了，需多撒些吃食才行。若飞得近，只需五六个牛肝；若飞得远了，便需十几个。取一个牛肝便要杀一头牛，为今之计，最好从全县征牛。”

胡知县有些犹豫，眼下正值春耕，若大量宰杀耕牛，必然影响收成。吴桐催促道：“若是动作快些，我保证能找回来。”听到此话，胡知县下定决心，眼下还是攀上李大人的高枝要紧，便立刻下令征牛。

有了胡知县的命令，吴桐开始在附近稻田寻找，但徒劳无果。他渐渐扩大范围，宰杀的耕牛也越来越多，再加上他的一众手下直入田间，踩坏了大片秧苗。百姓们眼见一年的收成全完了，不由叫苦连天。

折腾了五六日，吴桐终于找到了“螽斯羽”。胡知县立刻让人护送到京城。吴桐又送了些银子过来，胡知县心领神会，命令县衙粮库从吴桐那儿买粮。

一个月后，胡知县的亲信回来了，一进门便哭丧着脸，说那“螽斯羽”咬过别的蝈蝈后，对方毫无中毒迹象，几个来回便被咬死了。李大人觉得受到戏弄，很不高兴。胡知县又惊又怒，立刻让亲信去叫吴桐。

不一会儿，亲信回来，说自己被沈福拦下。沈福说，吴桐正闭关调教新的“螽斯羽”，正在紧要时刻，无法相见。胡知县顿时火冒三丈，立刻亲赴吴府，径直闯入吴桐房间，却见吴桐瘫倒在地。

三点翠绿从吴桐身上飞起，直向胡知县冲来，正是“螽斯羽”！

胡知县下意识闪躲，三只蝈蝈飞出房间，很快不见踪影。

胡知县回过神来，再看吴桐，只见他身上有好几处蝈蝈咬的伤口。沈福号啕大哭，说一定是吴桐在调教新的“螽斯羽”时失手了。胡知县大吃一惊，没想到这蝈蝈毒性之强，居然可把人咬死，但转念一想又有些纳闷，之前那只“螽斯羽”为何送上去后失手了呢？

胡知县想了又想，觉得要是能找到这三只“螽斯羽”给李大人送去，说不定能讨回欢心。于是，他立刻派人去找，奈何耕牛几乎杀尽，也是徒劳，只好悻悻作罢。

没过多久，沙河县突然闹起了蝗灾。胡知县本应开仓赈灾，却发现从吴桐那里买的粮食几乎都是陈米烂谷，再加上他得罪了李大人，很快就被治罪。直到下了狱，胡知县都弄不明白，送去京城的那只“螽斯羽”到底出了什么问题？

其实，这事从一开始就是个阴谋。吴桐既怨百姓瞧不起他，也恨胡知县轻慢他，便想出了一条毒计。那“螽斯羽”无论如何喂养调教，都不会有毒性。吴桐拿来与它斗的蝈蝈，还有那只公鸡，都提前做了手脚。

那“螽斯羽”也根本就没丢，吴桐是想借着寻找蝈蝈，杀牛毁苗。他扩大暖阁，养了很多蚂蚱，并将大量蚂蚱卵掺入那些撒到田边的黑泥中，待天气一热孵化出来，成群结队的蚂蚱必然成为蝗灾，到时候百姓没收成，县衙无粮食，而他就可以借着囤积的稻米大赚一笔。

不过，吴桐的计策虽毒，但沈福更毒，他不满常年被吴桐打骂，又觊觎吴桐家财，决定将计就计。那天，他故意拦下胡知县的亲信后，立刻骗吴桐饮下毒茶，伪装成被“螽斯羽”咬死的样子，接着就等被激怒的胡知县上门……

此时，沈福心里乐开了花。眼下大灾之年，他坐拥满仓粮食，一定大发横财。他正得意，下人慌慌张张来报，说饿坏了的灾民已经把他的粮铺抢了。沈福一愣，就听外面一片喧哗，愤怒的灾民又冲到家里来了……

（发稿编辑：朱 虹）

（题图：谢 颖）

绿版编辑部电子邮箱：
朱 虹：zhong98305@sina.com
王 琦：wangqi_8656@126.com
赵媛佳：babyfuji@126.com
田 芳：greygrass527@126.com
彭元凯：abigstudio@163.com

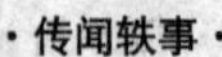

·传闻轶事·

旧时，津门有个行当叫跑街的。跑街的人缘广，信儿灵，脑子活，猴儿精，只要能赚到钱，嘛买卖都敢干，干得还倍儿牛。

跑街的

□杨 哲

民国三十四年，天津光复。这天，大光明码头停靠了一艘美国军舰，据说要和国民党军队从日本人手里接管天津。舰上的美国大兵排成队，等舰长训完话，便“哗啦”一下全奔了下来。津门的老少爷们闻听后，纷纷来瞧热闹。

谁知，这帮大兵一把拨开拥上来的人群，在街上东张西望起来，不知想寻摸嘛。忽然，一个胖大兵眼睛一亮，直奔街边一个女人，一把掀起了她遮盖鞋面的裙摆，随即却失望地对着几个尾随而来的同伴摇了摇头。

这奇怪的举动立马引起了一个人的注意，他叫李发财，是个跑街的。李发财麻利儿凑了过去，他会说几句简单的英语，问：“你们在找嘛？”

胖大兵听李发财会说英语，倍儿高兴，呜哩哇啦说了一大堆。李发财却只听懂了一小部分，大意是，他们想买一种女人的鞋。

李发财连忙追问：“女人的嘛鞋啊？”

胖大兵一边说一边比画，李发财却还是一知半解，站在那儿干着急，一点辙也没有。

这时，另一高个儿大兵惊叫了一声，直奔街边一位上了年纪的老太太，指着她的裤腿，兴奋地大叫起来：“在这儿！”

一旁的几位津门老爷们见状，立马围住了高个儿大兵，怒目相对：

“嗨，你想干吗啊？”

李发财忙走过去拦住这几位爷们，解释了几句。当他看到老太太的三寸金莲后，立马明白了过来，问胖大兵：“你们想找这种小脚鞋？为嘛啊？”

胖大兵点点头，一字一句地解释道：“美国女人听说中国女人穿这么小的绣花鞋，都不信。我们想趁这次机会，多买几双带回去，送给亲友当纪念品，让她们见见世面。”

嘿，敢情洋娘们儿也好这口儿啊！李发财立马告诉胖大兵：“洋哥们儿，甭着急，我有这种小鞋，你们稍等一会儿。”说完，他招手叫来十几个胶皮车，低声对车夫交代几句，车夫们散开后，撒丫子奔跑起来。

约莫半个时辰后，车夫们陆续回来了，有人凑近一瞧，好家伙，车上全是各式各样的绣花小脚鞋。李发财站在一辆胶皮车的踏板上，举起一双小脚鞋，用英语说：“十美刀一双，人人都有份！”

美国大兵们见了，立马奔过来，围住了胶皮。不一会儿的工夫，李发财从各个鞋店赊来的小脚鞋就被美国大兵抢购一空，没抢到的大兵则不停地追问李发财：“嗨，还有吗？”

李发财回答：“有！”

这时，许多跑街的，还有在各个店铺里喝茶的闲人才终于回过神来，合着美国大兵稀罕咱卫里老娘们的小脚鞋啊！他们倾巢出动，着急忙慌地去寻摸来小脚鞋，摆摊设堆儿，十美刀一双，扯着嗓子吆喝起来。

等胶皮车拉来第二批小脚鞋时，李发财立马降价，一双五美刀。美国大兵当然愿意买价低的了，很快，第二批鞋也被一抢而空。

车夫们纷纷问李发财：“还去拉吗？”李发财摇了摇头：“再卖就要臭大街了，见好就收。”他请大伙儿结结实实吃了一顿大饼卷猪头肉，然后小声嘀咕了几句。车夫们听后全愣了：“洋哥们儿会买吗？”

李发财嘿嘿一笑：“怕嘛？你们只管去拉，就甭操我这份闲心啦！”

不出李发财所料，几个钟头过后，闻讯赶来的小摊贩就挤满了大光明码头，每双小脚鞋从五块跌到了三块，又跌到了两块、一块，最后降到五毛，就再也无人问津了，美国大兵买够啦。

这当儿，又该李发财出场了。

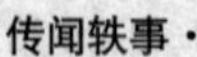

只见他拿起一套从冥衣铺赊来的寿衣，长袍马褂样式的，大声用英语招呼起来："洋哥们儿，瞧一瞧，看一看，咱天津卫正经八百的官衣，舰长级别才够资格穿，一套五十美刀。来晚就没啦！"其实啊，冥衣铺里的寿衣，一套本金就一块银圆！

有个瘦大兵走了过来，接过李发财递来的寿衣，翻看了一会儿，问："我可以试穿一下吗？"李发财回答："可以！"

在李发财的帮衬下，瘦大兵穿上了这套藏青色的寿衣，再往头上扣个瓜皮帽，一个不折不扣、不中不洋的"活死人"就神气活现地出现在街上。围观的大伙儿哈哈大笑，纷纷冲着李发财竖起大拇哥："爷们，您是这个！"

瘦大兵以为在夸他呢，倍儿高兴，来回走了几步后，大声招呼其他大兵。这些个大兵一瞧，个个瞪圆了双眼，连声说："我也要！"

于是，李发财拉来的上百套寿衣也被美国大兵抢光了。他们非常喜欢这色彩艳丽的衣服，买了一件还要一件，还当场穿上寿衣，戴上瓜皮帽，你瞧着我，我瞧着你，得意地在大街上臭显摆起来，惹得一帮闲人大呼小叫，起哄架秧子。

瘦大兵得意忘形之下，想和津门百姓交朋友，他带着几个大兵，走进一条胡同里，一家挨一家地敲门。有人闻声开门一瞧，门外站着几个高鼻子、蓝眼睛的"活死人"，吓得大惊失色，急忙"咣当"一下关死了宅门。这些个"活死人"乐得哈哈大笑，又去李发财那儿买不同样式的寿衣，一件一件地往身上套。

许多跑街的和闲人见李发财居然能把给死人穿的寿衣卖给美国大

兵，也照葫芦画瓢，纷纷赊来寿衣卖，很快就把美国大兵的腰包掏空了。大兵们想再买，手里却没钱，卖主自然不会卖给他们了。大伙儿正打算把寿衣往回拉，却被李发财喊住了，按本钱全趸了下来。

有人纳闷儿了："你趸下来卖谁啊？"

李发财回答："当然是卖给洋哥们儿啦。"他转身就冲那帮没了钱的大兵招呼起来："洋哥们儿，快来看，快来瞧，不要现钱，以货易货喽！"

这帮子大兵们一听，立马围了过来，问李发财："怎么个以货易货啊？"他却反问道："你先告诉我，你们的铁壳船上有嘛稀罕东西啊？"

大兵们商量了一阵，说有咖啡。李发财立马说："得，就换咖啡。一盒咖啡换一套官衣！"很快，他趸来的寿衣全被美国大兵你一套我一套地抢到了手。

有人问李发财："嗨，洋哥们儿的军舰不让上，你怎么拿咖啡啊？"

李发财狡黠一笑："您瞧好了！"说完，他招手叫来十几个胶皮车夫，在他们耳朵边嘀咕了两句。半个时辰，车夫们就拉来了常年在海河边上钓鱼的主儿，他们个个是游水的高手。

到傍晚时，这帮大兵晃晃荡荡地上了军舰。这时候长官还没回来，大兵们按照和李发财的约定，偷偷摸摸搬出一箱箱咖啡，站在舰舷边儿候着。那十几个游水高手立马下水，朝美国军舰飞快地游过去。等游到舰底下时，他们大声喊一嗓子，舰上的大兵立刻对准下面，一人一箱咖啡，全扔了下来。高手们个个身手敏捷，一跃而起稳稳接住后，扛在肩上，一手扶着，一手划水，朝码头游过来。

舰上的美国大兵们惊呆了，瞪圆双眼，一眨也不眨地盯着这些高手游上岸，纷纷吹起了口哨。就这样来回几次，李发财赊出去的寿衣钱就全收了回来。

等咖啡一到手，李发财就让胶皮车整箱整箱地拉到洋行，转手卖了。完事儿后，李发财掏出一大把铜子儿，往空中一撒，然后双手一拱，做了个罗圈揖："各位，谢谢你们捧场！"说罢，他坐上胶皮，走人了。

瞧瞧，这跑街的李发财，买卖做得牛不牛？

（发稿编辑：赵嫒佳）

（题图、插图：刘为民）

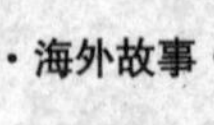

意外的殉情

□滕建军

田中是一家会社的社长。最近，他遇到了一个大麻烦，情人美惠子给他下了最后通牒，要在三个月之内成为社长夫人。

美惠子本是会社的一名财务主管，长得美艳动人，被贪恋美色的田中发展成了秘密情人，并因此掌握了会社不少的财务机密，如果她有心向税务机关告发，后果将不堪设想。所以美惠子才会如此有恃无恐地要挟田中，急于上位。

但田中怎么可能答应呢？他出轨只是出于猎奇和追求刺激的心理，更何况妻子出身名门望族，自己有很多生意还要靠妻子娘家的照应。所以，田中经过深思熟虑，决定除掉美惠子，于是他暗中联系上一个叫龟岛的杀手。

据说龟岛非常厉害，凡是他做过的案子，最后都会被警方判定为意外或者自杀，所以龟岛要价很高，而且要先付款，没有商量的余地。这个龟岛非常神秘，只和雇主电话联系，没有人见过他的真面目。田中考虑再三，还是按照对方的指示，用ATM机将现金存入指定账户，并将美惠子的照片和资料放到了指定地方。

收到钱和资料后，龟岛就打来电话，问田中有什么具体要求。让龟岛没想到的是，田中说："顺带再杀一个男人，那个人当天会和美惠子在一起出差。"

原来，会社有一名叫小野的财

务主管，最近投资失败欠了巨债，小野就用掌握公司早期偷逃税款的证据，要挟田中为自己加薪，加上他虽然已有家室，却仍对美惠子动手动脚，让田中大为光火。于是田中准备一石二鸟，将小野这个心腹大患也给解决了。

田中告诉龟岛，他安排小野和美惠子第二天一起去外地的分公司审核账目，为期七天，这期间，他们会住在公司安排的公寓里。

电话里龟岛犹豫了一下，说明天就动身的话，恐怕没时间拿到小野的照片。

田中告诉龟岛："他们二人住的是一个套房，共用客厅和厨卫，你只要找到美惠子，跟她住在一起的就是小野。我希望他们煤气中毒死在公寓，还要给警方造成一个殉情自杀的假象。"

听了他的计划后，龟岛连声保证没问题，并夸口说："我有一种独门秘制的迷魂香，会让人在不知不觉中浑身瘫软，连呼救的声音都发不出来。"龟岛再三向田中保证，绝对不会在屋里留下丁点蛛丝马迹，最后警方只能认定是自杀。

于是，第二天一上班，田中就安排美惠子和小野去外地查账，等他们出发以后，田中通知了龟岛，然后就迫切地等着好消息。

谁知三天时间过去了，小野和美惠子依旧活得好好的，美惠子还在工作之余，不忘打电话提醒田中三个月期限的事，搞得他好不心烦。

田中不知道龟岛为什么还不动手，于是就给龟岛打电话，想催促他一下，谁知这次电话竟然打不通了。田中蒙了，赶紧又打了几次，却始终无法接通。这可把田中气坏了，怪不得龟岛坚持要提前全额付款，原来是个大骗子，用这种办法来骗钱啊！冷静下来后，田中还怀着一丝侥幸心理，心想可能是手机没电了或者别的什么原因，这么有名的杀手怎么会是骗子呢？

接下来几天，田中不停地给龟岛打电话，可电话却始终处于无法接通的状态，而他自己不得不每天忍受着美惠子的电话骚扰与威胁。连着打了三天以后，田中对龟岛彻底死心了，不得不承认自己是碰到了骗子。

眼看美惠子他们还有一天就要回来了，田中不想白白丧失这么好的机会，经过再三考虑，他决定铤而走险，亲自出马。他先买来一包安眠药，将它们碾成粉末装进小塑料袋里，他打算找机会在小野和美

惠子的水杯里下安眠药，等药效发作后将他们放到一张床上，然后打开煤气阀门，造成殉情自杀的假象。

计划好这一切后，田中悄悄开车来到了外地，在美惠子他们的公寓外面，一直等到天色黑下来，看到公寓里面亮起了灯后，田中才鬼鬼祟祟地去敲响公寓的门。

开门的是美惠子，她见到田中竟然一点也没感到惊讶，反而好像早就知道他要来似的。田中进了公寓，却没有看到小野，就问："小野呢？"

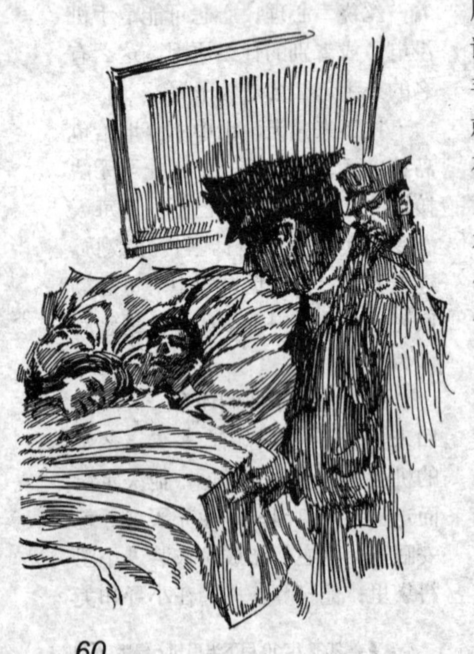

美惠子得意地一笑，嘲讽说："你那点小心思我还不知道？你不就是想让我们俩同住一个屋檐下，好出点什么事让你抓住把柄吗？我怎么可能让你得逞！告诉你，一来到这儿，我就警告小野离我远一点，再敢对我动手动脚，我就打电话告诉他老婆，这家伙一听立马就怂了，然后我自掏腰包让他住酒店了。"

田中蒙了，没有了小野，这计划好的殉情自杀不就泡汤了吗？正当田中不知如何是好的时候，忽然响起了敲门声。美惠子去开了门，进来的却是一个身穿工作服、戴着厚口罩、背着一个工具包的男人，说是检修煤气管道。那人进门后随手将工具包放在客厅地板上，接着就进厨房检修管道去了，美惠子站在厨房门口看着。

田中坐在沙发上心烦意乱，还在琢磨着下一步该怎么办，忽然，他隐隐闻到了一股奇特的香气，好像是从那个工具包里散发出来的。

这时，就见站在厨房门口的美惠子忽然软绵绵地倒在了地板上。田中见状吓了一跳，刚想站起来，却发现自己全身瘫软，一动也不能动了。当听到从厨房里传来滋滋的煤气泄漏声时，他看到那个检修工人走出来，从容不迫地关紧了每一扇窗户。

田中一下子明白了，这个人就是龟岛。他的脊背顿时升起一阵寒意，天啊！龟岛怎么这时候来了？田中想赶紧跟他解释，却发现无论他怎么用力，喉咙都发不出一点声音。田中猛地想起来，从那个工具包里散发出来的，肯定就是龟岛引以为傲的迷魂香了！

关好窗户后，龟岛小心翼翼地将他们抱到一张床上并排躺好，还将他们的鞋脱掉，整整齐齐地摆放在床前。田中注意到，龟岛不仅戴了手套，脚上还穿了鞋套，果然如他所说，不会留下任何蛛丝马迹。

田中多想告诉他，自己就是他的雇主啊！可现在他全身上下只有眼珠子能动。龟岛一边体贴地为他们盖上被子，一边充满歉意地小声说："本来应该早点来送两位上路的，不想刚到这儿就出了点意外，让你们久等了！"

原来，龟岛有一个职业习惯，去外地作案时从来不住酒店，而是找一家不需要登记身份的洗浴中心过夜，不想这次却住了家黑店。钱包和手机丢了也就算了，可连他独门秘制的迷魂香也丢了，没有它，龟岛没法神不知鬼不觉地开展工作呀！龟岛实在气不过，就想使点手段要回迷魂香，没想到这家洗浴中心竟然和警察有来往，最后龟岛因寻衅滋事罪被关了五天。五天后，龟岛一出来就抓紧时间买齐材料又做了一盒迷魂香，总算赶上了这最后一天。

在确保屋里没有留下任何蛛丝马迹后，龟岛关掉房间里的灯，然后小心地退出公寓，轻轻带上了公寓的门。这下田中彻底绝望了，而可怜的美惠子直到死也不知道发生了什么事，没过多久，他们就完全失去了意识。

第二天，当地警方发现了田中和美惠子的尸体。经过现场勘察，他们在田中身上找到了安眠药粉，再根据现场的情况，做出了殉情自杀的结论。

（**发稿编辑**：田　芳）

（**题图、插图**：佐　夫）

如何对付体育迷

□夏建清　编译

朱迪丝在商场里遇见了朋友莉娅，见她一脸愁容，便问："莉娅，出了什么事？"

"我们家伯尼迷上了体育，"莉娅回答，"他不是看体育频道，就是出去看比赛，或者去打球，我在他眼里就是空气，好像根本不存在，我真的不知道怎么办才好！"

朱迪丝说："几年前我们家马可斯也是这样，但后来我想出了个办法，效果非常不错。"莉娅一听，焦急地说："是什么法子？快点告诉我，别吊我胃口了。"

朱迪丝神秘地说："我买回了一件特别性感迷人的睡衣，等马可斯下班回来，他正要开电视看体育节目时，我穿着新睡衣，向他款款走去，双臂勾住他的脖子，脉脉含情地看着他的双眼，对他说，他想要怎样就怎样。就从那一刻起，我们的关系突然改变了！你为什么不试试？反正即使没效果，你也没任何损失。"

莉娅听了若有所思，然后说："好的，我现在得走了，朱迪丝，我要去买点重要的东西，再见。"

那天傍晚时分，伯尼下班回家，莉娅穿着半透明的睡衣迎接他，满身飘荡着伯尼最喜欢的香水味。见伯尼进来，莉娅拉起他的领带，牵他到卧室，在他耳边柔声细语："亲爱的，现在，你想怎么做就怎么做……"

伯尼听了非常高兴，解下领带，将莉娅的双手绑在床柱上，说："你真体贴，亲爱的！"说完，他抓起高尔夫球杆，一溜烟地跑了出去。

（发稿编辑：王　琦）

（题图：陶　健）

不能随便分享的『图书』

□朱西岭

李某和赵某是一对书友，两人都爱读书，经常在一起分享读书心得，互相推荐好书。后来，两人都加入了一个读友会，与大家在网上交流。

一天，李某在一家网络公司的平台上看到一本好书，毫不犹豫地付费下载了这本电子书。等李某读完，便推荐给了赵某。赵某读了这本书，也觉得不错，与李某交流了读书体会。

看到好书就要分享，是读友会一个不成文的规定。李某想把这本电子书上传到读友会的群里，赵某觉得不合适，提醒李某说："你购买的这本书，那家网络公司还在售卖，你这样上传到读友会群，供人免费阅读，会不会惹麻烦？"

李某满不在乎地说："书是我花钱买的，借给朋友们阅读，能有什么事？再说，我这样做又不是为了卖钱，而是跟大家分享，帮网络公司推广这本书，说不定他们还会感激我呢！"

赵某虽然不太认同李某的观点，但也觉得有一定的道理，因此也就不再说什么了。

电子书被上传到读友会群中，因为有了李某的推荐，大家纷纷下载阅读，也对书的内容大加赞赏，这让李某在读友会中挣足了面子。

李某变得有些飘飘然，他决定把电子书上传到一个免费阅读网络图书馆，供更多人阅读、赏析。赵某再次阻拦，说他这样做可能是违法的，说不定会吃官司。

李某振振有词地说："电子书是我花钱购买的，来源合法，属于我的虚拟财产，我有权决定这本书怎么使用。电子书和其他商品一样，既然买了，就可以出借和转让。比如，你买了一本书，难道不可以捐献给图书馆供人借阅吗？"

赵某再次劝道："你说得好像有道理，但这样做会影响电子书的销售，损害网络公司的利益，他们知道了肯定会来找你的！"

李某对赵某的劝告不屑一顾："我只是把书推荐给大家阅读，并没有从中获利，不会有什么问题的。"最终，他把电子书上传到了网络图书馆。不过，为了限制阅读量，他把书设置成无法多人同时阅读的模式。

一个月后，网络公司的人找上门来，说他们公司独家享有这本电子书的信息网络传播权，李某擅自将书的内容发布到网络图书馆，供他人在线阅读和下载，属于侵权，除了要求他删除上传的作品，还让他赔偿 20 万元的损失。

李某哪里赔得起？他坚持说自己没有错，执意不肯赔钱。网络公司把他告上了法庭。

法院审理后认为，李某未经权利人许可且未支付报酬，擅自将电子书上传至互联网平台，使得不特定公众可以获得网络公司享有著作权的电子书，侵犯了网络公司依法享有的信息网络传播权，应向网络公司赔偿 1 万元。

拿到判决书后，李某后悔不已。

律师点评：

该故事涉及的一个法律问题，即信息网络传播的权益保护。

根据法律规定，权利人享有的信息网络传播权受著作权法和相关条例的保护。除法律、行政法规另有规定的之外，任何组织或者个人将他人的作品、表演、录音录像制品通过信息网络向公众提供，应取得权利人许可，并支付报酬。

故事中，李某将购来的电子书擅自上传至读友会和免费网络图书馆，其行为均属侵权，应当承担相应的民事赔偿责任。

（发稿编辑：朱　虹）

（题图：张恩卫）

无路可走，公司开张遭遇灭顶之灾；柳暗花明，赔本买卖赚得绝处逢生。

婚庆风云

□顾敬堂

1. 开张不利

李铁是个专职摄影师，在上海闯荡多年后，他带着50万元积蓄回到家乡，在小城里开了家婚庆公司。

阔别小城多年，李铁基本没什么人脉可言，但他坚信，凭借自己高超的技术、先进的经营理念，在这弹丸之地搞出名堂是迟早的事。所以尽管开业几天都没有生意，他也不着急，只是在门前的电子屏幕上反复播放精心制作的广告，吸引了很多人驻足观看。

这天，隔壁一家婚庆公司的老板王哥来店里闲坐，李铁热情地奉上茶水，虚心地请他多多指教。

王哥拿起店里的宣传资料看了两眼，挑着眉毛说道："你这套餐价是参考了一线城市的行业标准吧？"李铁咧咧嘴说："我在上海的价格基础上，下调了20个点的利润呢！"

王哥嘿嘿一笑："即使这样，这个价格比咱当地还是高很多，你这八万元的'铂金套餐'，在咱这儿五万顶天了，这个价格能吸引来顾客才怪。也就是我，别人不会和你说这些的。"

李铁略显尴尬地点点头，表示受教。正在这时，门口传来"砰、砰"

关车门的声音，一男一女两个年轻人站在车旁仰起头看招牌。

“海派婚庆，技压群雄，”男子戴着墨镜，有些戏谑地读着招牌上的文字，“这牛皮吹得，我喜欢！”说完，男子胳膊上“挂着”女友，两人大摇大摆地进到屋子里。

李铁赶忙迎上前，殷勤地招呼两人落座：“两位看样子是准新郎新娘吧？想选择什么样的业务，单项还是套餐？我们这有铂金套餐、黄金套餐、白银套餐……”

男子不耐烦地摆摆手：“你出去打听打听，我二龙什么身份？其他的别介绍了，挑最贵的说说！”

李铁按捺住心头的狂喜，拿起宣传册给两人展示自己以前的作品。二龙没啥反应，二龙的女友娇娇却满脸惊艳，雀跃地说喜欢。

二龙拍拍女友：“喜欢就定下。老板，签合同，交定金，开工！”

李铁捧着三万元定金，看着远去的汽车，高兴得半天没合拢嘴——这也太顺利了！

王哥在旁边目睹了整件事情的来龙去脉，他拍拍李铁的肩膀说道：“恭喜你开张接了大单。但哥哥提醒你一句，这个二龙是社会小哥，在道上有些名气，刚蹲完监狱出来，你可别让他挑出差错。”

李铁浑不在意地说道：“专业这块我有信心，就算是小混混，也不会在结婚这件事上鸡蛋挑骨头呀，合同签得清清楚楚。现在也不是地痞流氓为所欲为的年代了。”

看着李铁自信满满的样子，王哥意味深长地笑了两声，转身走了。

按照顺序，二龙先和娇娇来选婚纱，拍摄了婚纱照。李铁使出了浑身解数，力争把第一单做成样板。娇娇看到制作得美轮美奂的照片时，眼中充满了喜悦和幸福。

很快到了二龙大喜的日子，李铁抖擞精神，扛着摄像机记录下婚礼的全部细节。音乐声中，一对新人端起酒杯，幸福地喝下了交杯酒，把婚礼的气氛推向了高潮。

主持人正在口若悬河地烘托气氛，忽然嘴上拌了蒜，语言节奏有些乱了。他看着李铁身后的方向说道：“……看来有人迫不及待地想为新人送上祝福，你们是……”

李铁转过头来，只见一位戴着墨镜的中年人，在四名文龙画虎的青年的簇拥下，手捧一束菊花走上了红毯，大摇大摆地向二龙和娇娇走去。二龙神情显得有些慌乱，快速上前几步，挤出一丝笑容问道：“庆哥，您怎么来了？”

这位庆哥摘掉墨镜，只见他一只眼睛深深凹陷下去，另一只独眼盯着娇娇，皮笑肉不笑地说："小老弟结婚，居然把哥哥忘了，也不下个喜帖，我只好自己过来提醒一下喽。怎么，不欢迎？"

二龙擦了把额头的汗，低声说："欢迎，欢迎！哥哥的事儿我怎么能忘呢？您找张桌子和兄弟们先喝杯喜酒，等典礼结束，我去看看礼账，保证不让庆哥白跑一趟。"

二龙的声音很小，连新娘都听不到他说了什么，但他戴着无线麦，李铁在摄像机监听器里听得清清楚楚。李铁下意识地将镜头锁定在庆哥脸上，给他来了个面部特写。

庆哥仿佛感受到了什么，一只独眼凶狠地看过来，随后不再说什么，拍了拍二龙的肩膀，走到娇娇面前，将手中菊花递了过去："新婚快乐。"娇娇手足无措地接过刺眼的黄花，庆哥阴笑着带领四名手下走下T台，找地方坐下了。

主持人赶紧调节气氛，慢慢缓解了尴尬的场面，结婚典礼终于没再出什么岔子，顺利结束了。

李铁长吁口气，来到一张餐桌前，摄像、灯光、主持人等都坐在这里。李铁见没地方放摄像机，于是来到酒店外，在一个偏僻的角落里找到自己的车子，将摄像机放进去，这才回到席间。

谁知等吃过饭，李铁和几个员工来到车前时，顿时惊呆了，只见地上散落着一堆碎玻璃——车窗被砸了！

李铁心里一惊，立刻拉开车门，见摄像机好好地放在座位上，不由得松了口气，这才掏出手机拨打110报警，然后又给保险公司打了电话。

警察赶到后勘察了现场，这里处在监控盲区，没有得到有价值的

信息，于是他们做了笔录，就离开了。李铁知道只是块玻璃，涉案金额不大，十有八九没下文，最后还得保险公司买单。

处理完这节外生枝的小事，李铁回到影楼，想尽快开始对视频进行后期制作。等他拿起摄像机，却如同被雷劈了一般，整个人定在那里——内存卡不见了！

2. 巨额赔偿

第二天一早，李铁心急如焚地来到公安局，找到昨天出警的何警官，补充了这个情况，并说明了这张内存卡的重要性。

何警官听完，同情地说道："这内存卡的确非常重要，但它的实际价格也就三百元左右……我们会尽力侦破，你回去等消息吧。"

"怎么办？怎么办？怎么办？"李铁六神无主，都不知道怎么把车开回去的。他站在店门前，愣愣地看着"海派婚庆，技压群雄"这八个字，觉得简直是莫大的讽刺。

隔壁王哥满脸关切地走过来，询问完缘由后摇头道："我还提醒过你小心点，怎么捅出这么大娄子？这事儿处理不好，你的店恐怕都保不住了！"

李铁用力甩甩头，对王哥挤出了一丝微笑，启动车子，向二龙和娇娇的新房驶去。

此时，二龙正躲在阳台打电话，他低声下气地说道："庆哥，我是在您那里借了30万元不假，可收完礼金都还上了，就算利息再高也不至于要一倍吧？怎么我还欠您30万！"庆哥沙哑阴沉的声音从电话那头传来："你要是不会算账就找个明白人看看，利息在白纸黑字上写得清清楚楚，你情我愿的事情。如果你想和我放横，那咱们就碰一下！"

二龙咽了口唾沫，语气强硬起来："庆瞎子，你是老江湖，我也不是生犊子。当时被你套路我认了，这30万利息我也认，希望你见好就收，我不是兔子，不急都咬人！如果你继续往下滚，兄弟只能溅你一身血了！"

庆哥冷笑着回答："干这个就没怕过说狠话的，我就给你个面子，五天内还我30万咱就两清了。你不要命，娇娇也不要吗？"

二龙咬牙切齿地说道："好，就五天。你最好别动娇娇，否则我肯定拉着你一起走！"说完，他脸色阴沉地挂断电话，忽然听到娇娇在淋浴间里喊道："亲爱的，有人

按门铃，你去开一下门。”

二龙应了声，调整情绪来到门口，从猫眼向外看了看，推开门面无表情地说：“这就来结尾款了？怕我二龙差你这五万块钱？”

李铁局促不安地站在门外，赔着笑说道：“我是来向你赔罪的，婚礼录像的内存卡被人偷了……”

二龙愣了一下，好像没反应过来：“什么丢了？”

李铁只好解释道：“我把摄像机放在车里，结果车窗被砸了，小偷单单偷走了内存卡，婚礼上的录像资料都丢了……”

原本站在门里的二龙忽然穿着拖鞋跳到门外，反手将门关好，扯着李铁的衣领将他拉到楼梯拐角处，压着嗓音恶狠狠地说道：“你知道这对我和娇娇有多重要吗？你说丢就丢了！”

“我知道我知道，”李铁咽口唾沫心一横，“就怪那该死的小偷，偏偏只偷一张卡，都不够立案的。三万块钱定金我带过来了，之前的婚纱照、婚车装饰、现场布置分文不收……”

“啪！”二龙抬手扇了李铁一记耳光，冷笑道：“一辈子拍一次的视频有价吗？是不收钱就能过去的吗？”李铁眼前直冒金星，心里不由得也冒出了火气，捂着脸道：“有事说事，干吗动手打人？”

二龙更生气了，肩膀一耸就要挥拳，忽然听到开房门的声音，娇娇在拐角处喊道：“老公，你去哪儿了？”

二龙顿时像换了个人似的，先用眼神示意李铁别说话，然后扭头大声应道：“亲爱的，朋友找我谈点事，马上回去！”娇娇不疑有他，关上房门进屋了。

二龙点了支烟，狠狠吸了两口，盯着李铁说：“给你两个选择。一，把昨天参加婚礼的人全部找到，按照昨天的程序重来一遍……”

李铁立刻否定了这个选择，期待地看着二龙道：“第二个呢？”

“赔偿我30万！”二龙掷地有声地说道。

李铁的身上瞬间就被汗水湿透了，他矮着身子哀求道：“龙哥，我知道婚礼录像对您二位非常重要，可我也是受害者，而且我确实拿不出这么多钱来，这些年的积蓄都砸到影楼上了，一分回头钱都没见呢……”

“废话就不讲了，五天之内见不到30万，你坐轮椅我进监狱，我二龙说到做到！”二龙放着狠话，

心里却松了口气，欠庆瞎子的利息有着落了。

李铁失魂落魄地回到影楼，发现一辆警车停在门口，何警官站在车旁，正在和王哥说话。见李铁走过来，王哥看着他脸上清晰可见的指印，愤怒地说道："二龙打你了？他怎么说？"

李铁哑着嗓子道："五天之内让我赔 30 万，否则打断我的腿。"

"简直无法无天了，"王哥气愤地冲何警官说，"我怀疑内存卡就是他找人偷走的，趁机敲诈小李！"

何警官沉吟了一下，安慰李铁道："我会警告二龙别乱来，他要的这 30 万赔偿没有法律依据，你可以让他去起诉你，估计最多赔偿个十万八万的。如果内存卡真是他指使人偷走的，那他就涉嫌敲诈了，关键还需要证据。"说完，他又简单询问了几个问题，便离开了。

王哥叹息道："二龙要是肯走法律程序就好了，他们这些混混不拿自己的命当回事，咱陪他不起，你还是抓紧筹钱吧，破财免灾！"

"我现在山穷水尽，去哪儿弄 30 万呀！"李铁都快哭了，"实在不行只能兑店了，可影楼哪能说兑就兑出去呀！"

"嗯……"王哥沉吟了一下，"多了哥哥没有，如果你肯 20 万出手，那我接了！"

李铁本来还觉得王哥很热心，听到这里顿时反感起来，自己装修就花了 20 多万，加上设备投了将近 50 万呢！这不是落井下石吗？李铁语气冷淡地谢绝了王哥的"好意"，留下他讪讪地站在原地，自己进屋了。

李铁叹了口气，在电脑上登录了同城网站，一字一字地打上影楼转让信息，事到如今，只有这一条出路了。

这时，门口的感应器忽然响了起来："欢迎光临！"李铁转头看

去，只见一个头发花白的老人走了进来。

老人拿着一个手机，神情哀伤地对李铁说道："师傅，我女儿前段时间因为车祸去世了，她手机里有一些视频和照片，能不能帮忙做成一个片子？我和老伴想她的时候可以看看。"

李铁本来自己一身麻烦，如果只是考虑钱，是不会接这种小活的。但看着痛失爱女的老人，他动了恻隐之心，用温和的口气说道："没问题的，大叔。"

老人小声说道："我走了好几个地方，最少都要一千块钱，我不是舍不得花钱，只是抢救女儿时掏空了家底，实在拿不出那么多了……"

李铁同情地摆摆手："大叔，我免费帮你做。"

老人的眼泪瞬间流了下来，颤颤巍巍地从口袋里掏出几张钞票："那不行，我还能拿出600多块钱，给你买条烟抽吧。"李铁坚决不收，老人感动得不住鞠躬。

接过老人递来的手机，李铁发现需要输入解锁密码，老人想了想报出了六个数字，是女儿的出生年月，李铁输了进去，果然打开了。

李铁问道："不会涉及到隐私吧？"老人摆摆手："人都没了，哪还有什么隐私？你随便翻。"

这是件非常耗费时间的事情，李铁让老人把手机留下，明天下午过来取。老人千恩万谢地走了。

李铁收拾好心情，打开女孩的手机相册，看起她的照片和视频，觉得有用的就传到电脑上保存起来。从照片上能看出，手机主人是个妩媚动人的女孩，只是拍照时爱噘嘴或托腮，显得有些做作……忽然，女孩和朋友的一张合影引起了李铁的注意，他惊叹一声："她俩是闺密？！"

照片上的另一个女孩正是二龙的新婚妻子娇娇！

3.峰回路转

差不多同一时间，娇娇拎着水果站在一个老旧楼道的房门前，敲了好多下，正当她以为里面没人时，门忽然开了，一个满脸沧桑的中年妇女强笑着道："娇娇来了。"

娇娇忍不住鼻子一酸，伸手搂住老太太，带着哭腔说道："张姨，我来看您了！"

张姨流着眼泪将娇娇让进屋，客厅的墙上，一个女孩正在照片中甜甜地微笑着。娇娇看着照片，哑

着嗓子喊了声“月月”，便泣不成声。

两个女人哭了半天，好不容易稳定了情绪，娇娇才问道：“张姨，到底怎么回事？为什么不早点告诉我？”张姨虚弱地说：“事情出得突然，那时你还有三天就结婚了，也是怕影响你的心情……”

时间倒回四天前的晚上，月月边打电话边匆匆走着。她对电话另一边的娇娇说道：“亲爱的，我不能参加你的婚礼了，临时有点事，要出门一段时间，你要幸福呀！”

娇娇虽然觉得非常失望，但此时正忙得团团转，也只能在电话里抱怨几句就算了。挂断电话后，月月边横穿马路边在手机上打着字，忽然侧面疾驰而来一辆摩托车，将她狠狠地撞飞出去。驾驶员扶起倒地的摩托车，头也不回地逃走了。

月月当场昏死过去，路人拨打了110和120，她被送到医院后经过一天半的急救，还是离开了这个世界。警方通过调查，发现肇事的摩托车牌照是假的，而骑手戴着头盔，很难确定身份，而月月横穿马路，负有一定的责任，所以警方把这件事定性为交通肇事逃逸。

娇娇陪着月月母亲哭了半天，又安慰了很久，这才依依不舍地告别出门。她来到自己车前，忽然有个戴着兜帽的青年男子迅速靠近，猛地扬起手，将一瓶液体泼在娇娇脸上，语速飞快地说：“告诉二龙，赶快还钱！”

娇娇闻到一股浓烈的酸味，被呛得泪流不止，等她能睁开眼时，身边早已没了人，只看到地上剩了半瓶的醋精。

娇娇赶紧跑到车里，掏出手机哭着打给二龙，说了刚才的事情，问道：“老公，你跟谁借钱了？”

二龙强作镇定道：“老婆，你先回家等我，这件事我会很快解决的！”此时的二龙正和自己的几个兄弟在一起喝酒。他神情狰狞地挂断电话，恨恨道：“庆瞎子刚刚派人往娇娇脸上泼了醋精。他先设套让我欠下高利贷，又一步步这么逼我。都是道上混的，庆瞎子做得这么绝，我只好和他拼一下了！”

一个兄弟用手指弹着杯子说道：“你在里面蹲了三年，娇娇顶着父母的压力等了你三年，你刚出来就嫁给你了。她盼着你能过正常人的生活，你要是再出点事，怎么和她交代呀？咱们以前就是瞎混，庆瞎子不一样，他玩的是正儿八经的黑道，什么事都干得出来，你真能和他拼命吗？”

二龙看着过去跟着自己胡混的兄弟们，他们如今结婚的结婚，当爹的当爹，而且都有了正经营生。二龙不由得叹了口气，招手喊过老板结账，然后对几个兄弟说道：“庆瞎子这口气我咽了，跟我去趟影楼，给那个小老板上上弦。”

影楼里的灯光还亮着，二龙“砰砰”地拍打着落地玻璃门。很快，李铁就走了过来，见是二龙一行，隔着门问道：“这么晚了有什么事？”

二龙不耐烦地说道：“开门，我来问你什么时候还钱！”

李铁打开门锁，将众人让了进来，神情镇定地问道：“什么钱？”

二龙一把抓住他的衣领，怒不可遏地吼道：“敢跟我装糊涂！你把我婚礼录像弄丢了，难道不用赔吗？”

李铁推开二龙的手，从容地说道：“录像资料找到了，现在正在剪，明天请把五万块钱尾款带来，我给你完整的视频。”

“你蒙我？”二龙不信。

李铁走到电脑前，点开一个视频文件，果然出现了婚礼当天现场的画面。二龙目瞪口呆地看了半天，一句话都说不出来。

“如果没事就请回去吧，我要连夜把片子剪出来，尽早交给你。”李铁做了个“请”的手势。

“好好做着，钱差不了！”二龙呼出一口气，转身带着兄弟们走出影楼。此刻他心乱如麻，虽然找回了自己和娇娇珍贵的录像，但马上又要面对心狠手辣的庆瞎子了。

几个人沉默地走在大街上。“龙哥，我有个主意。”有个小弟忽然说道，“你知道我的出身，溜门撬锁是专业。干脆我埋伏在影楼附近，等那个小老板睡着了，进去把他的电脑主机偷出来，这样他没了录像，还得赔钱不是？”

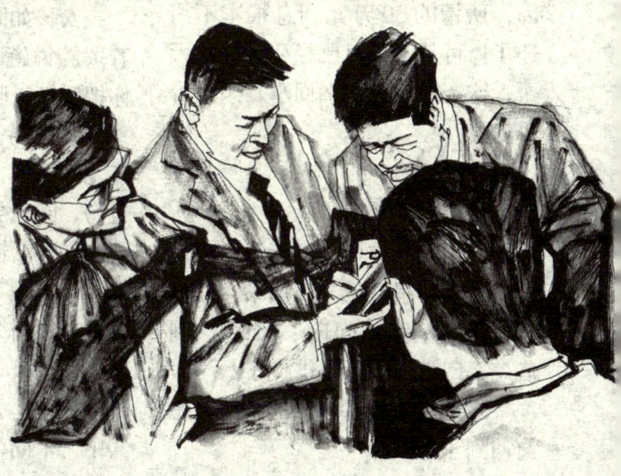

二龙沉默半晌，摇摇头说道："算了，这么干太缺德，我看那个小老板也真没什么钱。再说人家报警之后，很容易怀疑是咱干的。"

"也是。"小弟挠挠头，眼神黯淡下去。

这时二龙的微信忽然响了一声，他掏出来看了一眼，顿时露出了见鬼般的表情："月月？她不是死了吗？怎么还给我发微信！"

兄弟们都围了过来，二龙点开信息，只见上面写着："龙哥，我把你和庆瞎子的贷款合同偷出来烧了。如果他找你要钱，你一定要……"

微信好像没有写完，但意思表达得很完整：庆瞎子拿不出合同，所谓的30万元利息根本不用还了！可是，月月已经死了好几天了，这条微信是怎么回事，又是否可信呢？

4. 步步紧逼

二龙回到家中，娇娇满脸担忧地坐在客厅里，见老公回来，立刻迎上来，紧张地问道："二龙，到底怎么回事，你和谁借钱了？"

二龙看着娇娇美丽的脸庞，思绪回到了过去。

三年前，二龙在一家夜总会给人看场子。有天晚上，小弟跑来和他报告，说发现某包房里有人给一个女孩下药。二龙虽然是混混，但对这种行为也非常鄙视，于是带人闯进了那个包房。

包厢里有四个男人和两个女孩儿，其中一个女孩明显喝多了，坐在那儿傻笑，任由一个男人在她身上揩油；另一个女孩滴酒未沾，但身子却摇摇晃晃的，她拼命拉着同伴，言语不清地说道："月月，快起来，咱们回家。"

小弟亲眼看到，这个女孩始终不肯喝酒，于是其中一人往她的饮料杯中下了药。二龙上前扶住女孩，轻声说道："我是这儿的保安经理，需要帮助吗？"

女孩如同抓住了救命稻草，带着哭腔说道："他们不是好人，求你把我俩送回家！"

四个男子威胁二龙别管闲事。二龙一挥手，手下的小弟纷纷拥进包房，四名男子见占不到便宜，扔下几句狠话悻悻地走了。

二龙救下的两个女孩，一个是月月，另一个就是娇娇。月月在一家小额贷公司上班，那四人是她所谓的同事。那天娇娇去找月月玩，其中一个同事说今天生日，请大家出来开心。月月有些贪图享乐，对白吃白喝的事儿很感兴趣，于是连拖带拽地把娇娇也拉来了。哪知道这几个同事没安好心，先灌醉了月月，又给娇娇下药，如果不是二龙出面，后果不堪设想。

事情原本就这样过去了，但娇娇的父母得知后，坚决报了案。给娇娇下药的主谋被判了一年半，其余三名同伙也被处以拘留15天的处罚。

因为这事，二龙和娇娇互相看对了眼。两个月后，已经成为恋人的两人逛夜市时遭到了两个小混混的挑衅，二龙没控制住情绪，三拳两脚放倒了他们。结果有个混混倒地不起，另一个混混报了案，去医院一验伤，检查出那混混颅骨骨折。二龙因为构成轻伤害入狱三年。

娇娇的父母原本就反对两人交往，自己女儿是银行职员，怎么能和一个小混混搞在一起呢？何况现在他又进了监狱。可娇娇铁了心，坚持等二龙出狱，并表示什么都不要，立刻和他结婚。

二龙不肯委屈娇娇，暗地里四处筹钱。这时月月出现了，告诉他自己在小额贷公司上班，老板说看月月的面子，可以低利息借给他钱。二龙听后动心了，跟着月月到公司借了30万元现金。等他办完借贷手续，幕后老板现身了，竟然是道上有名的大哥庆瞎子。

庆瞎子拿着借贷合同，逐条和二龙介绍利息的算法，二龙听得心惊肉跳。月月也急了，质问庆瞎子：“您不是说看我面子，只收很低的利息吗？怎么会这么高？”

庆瞎子冷冷地说：“你算什么东西，在我面前谈面子！当年因为你这个贱货，把我弟弟弄进去蹲了一年半，我还没找你算账呢！”

二龙算术不好，但社会事儿门清，他看到一个秃子站在庆瞎子身后，头顶微微有些凹陷，正是当年挑衅自己的两个混混之一。他立刻想通了很多事：当年给娇娇下药的那个人竟然是庆瞎子的弟弟。庆瞎子为了报复，找来这个颅骨本来就骨折的人，把自己碰瓷进了监狱。

回忆到这儿，二龙决定不再和娇娇隐瞒，他原原本本讲完了事情经过，然后掏出手机，对娇娇说道：“这件事很蹊跷，我刚刚收到了月月的微信。”

娇娇看完后也觉得不可思议，月月明明死了，怎么会发微信呢？

二龙思索了一会儿：“我们先要证明那份借贷合同是不是还在，

如果真不在了，我怀疑月月的死和庆瞎子脱不了干系！”娇娇睁大眼睛问道：“怎么证明？”

“之前你们银行不是要求你们练点钞吗？家里应该还有银行练功券吧？我拿去试探一下庆瞎子！”

娇娇有些忐忑地找出二十几沓练功券，二龙将它们装到包里，然后给庆瞎子打去电话：“庆哥，30万利息准备好了，你带上借款合同，咱们清一下账吧。”

庆瞎子在那头愣了下，显然没想到二龙这么快就能凑够钱，他停顿片刻，斟酌着说道：“你带着钱到北沟垂钓园来找我吧，我在这儿钓鱼，让人把合同送过来。”

挂断电话，二龙皱着眉说道：“他约我去这么偏僻的地方，十有八九是心里有鬼。”

娇娇担心地说道：“我和你一起去吧。”

二龙笑着拍了拍她的肩膀：“你去了也帮不上忙，没事儿的，我找兄弟们一起，吃不了亏。”

二龙在娇娇担忧的目光中下了楼，他拿着手机在通讯录里看了半天兄弟的电话号码，摸了摸怀里揣的菜刀，喃喃说道：“还是不拖你们下水了，小爷我今天就单刀赴会。”

半个小时后，二龙拎着一只方方正正的帆布包出现在北沟垂钓园。昏暗的灯光下，庆瞎子和七八名手下等在这里。

二龙慢慢走过去，招呼了一声“庆哥”。庆瞎子竖起大拇指道：“老弟你这筹钱的速度可以呀，有实力！再缺钱尽管说话，利息我给你打对折。”

二龙把包挪到胸前，冷冷地说道：“废话就别说了，合同给我钱给你，大路朝天各走半边！”

庆瞎子咂巴咂巴嘴：“庆哥我吐口唾沫就是钉，合同不合同的不重要，只要你还了钱，咱们就两清了。”二龙冷笑道：“你吐口唾沫就是泡屎！小爷我原本就不欠你的，没有合同更别提了，再见！”

见二龙要走，庆瞎子怒吼一声：“抢！”七八个打手一拥而上，又猛地“呼啦”一下散开。只见二龙手中亮出了明晃晃的菜刀，口中怒喝道：“真当小爷是吃素的？想死的尽管往前凑！”

打手们围住二龙，纷纷亮出了铁管砍刀，但慑于他拼命的气场，一时不敢强攻上来。

很快，落针可闻的僵局被后方不远处的电子按键音打破了。那个一直跟着庆瞎子的秃子立刻飞奔过去，用刀抵着一个女人的脖子走了回来，她手中的手机刚刚摁完“110”三个数字，还没来得及拨出去。

“娇娇？谁让你来的！”二龙气得大叫一声就要冲过去，看到她脖子上的刀又无奈地停了下来。

“我不放心你……”娇娇的脸色惨白，浑身不停颤抖着。

“把钱扔过来，我放你们走！”庆瞎子冷冷地说道。

二龙额头的汗水悄悄淌下来，对方只要打开包就会发现是假钱，根本糊弄不过去。

正在这时，天空传来一阵“嗡嗡”的声音，庆瞎子疑惑地抬头看了半天，忽然喊道：“无人机！快把它打下来！”

几个小弟急忙捡起石头，朝着天空扔上去。可无人机忽高忽低，灵活躲避，根本打不到。

二龙灵机一动说道：“庆瞎子，别费劲了。我安排兄弟们在五公里外操控无人机全程录像，如果我和娇娇今天有事，用不上十分钟，录像就会出现在公安局和各大网站。到时候谁也罩不住你！”

庆瞎子看着二龙胸前的包，眼神中全是贪婪和狰狞，他对娇娇身后的秃子说道：“秃子，如果二龙不把钱交出来，就捅死他老婆。反正你肝癌晚期了，进去后我给你老婆十万安家费！”

“好嘞庆哥！”秃子龇牙笑笑，虚张声势地挥起了匕首。

“你赢了！”二龙悲愤地大叫，摘下胸前的挎包，猛地一抡，挎包飞到秃子侧面，不偏不倚地挂在一根树杈上，几捆钱掉到了幽暗的草丛中。

秃子松开娇娇朝树下奔去，跳起脚去够挎包，却总差几十厘米的距离。二龙挥舞着菜刀迅速和娇娇汇合后，转身向后跑去。

刚启动汽车，身后就传来了庆

瞎子的咆哮声，二龙一脚油门，车子猛地向前蹿去，消失在夜色之中。

没多久，二龙的手机就响了，庆瞎子压抑着怒火说道："二龙，你这手玩得漂亮，我认栽，咱们扯平了。我有个请求，咱们见见，你当我面把刚才录的视频删了，我保证你夫妻俩以后风平浪静。你如果对我不放心，咱们可以在公安局门口碰头，我不敢把你怎样的。"

二龙咬着牙恶狠狠地说道："我就不删，你更不敢把我怎样！"

庆瞎子停顿了一下，淡淡地说道："那你就保管好了，如果视频流出去，我可能有点小麻烦，但你们小两口这辈子都要小心了！"

等二龙挂断电话，娇娇担忧地说道："让你兄弟过来吧，咱拿着视频报警，这样提心吊胆的，也不是回事呀。"二龙停住车子，长出一口气："我没安排人拍摄，根本不知道无人机是谁的！"

5. 打黑风暴

这天，何警官正在公安局里办公，忽然发现手机上收到了一个视频。他打开看了一阵，兴奋地拍了下桌子，站起身就往公安局局长办公室跑去。刚进门，他就忍不住激动，对着局长喊道："局长，我找到抓庆瞎子的证据啦！"说着，他把手机递给局长，给他播放那段视频。局长看着看着，眼睛渐渐透出喜悦的光芒……

原来，市公安局近期已经接到好几起关于庆瞎子涉黑的举报了。此人涉嫌非法放贷、暴力催讨、非法拘禁、故意伤害等多项罪行，但由于他具有丰富的反侦查经验，很多罪名无法找出完整的证据链。公安局局长为此头疼不已，不过现在有了这段视频，案件的突破口就算找到了！

公安局局长连忙召开会议，播放了这段视频后，他大声对大家说道："以视频上的证据为突破口，立刻对庆瞎子一伙展开抓捕行动，务必将他与其保护伞一网打尽，办成铁案，还全市人民一片晴空！"

把庆瞎子抓捕归案后，市公安局以他暴力催讨的视频证据为突破口，经过几天几夜的审讯，终于攻破了庆瞎子的心理防线，他不但交代了诸多犯罪事实，还交代了派人撞死"吃里扒外"的月月的全部过程。经过三审，庆瞎子最终被判处死刑。

一个月后，神采奕奕的二龙带着娇娇来到李铁的影楼。李铁有些紧张地点开电脑屏幕，一帧帧精美的婚礼画面播放起来。二龙将五万块钱的尾款拍到桌上，似笑非笑地说道：“这笔账清了！”

李铁刚刚松了口气，二龙接着又拍出一沓钱：“这是两万，我希望你能把原版的视频再帮我剪辑一下！”

李铁顿时结巴起来：“什么意思？这、这就是原版的。”

二龙哈哈大笑，冲着门外喊道：“姓王的，还不滚进来？”

只见隔壁影楼的王哥畏畏缩缩地走进来，脸上青一阵白一阵，表情尴尬极了。他双手递上一张内存卡，讷讷地对李铁说道：“我砸了你的车窗，偷走了内存卡，就是想把你挤走……”

李铁既惊讶又无奈：“原来是你……老哥，搞竞争凭本事，怎么能玩这种见不得光的手段呀！”

王哥哆嗦着说不出话，惭愧得眼泪都流下来了。李铁摆摆手：“算了，大家都引以为戒吧，做人做事都要走正道，否则没有好下场。”

二龙挥挥手，王哥低眉顺眼地走了。这件事还要感谢二龙那个有盗窃前科的小弟，这小子一肚子鬼心眼。二龙婚礼那天，他见庆瞎子来要钱，怕是不能善了，所以也抱着偷走李铁摄像机替二龙讹钱的想法。他看到李铁把摄像机放到车里后，还没等动手，就发现那王哥鬼鬼祟祟地来到车前，拿着口袋弹弓猛地击碎了车窗，从摄像机里取走了内存卡。小弟躲在远处，见状也就断了偷摄像机的念头，转而拿出手机，偷偷录下了这一幕。

接下来发生了很多事，让小弟一直没机会和二龙提起。直到庆瞎子被宣判死刑后，小弟才讲了出来。二龙拿着视频找到王哥，他立刻怂了，乖乖地交出了内存卡，并主动赔偿了两万块钱。

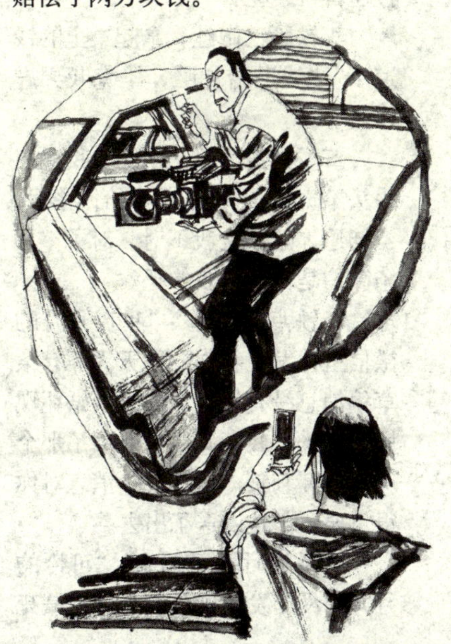

二龙笑眯眯地看着李铁道："现在你可以告诉我在哪找到的视频了吧？"

李铁挠挠头，尴尬地说道："我当时被逼得没办法了，谁知道这么巧，正好月月的父亲送来了她的手机，让我帮着做个视频。我这才发现，月月、娇娇和其他小姐妹有一个闺密群，你们婚礼那天，几个小姐妹在群里发了很多用手机拍摄的视频，月月的微信里都能看到，于是我就串联着剪辑了出来……"

"厉害！能把手机拍的视频都做得这么好，难怪敢说'海派婚庆，技压群雄'呢！"

李铁脸色微红，拿起桌上的钱道："这钱退给你吧，毕竟我弄虚作假了。"

二龙摆摆手正色道："我现在手头不宽裕，否则还想多给你些呢，当初逼你赔钱是我不对。对了，那条微信是你发给我的吧？"

李铁点点头道："我在月月的微信里，发现和你的聊天界面有条草稿消息没有发送。联想到婚礼现场的情景，我猜测你可能欠了那个庆哥的高利贷，估计这条消息对你很重要，于是发送了出去。"

娇娇顿时哭了起来："可怜的月月，没等发出这条消息就被撞死了。"二龙拍了拍娇娇的肩膀，等她情绪平静下来，两人对视一眼，忽然同时深深地给李铁鞠了一躬："感谢你的救命之恩，也感谢你为月月报了仇！"

李铁挠挠头道："你们都知道了？"二龙点点头道："我们听警察说了，是你用无人机拍下的视频，给案件侦破提供了很大的帮助。"

李铁有些不好意思地说："我之前怀疑你为了敲诈我派人偷走了内存卡，所以用无人机偷偷跟踪你，发现你们有危险后立刻降低了无人机的飞行高度，故意引起庆瞎子一伙人的注意。我觉得，和他比起来你不像坏人……"

经历了一场风波，影楼的生意渐渐好了起来。这天，一对准新人满脸幸福地走进来，一个精神干练的小伙子立刻迎了上去，礼貌地说道："欢迎光临！"

准新郎正是二龙的一个兄弟，他吃惊地瞪大了眼睛："龙哥！你怎么在这？我就是看了你发在网上的婚礼视频才来的，做得太美了！"

二龙连连摆手道："叫我二龙就好，我现在啊，是这里的一名学徒！"

（发稿编辑：赵嫒佳）

（题图、插图：杨宏富）

故事会微信号:story63，欢迎添加故事会微信，参与互动!

·神探夏洛克·

死亡现场

这是一个雨天，有个小偷突然死在一座破仓库前的泥地上，衣服上沾满了泥浆，脚上皮鞋底的花纹清晰可辨。他仰面朝天，手心朝上，手指搭在一根因失修而垂下的断电线上，头部有一处伤痕，旁边的石头上还有血迹。警方勘查现场后初步认定是意外：该小偷是因为道路泥泞滑倒后，头部撞在石头上，手指触电致死的。

夏洛克也在现场，他持有不同的看法："这不是意外，是他杀。现场有两处破绽，表明死者是被人弄死后拖到这里来的。"

你能找出这两处破绽吗?

思维风暴

男人离婚了，他在空荡荡的屋子里哭了一整天，然后去厨房拿了一把菜刀，请问他要做什么?

超级视觉

柱子是三根还是两根?武士和柱子的位置关系又是什么呢?

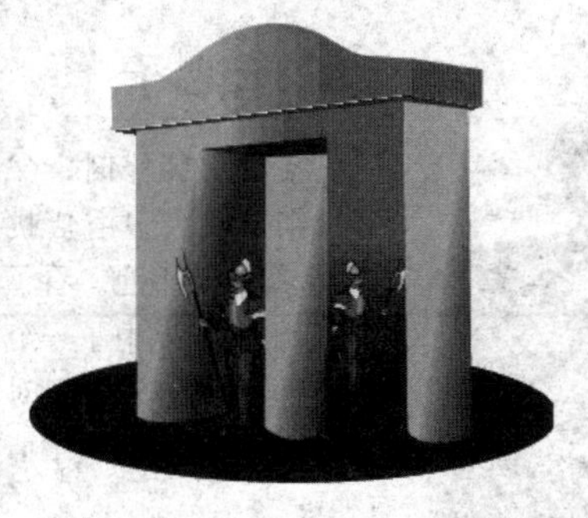

想知道答案吗?

1. 您可直接扫描下面二维码。

2. 购买 2022 年 11 月上《故事会》。

动感地带，与您不见不散!上期答案见本期 P47。

本期话题：你听过哪些动人的“情话”？

手电情话

上世纪 80 年代初，华和珍开始“耍朋友”。华住沱江河北边的县城，珍住沱江河南边的农村，他们的家正好隔河相望。那时交通不发达，他们约会都要绕远路走红旗大桥。不管是谁去找谁，一来一回都要走 12 公里的路。

一天，夜很深了。珍对华说：“你每天这样来回跑影响工作。今后我们每周见一次面，其余时间就用手电约会。”此后，每天晚上 8 点，两人在沱江河的南北两边，华用手电朝着珍闪三下，代表“我爱你”；珍用手电回闪三下，代表“我想你”。

40 年过去了，华和珍仍然幸福地生活在沱江河边，滔滔沱江水见证着他们的“手电情话”。

（孔繁强）

返程票

刚子和小芳是异地恋。由于刚子工作太忙，每隔几个周末，小芳都自己买票，坐火车去刚子的城市，而刚子唯一能做的，就是为她买好返程票。

这天，刚子突然心血来潮，坐上火车去找小芳。小芳见到他相当惊喜，刚子却紧紧抱住她，一言不发。小芳问：“发生什么事了？”刚子摇摇头，并不回答。

一个月后，刚子带着全部行李，再次来到小芳的城市，一脸真诚地说：“这一次，我没有买返程票！”小芳听完一愣，喜极而泣。

刚子摸着她的头说：“坐过一次火车我才知道，车程真的太漫长了，车厢真的太拥挤了，饭菜真的太难吃了……”

（生活不是买卖）

选池子

我家新房装修时，父亲带我去卫浴店挑选卫生间的洗手池。看了一圈后，父亲挑中了一个池子，但我不喜欢，只对另一款不同风格的池子情有独钟。

正当我们父女俩各抒己见，试图说服对方时，一旁的营业员满脸堆笑地对父亲说：“等女孩子长大了，就是别人家的人了，池子选哪款怎么能听她的呢？当然还是您自己定夺啦！”

我听了，一下子觉得心里刺痛，低下头不再说话。

没想到，父亲却忽然严肃起来，认真地说道：“怎么付钱？就要我女儿说的那款。”（余秀霞）

责 骂

住院后，郑老汉性情大变，整日对老伴恶语相向。老伴刚炖的鸡汤，他啜了一口便吐了出来，骂道：“咋这么腥？没焯水吗？”老伴非常委屈：“焯了呀。”郑老汉又皱着眉头吼道：“真是活回去了，姜也不知道放！”老伴没再言语，从保温桶里舀出一大块老姜，郑老汉还是满脸不耐烦：“滚，死老婆子。”

温顺的老伴抹着眼泪出了病房。一旁的儿子很是不满，问道：“爸，你最近咋总是骂我妈？”郑老汉脸上露出愧疚的神情：“病情我自己知道，时日不多了……你妈太重情义，我去了她肯定不舍。我寻思让她厌恶我，这样，我走了她才不会特别难过……”

病房外，老伴仿佛感应到了什么，情不自禁地泪流满面。（李 捷）

好了去旅游

老太不小心把腿摔骨折了，躺到了医院的病床上。

被推进手术室前，老太忽然闹了起来，不愿手术，女儿怎么说都不听，一旁的老头推开女儿：“我来说吧。”他温柔地贴在老太耳边说：“你乖乖的，做完手术，等腿好了，我带你去旅游。”老太听话地点点头，不闹了。

手术完回到病房，护士呼唤老太，老太无反应，女儿呼唤，老太依然无反应。老头见状又过来说：“我喊她试试。”他又贴在老太耳边轻声喊道：“老婆子、老婆子，老头子来了。”老太睁开了眼，声音微弱地说：“好了去旅游。”（汪小弟）

天气预报

丈夫性情冷淡，从来不会说动人的情话。我去拉萨出差，两个月后才回到家，丈夫却没有一点久别重逢的喜悦，还是一如既往的木讷。

我憋着一肚子气，吃过晚饭就独自看起了电视。看完本地的天气预报后，我正要换台，丈夫却阻止我说：“还没播拉萨的天气，等会儿再换台。”

我一时没回过劲儿，一旁的女儿笑了：“我爸这是条件反射呢，忘了妈已经回家了。”（邹胜龙）

（本栏插图：孙小片）

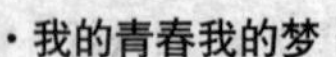

那些豆子，拨动了我的心弦

□上海市洋泾－菊园实验学校　张汇茗

上小学前，我有几年随外婆在农村度过。那时的人和事，我大都已经淡忘，只记得常和小伙伴钻进山上的树林，围着一棵棵高大的树木嬉戏打闹，争抢捡拾从树上掉落的一颗颗豆子。那些豆子比黄豆稍大，扁圆形，硬硬的，豆皮中间有一小块黑斑，黑斑之外便全是白色。我常把豆子捧在手心翻来覆去看个不停，豆子中间的那块黑，多像这片农村，而外面的白，便是我从未到过的世界。

那些豆子仿佛拥有无所不能的魔力，既可以作为填充物塞进游戏用的沙包，又能当成上好的弹弓“子弹”射向远方，还可以丢进柴火堆里化成“噼里啪啦”的爆竹。有一次，我偶然将一把豆子用力抛向空中，豆子在空中瞬间像礼花般散开，转而又像雨点般落下，撞击地面，然后弹起，落下，再弹起，再落下……

坚硬的豆子每一次与大地的碰撞，都像石琴被击打后发出清脆的一声“嘀”，而无数大小不一的豆子散开后多次碰撞地面，就会连成“嘀嘀……哗哗……嘀嘀”的声音。那声音远近交错，此起彼伏，疏密

灵动，仿佛夏季午后的一场急雨敲打着屋檐，又像一股跳动的溪流从崖上跌落河涧。对从未接触过乐器的我来说，那声音犹如天籁，拨动着我的心弦，也驱使着我抓起更多豆子，一把一把抛向空中。

那一刻，我觉得自己像极了一个小小音乐家，仿佛抛出去的不是一把把豆子，而是一串串灵动的音符。我欢呼着，雀跃着，大笑着，不一会儿，捡回的豆子就被我悉数撒尽。望着那些撒落在村道上、水沟边和鸡舍里的豆子，我一拍手，一转身，心满意足地跑回了家。

后来我发现，每当我和小伙伴尽兴撒豆之后，我的外婆总会用一把竹扫帚，缓慢而小心地把散落在各处的豆子归拢，再一颗颗捡起来，一边捡，一边还咕哝着什么。最后，外婆会把所有收回的豆子冲洗干净，晾干，再装进灶房角落柴架上一个我够不着的麻袋里。外婆收集这些豆子做什么用呢？

一天晚上，我刚睡下不久，忽然一股香味直入鼻孔。难道是外婆又给我做什么好吃的了？想到这里，我立刻翻身下床，循着香气冲进灶房，只见外婆正借着昏黄的灯光，弯腰在锅里翻炒着什么。咦，那不是我和小伙伴们平日里玩耍的豆子吗？因为受热煸炒的缘故，颗颗豆子已经变得金黄诱人，散发出阵阵香气。外婆一边观察豆子的状态，一边又熟练地翻炒了几下，随后撤去几根燃烧正旺的柴火，再用铲子把豆子小心翼翼地盛进一个大口玻璃瓶内。这时我才注意到，那样的玻璃瓶足有几十个，几乎铺满整个灶台。

原来那些装好瓶的豆子，天亮后会被外婆拉到集市上卖掉，换回平日吃的肉和蔬菜。

那一刻我怔住了！我的心弦再次被那些豆子拨动——我曾经为了听豆子击地的清脆声音，糟蹋浪费了多少豆子！那不仅是豆子，更是外婆补贴生计的来源啊！我一时陷入了深深的自责中，久久不能释怀。当晚，我把自己珍藏在床底的几罐豆子取出来，轻轻摆在了灶台上。

从那以后，我再没有随手抛弃过一颗豆子。当我再大一点回到城里上学，仍时常想起那曾经拨动我心弦的“天籁之音”，想起外婆家里那一瓶瓶香喷喷的豆子。我的思绪又会飞回到那片大山，那片树林，地上满是一颗颗可爱的、伴我成长的小豆子。

（发稿编辑：朱　虹）

（题图：孙小片）

·情节聚焦·

我是女人

□毕 华

黄磊是个热心肠。这天，他加完班，到街边一家小吃店打算吃点夜宵，忽然听到身后有人讥笑："孬种，不敢上吗？"有人粗声粗气地回答："有啥不敢！"他回头一看，身后一桌坐着四个醉醺醺的男人，其中一个光头男摇摇晃晃地站起来，走到旁边一桌正在单独吃饭的女人跟前，坏笑着说："这大晚上的，一个人吃饭不寂寞吗？"

黄磊一惊，有种不好的预感，这女人要遭殃！他壮着胆子站起身来，想要去干涉，却被过来上菜的店老板悄悄拉住，店老板小声说："他们是这片有名的地头蛇，你惹不起的。"

黄磊一听，只好又坐下来，但他不能啥都不做，于是掏出手机，隐蔽着开始录像。

那女人看上去倒没有慌张，只是低头吃着东西。光头有些下不来台，拿起一个空酒瓶指着女人："怎么的，不理人啊？"

黄磊的心提到了嗓子眼，不由得也在桌下抓起一个啤酒瓶，只要男人敢对女人砸下去，他就把酒瓶扔过去，然后撒腿就跑，也能引开几个男人的注意力，女人也许有机会逃脱。没想到，女人抬起头，居然笑了，伸出手指轻轻把对方的酒瓶摁下去："这位大哥，搭讪有这么粗鲁的吗？请人家玩，也要有个姿态。这太扎眼了，我们去那边。"说着，女人指着不远处的一条小巷。

光头一愣，反倒有些吃不准了："这个……你，你很上道啊，那，咱走？"光头不客气地伸手揽住女人的腰，冲身后几人一挥手，其他三个男人也站起身来，一行人朝小巷走去。

黄磊蒙了，这女人是因为害怕所以妥协了？也不像啊……黄磊放心不下，蹑手蹑脚跟上去继续偷拍。

突然，只听光头一声惨叫传来，黄磊快走几步，只见女人回肘，撞击在光头的鼻子上，惨叫变成了闷哼，光头的鼻子鲜血直流；女人弹起，旋身踢腿，两个壮汉“砰砰”倒地；刚刚落地的女人又伸出两根手指，插向剩下那人的眼睛，他“哇”的一声号叫起来，捂着双眼栽倒在地，不停打滚。

躲在暗处的黄磊惊呆了，女人的身手干脆利落，放倒四个壮汉竟用了不到十秒钟！黄磊热血沸腾起来，这段视频要是发到网上，肯定会火！

“过来！”冷不丁，女人冲黄磊的方向厉声喝道，把黄磊吓得一哆嗦，赶紧出来。女人警觉地问：“你在干吗？”

黄磊忙说明原委，女人看了看黄磊，脸色缓和下来，但还是冷冷地说：“把视频删了！”

黄磊一愣：“为啥啊？我已经报警了，等下警察来了，视频还能当证据，你打他们是正当防卫；再说了，你这个视频发到网上，能给多少女性带来信心和鼓舞啊！”

女人皱了皱眉，再次命令：“马上！立刻删掉！”

黄磊着实不想删，他岔开话题：“这位姐姐，你好厉害，一定不是普通人，你是……便衣？特工？侠客？”

女人一听，反而乐了：“你删了，我就告诉你。”

不经同意就把视频公开，的确是侵犯了人家的隐私权，黄磊再一想，删了视频，能换来她的神秘身份也不错嘛。于是，黄磊当着女人的面，删除了视频。

女人瞥了他一眼，往胡同外走去，边走边说：“我就是普通人，是个女人。”

这算哪门子回答？我还不知道你是个女人？黄磊急了：“姐姐，难道你……怕见人？怕……警察？”女人放缓脚步，说：“别瞎猜了。因为我男朋友在国外工作，我不想让他知道。”

黄磊顿时明白了：“你是怕他担心呀，太体贴了。”

女人回眸一笑：“不，我怕他不敢回来跟我结婚。”

（发稿编辑：王　琦）

（题图：孙小片）

屁股上的印章

□楚囝

小林十分贪玩，喜欢偷偷下河游泳，这让他爸爸大林担心不已。这天，大林正在村委会上班，有村民过来告诉他，小林跟几个小孩在河里玩水，太危险了。

大林赶紧跑到河边，把儿子叫上了岸，带回了家。到家后，大林让儿子脱掉短裤，然后拿出自己的印章，盖在儿子的屁股上，冷笑道："看你还敢下河不？等我下班回来检查。"说完，他带着印章去上班了。

小林在家待着无聊，忍不住又来到河边。河里一个叫柱子的小伙伴问小林："你怎么还不下来玩？"小林转过身将短裤拉下，指了指屁股上的红印章，叹气道："玩不成了，要是印章被水冲掉了，我爸会打我的。"

柱子笑道："这好办，我爸也有一枚印章，等咱们游完后，回我家给你盖一个不就没事了？"小林想了想说："可你爸印章上的名字和我爸的不一样啊！"

柱子满不在乎地说："你爸戴着眼镜，视力又不好，到时你远远地给他看一眼不就行了？"小林想想也是，忍不住也跳下了水。待到玩够了，小林就跟着柱子到他家，将他爸爸的印章盖在自己的屁股上，然后回了家。

傍晚，大林下班一到家，就要检查小林的屁股。小林跑出去几米远，然后拉下短裤，将屁股对着大林说："我没出去玩水！"说完他赶紧将裤子提上。没想到大林却喊道："等一下，你还说你没玩水？"小林心里一惊：糟了！难道爸爸看清楚了屁股上的印章不是他的名字？

只听大林火冒三丈地吼道："我给你盖在左屁股上，怎么印章跑到右屁股上了？"

（发稿编辑：朱　虹）

重温旧路

□鹰翔狼啸

胡总有外遇，妻子知道后当即提出离婚。胡总顿时傻眼了，他可从没想过要离婚啊！于是他果断跟情人分了手，想打感情牌，让妻子回心转意。

说起来，夫妻俩最困难的是八年前，他们双双下岗，靠卖菜为生，非常辛苦，全部的家当只有一辆二手面包车……那辆面包车后来被胡总的手下小王买走了，不知道现在怎么样了？胡总赶紧打电话给小王，说要试一试面包车。

等小王把面包车开过来，胡总一试就发现这车老化得快开不动了，他很满意，车越难开，越能重现夫妻俩困难时期的相濡以沫。于是他让小王把车开到指定位置，说明天要用。

第二天，胡总好话说了一箩筐，才让妻子同意重温一段旧路。他选的是一处上坡路，故意把车开得很慢，煽情地说：“亲爱的，还记得吗？当年咱们卖菜，就数这段路最难走，为了能省油省力，你总是下车步行。”

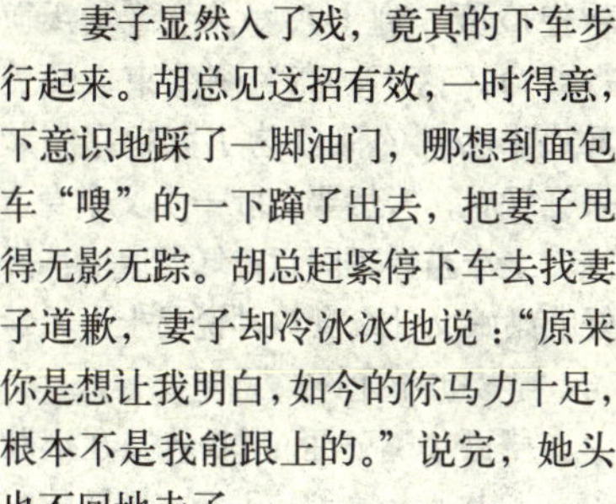

妻子显然入了戏，竟真的下车步行起来。胡总见这招有效，一时得意，下意识地踩了一脚油门，哪想到面包车“嗖”的一下蹿了出去，把妻子甩得无影无踪。胡总赶紧停下车去找妻子道歉，妻子却冷冰冰地说：“原来你是想让我明白，如今的你马力十足，根本不是我能跟上的。”说完，她头也不回地走了。

这回彻底完了！只是这么一辆破面包车，怎么一脚油门就能起飞？胡总立马打电话给小王，厉声问：“这车的马力怎么这么足？是不是你小子动了手脚？”

小王得意地说：“领导您有事要借车，我哪敢怠慢？昨天您试过车以后，我连夜给您换了个新的发动机。”

（发稿编辑：赵嫒佳）

女儿要文身

□胶年儿

老李是个单身父亲，因为怕女儿薇薇受委屈，所以一直没再婚。他好不容易把薇薇养到十八岁，薇薇却叛逆得要命。这不，高考刚结束，爱美又追求个性的薇薇为了穿起露脐装来更好看，居然要在肚子上文个身。

老李当然不同意，气愤地说：“好好的姑娘文什么身？再说马上上大学了，学校也不允许！”

薇薇小嘴一歪：“我就文在小肚子上，上了大学我又不穿露肚脐的衣服，学校发现不了！”

老李又劝了好久，但任凭他怎么说，薇薇都不为所动。老李急得满屋子乱转，却一点办法都没有。

这天，老李遇到了老街坊吴婶。吴婶见他一脸愁容，便问他怎么了，老李叹了口气：“还不是因为薇薇嘛，她非要在肚子上文朵大牡丹，说穿衣服好看，我怎么劝都劝不住！”

吴婶皱着眉说：“文在肚子上……我倒是可以帮你劝劝！”

老李无奈地摇摇头：“她爸我都劝不了，你能有啥招儿？”吴婶“哼”了一声：“小瞧我了吧？你等着瞧，最了解女人的还得是女人！”

接下来的这些天，老李一直注意着薇薇的一举一动，生怕她跑去文身，可没想到薇薇竟再也没有提起过。老李纳了闷，忽然想起了吴婶的话，于是赶紧给她打去电话。电话刚接起，吴婶便神气地说：“怎么样？”

老李又惊又喜道：“还真是你啊？快说说你到底怎么劝的！”

吴婶笑了笑：“薇薇是个爱美的女孩子，我跟她说，要是文了身，以后万一生孩子做了剖腹产手术，这牡丹花的花纹恐怕很难再对上了！”

（发稿编辑：赵嫒佳）

熟人好办事

□丁凯丽

张莉最近和人谈一笔生意，为确保成功，她多方打听，发现闺密小颖跟对方是大学同学。这可是大惊喜，张莉决定请小颖一起去面谈，毕竟熟人好办事嘛。

小颖倒也爽快："行啊。其实，我和那人还谈过恋爱，是他对不起我，到时应该会给我个面子。"张莉更加兴奋："那就靠你了！"

谁知，小颖话峰一转："不过，我老公是个小心眼……如果我瞒着他去见前男友，后果很严重。你要提前跟他说一下。"

这有何难？张莉赶紧买了些礼物，去小颖家对她老公说明来意。一开始，小颖老公有些生气，但张莉信誓旦旦地说事成之后必有重酬，小颖老公这才松了口，勉强点头同意。

终于到了面谈这天，一切都很顺利，小颖拜托大学同学照顾一下自己的闺密，他说保证没问题，让张莉回去等通知签合同。张莉心头暗喜："看来这笔生意跑不了啦！"

回到家，张莉等来等去，没想到竟等来了坏消息：对方拒绝了这次交易。煮熟的鸭子飞了？张莉想不通，就给对方打电话，想问个明白。

电话刚接通，那头就无奈地说："你还打电话过来干啥？"张莉一怔，赔着笑说："我哪里做得不对？我和小颖请你吃饭赔罪！"不料，听到这话，对方忽然火了："还敢提小颖？"张莉更糊涂："她怎么啦？"

对方叹着气说："我老婆听说我和前女友见了面，跟我吵个不停！她说，如果我敢签这单合同，就跟我离婚！"

（发稿编辑：王　琦）

太像了

□轻骑逐

二毛是个诈骗老手，这家伙神出鬼没，几乎没失手过。可二毛的同伙大傻很不争气，常常破绽百出，好几次差点被人报警“进去”了。

这天，二毛听说有个做珠宝生意的大富翁入住某大酒店，准备将一批珠宝存放在本地银行保险柜里。他不禁心痒痒的，要是能捞上一大笔，这辈子吃喝不愁啦！

为了多套取点大富翁的信息，二毛让大傻假装银行职员，先去打前站。谁知，大傻很快就被大富翁瞧出了破绽，挨了顿拳打脚踢后，落荒而逃。

看着鼻青脸肿的大傻，二毛气不打一处来：“笨蛋，你瞧老子的吧！”说着，他化装一番出了门。没过多久，二毛提着一大箱珠宝回来了。大傻瞪大了眼睛，直夸二毛厉害！

二毛得意地说：“老子装银行职员装得多像，那大富翁压根没怀疑，还夸我服务周到呢！”

两人正兴奋呢，突然，“哐当”一声，门被一脚踹开了，一群警察冲了进来，把两人摁在了地上。

大傻回过神来，愤愤地瞧着二毛：“你他妈才是大笨蛋，把我连累了！”

二毛一头雾水地看着跟在警察后面的大富翁，不服气地问：“你既然早就发现了破绽，为啥还给我一大箱珠宝？”大富翁摇摇头说：“我以前还真没见过你这样的高手，装得也太像了！”

二毛更疑惑了：“那……那你为啥把警察给招来了？”

大富翁叹了口气说：“实话告诉你吧，就因为你装得太像了，服务太周到了！我寻思着，得给你弄一面锦旗送去，好让你们领导表扬表扬你，哪知道，他们一听，当即报了警……”

（发稿编辑：朱　虹）

弹弓王

□黄君逸

大壮是个弹弓王，常对女友小晴吹嘘自己弹无虚发。这天，大壮跟小晴在河边散步，突然一只鸟儿飞过，大壮立刻捡起一枚小石子，搭弓发射，飞鸟落地。

小晴看呆了，直夸大壮厉害，大壮不禁暗自得意。

走了一段路，小晴忽然指着河里的一条鱼说："天上飞的你能行，水里游的你行不行？"

大壮二话不说，拉弓一发，居然没中，于是紧接着又补了一发，还是没中。

大壮觉得脸上有点挂不住了，往水里一看，突然一拍脑袋，迅速调整了姿势，那鱼儿果然被一击即中，很快翻身浮出水面。

大壮将鱼捞上了岸，递给小晴。小晴拎在手里左看右看，再次夸大壮厉害。大壮听了，心里更得意了。

又走了一段路，迎面走来几个小混混，不怀好意地盯着小晴，出言骚扰。小晴知道大壮有弹弓在手，一怒之下就把手中的鱼扔了过去，正好砸在一个小混混头上。对方领头的一下子火了，摆开架势，准备大打出手。

大壮见状，赶紧拉弓搭上石子，对小晴说："瞧这群纸老虎，吓唬谁呢，看我不把他们的裤裆打开花！"

说话间，大壮一个箭步上前，猛地朝领头的小混混发了一弹，只见那领头的捂着大腿处，痛得嗷嗷直叫，很快就在同伙的搀扶下溜之大吉了。

看着他们的背影，小晴对大壮更崇拜了，娇嗔道："你好坏哦，咋不给他裤裆来一下呢？"

大壮挠挠头，乐了："算那小子走运，我刚一时疏忽，保持着打鱼的姿势，水中有折射，要往下瞄一点，所以这才瞄偏啦！"

（发稿编辑：朱　虹）

算错了

□冯凯

大军经营着一家小饭店。

这天傍晚，店里进来四名顾客，为首的是个胖子。他刚坐下，就对大军说：“今天我请客，老板，把菜单拿来，我来点菜。”拿到菜单后，胖子认真地看了起来。半晌后，他点了五个菜，还叫了四瓶啤酒，对大军说：“就这些，尽量快点。”大军连忙说：“好咧，请稍等！”

很快，菜上齐了，他们边吃边喝，不一会儿酒就喝完了。大军走过去问：“要不再加几瓶？”胖子有些犹豫，他的同伴们都表示：“必须要，这点酒不过瘾！”胖子咬咬牙：“好，再来三瓶，不能再多了！”

一小时后，四人总算吃完，都带有醉意。胖子起身到柜台结账，大军笑眯眯地说：“一共 217 块。”胖子一怔：“没算错吧？”大军相当严肃：“不会，我最讲诚信。”胖子摇摇头说：“你给我看一下账单。”

听了这话，大军不由得脸色一变，原来，他常趁着顾客喝大，故意多算钱，一般都会得逞。这次，他就多算了 20 块。但他哪会承认，嘴硬道：“我肯定没算错。”胖子也不含糊：“那再算一次。如果多了，我就去投诉！”大军怕了，只好假装又算了一遍，还假惺惺地说：“有话好说，那我再看看……哦，确实多了，应该是 197 块。”胖子点点头说了句“没错”，并爽快地付了钱。大军有点灰溜溜地低声问胖子：“大哥，你怎么算账这么准呀？”

胖子听了这话，有些尴尬地笑着说：“不怕你笑话。老婆管得严，我省吃俭用，才攒下 200 块私房钱。刚才点菜，为了不超支，我对着菜单，反复算了好几次呢……”

（**发稿编辑**：田　芳）

（**本栏插图**：小黑孩　顾子易）

故事云 story clouds | 阿基米德

《故事会》&“阿基米德”梦幻联动！

中国传统中，把那些只可意会的家风，取其神而略其形，演绎成生动有趣的故事形式，口口相传，代代相沿……来“故事云”扫码听故事，品一品这些故事里，是否也有熟悉的气韵？

今日主题

分梨、分苹果、分鸡腿？都是家里那点事儿！

有两位白发老翁，是“故事云”的常客了。进馆时，老哥俩常备一壶清茶对饮，听听故事，聊聊天；待到离开时，总能笑得开怀，又意犹未尽。今天不知怎么了，老哥俩听着故事，也不说话，阿俑凑上去瞧，两人眼眶都红红的！

“今天的故事真是奇了，说的好像都是咱兄弟俩的事呀！”

“这便是‘一家之语，可以共之天下’吧，听着故事，真想家了……”

《受伤的南瓜》 《兄弟鞋》 《哑巴失踪》

《受伤的南瓜》

《兄弟鞋》

《哑巴失踪》

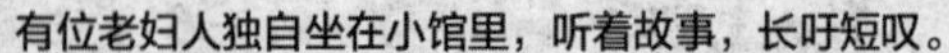

有位老妇人独自坐在小馆里，听着故事，长吁短叹。

阿俑看了看她的“故事菜单”，小心翼翼地问：“是被故事戳中心事了？”

老妇人苦笑道：“我要是有故事里的母亲这般聪明，家里就没那点儿糟心事喽……”

听了老妇人的倾诉，阿俑笑着说：“那我们就学学故事里人家‘藏钥匙’的智慧，生活有时就得换个思路呀！”

《祖传书案》

《一套遗产房》　《藏钥匙》　《祖传书案》

小男孩听完一个故事，扯着妈妈的袖子，兴奋地说道：“妈妈，这个关于‘分苹果’的故事，让我想起了‘孔融让梨’！讲的都是一个道理，对不对？”

妈妈问：“你说说，是什么道理呢？”

“要讲礼貌，要懂得谦让，要关爱家人！”男孩眨眨眼，补充道，“妈妈，平时你让我‘分鸡腿’给爷爷奶奶，是不是也是这个道理？”

妈妈笑着摸摸男孩的脑袋，说：“那以后，我们家的故事，就等你来写哦！”

《一条鱼》　《最后一个苹果》

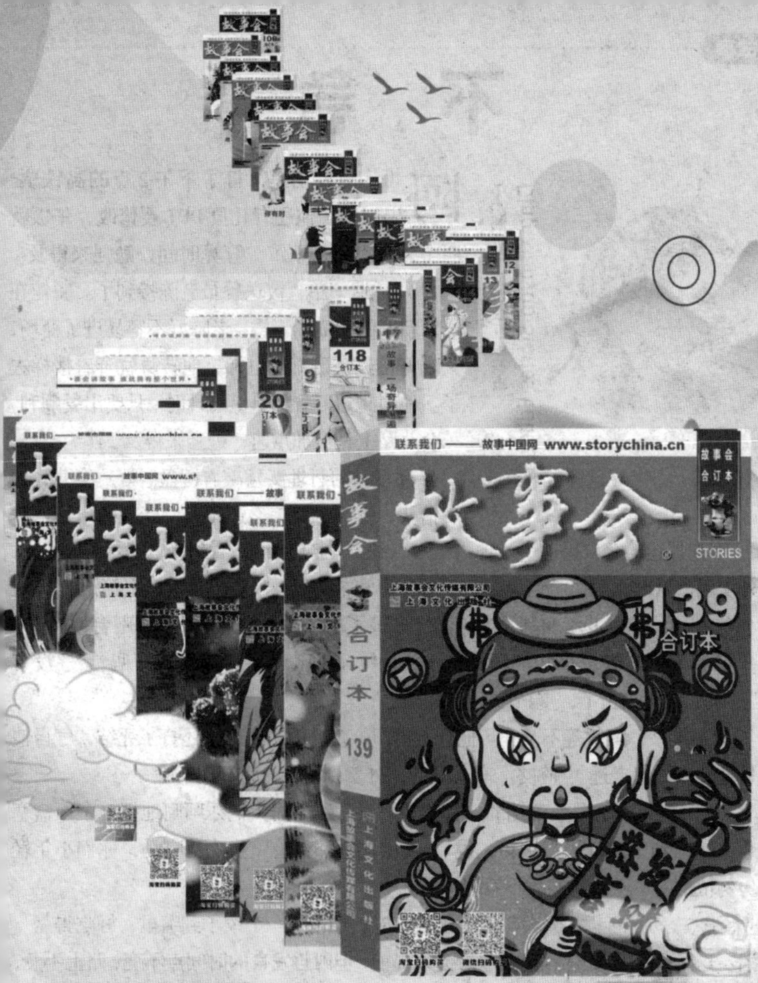

不　急

丁娴瑶　故事会红版编辑

Ding Xianyao Stories Editor

阿哲临时要出差，订了下午2点的高铁票。出门前，他还有几页PPT要修改，午饭就叫个外卖对付一下了。算算时间，勉强来得及。

阿哲这一单，被送餐员老陈接到了。餐馆在一家新开的大商场五楼，老陈好不容易进了商场，又刚好错过一班直达电梯，他转身就奔着楼梯去了。他边跑边盯着订单上的计时：只要出餐顺利，一会儿路上稍微加点速，勉强来得及。

屋里，阿哲埋头猛敲着键盘。好一会儿，他一抬头，咦，外卖怎么还不来？老板的电话倒先来了："客户那边的会议提前了，你再早一点到。"挂了电话，看到平台提示：很抱歉，您的外卖因故延时派送，敬请谅解！谅解？谅解个头啊！阿哲愤愤地合上笔记本。

餐馆那边，出餐并不顺利，老陈已经多等了七分钟。他不得不挤到吧台，问136号订单好了没有。餐馆小妹忙得头也没抬："136号订单，不是拿走了吗？""没有啊！""哦，可能搞错了，重新做一份吧……"

外卖仍没来，阿哲等不及了。他赶着出门，换鞋的时候鞋带还打了死结，气得他把那只鞋一脚踢出老远。"咚咚"有人敲门，外卖到了？阿哲开门一瞧——

"今天家里包饺子，韭菜馅的，你趁热尝尝！"邻居大妈乐呵呵地把一个饭盒塞给阿哲，她瞄到了门口的行李箱，说，"要出门？那带着路上吃！哎哟，你们小年轻整天匆匆忙忙的，听大妈的，不急啊！"

听到这一句，阿哲如蒙大赦。等出租车时，他塞了一个饺子到嘴里，好吃得差点掉眼泪。这时，客户来电话特意关照：会议提前，但阿哲发言的时间点不变，路上不急，注意安全。阿哲长舒一口气，电话又响，送餐员老陈的声音带着哭腔："喂，对不起啊，那个136号订单，说搞错了，又重新做……你等我啊，千万别……"

"不急的！"阿哲立马回道，"我已经出门了，我点的炸酱面，您正好留着吃，没事！"阿哲上了出租车，司机问："去火车站对吧？""对，不急，您慢点开！""好嘞！"

不急——不知从什么时候开始，这成了一句无比动听的"祝愿"。飞速忙碌的时代，愿我们能拥有"不急"的智慧，多一些"不急"的日子，慢慢地细品故事，悠悠地享受人生。

（插图：丁德武）

762 2022
SEMIMONTHLY
11月上半月刊

CONTENTS

—STORIES—

故事云，可以听的《故事会》，精彩尽在 P95。

红版 · 上半月刊
社 长、主 编 夏一鸣
副社长 张 凯
副主编 吕 佳 朱 虹
本期责任编辑 丁娴瑶
电子邮箱 dingxianyao@126.com
发稿编辑
吕 佳 陶云韫 曹晴雯 孟文玉
美术编辑 王怡斐 郭瑾玮
红版编辑部电话 021-5320 4057
绿版编辑部电话 021-5320 4050
地址 上海市闵行区号景路 159 弄 A 座 3 楼
邮编 201101
主管、主办 上海文艺出版总社
出版单位 《故事会》编辑部
发行范围 公开
出版发行部
发行业务 021-5320 4165
发行经理 钮 颖
媒介合作 021-5320 4090
广告业务 021-5320 4161
新媒体广告 021-5320 4191
融媒体中心
《故事会》微博 @故事会
《故事会》微信 story63
故事中国网 www.storychina.cn
《故事会》网店
shop36332989.taobao.com

故事会公众号

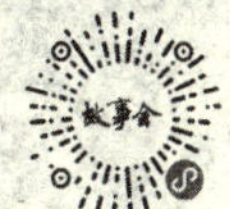

故事会小程序

国外发行 中国图书贸易总公司
印刷 上海四维数字图文有限公司
发行：中国邮政集团公司报刊发行局总发行
国内代号 4-225 定价 6.00元

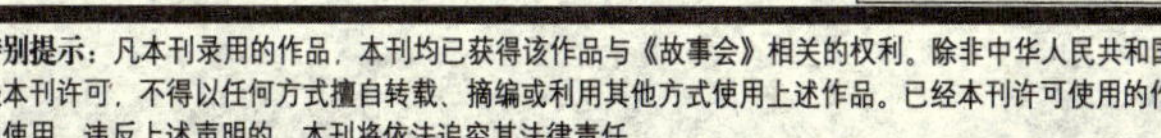

饮水机坏了

甲：喂，你好，是行政部吗？我想投诉，公司二楼那台饮水机有问题。

乙：您好，您之前投诉过五次了，我们已经派人修理了，请您……

甲：对，我投诉的就是这个！修好了怎么也不通知我一声啊？

乙：嗯？

甲：嗯什么嗯！我都不知道修好了，刚才洗手，手都烫烂了！

（莫　难）

（本栏插图：包丰一）

神医处方

最近，阿毛总觉得眼睛不舒服，看了很多医生，都没好转，经人介绍，他找到了镇上的一位“神医”。神医了解病情后，挥笔就写了处方——病因：梅由僻施，艾坎首基；治疗方法：梅由僻施，憋坎首基。

见阿毛看得一头雾水，神医提示道：“回去快速朗诵十遍。”

回家后，阿毛开始朗诵，语速越来越快，突然醒悟：“病因，没有屁事，爱看手机；治疗方法，没有屁事，别看手机！”（左　右）

当酒鬼掉进酒桶

亨利是一家酿酒厂的保安，这天，他查看监控时，发现有个酒鬼掉进了仓库的巨型酒桶。亨利赶紧跟老板汇报了情况，老板着急地问：“人没淹死在酒桶里吧？”

亨利说：“淹死？那家伙都爬出来上了三次厕所了！”

（小　娃）

折叠手机

人猿泰山决定搬到城里生活，作为庆祝，朋友送了他一部最新款的折叠手机。可惜，手机到手后，泰山只使用一次就坏了。

泰山问朋友："这手机不行啊，怎么折叠一次就坏了？"

朋友无奈地说："那你也别沿着对角线折叠啊！"　　（离萧天）

徒手搏斗

教官给新兵们示范了如何从敌人手中夺枪，然后徒手搏斗，化解危险。

随后，教官向一个新兵提问："若你在巡逻时，碰到一个徒手的敌人，你该怎么办？"

新兵想了一下，说："我就赶快把我的枪扔了，这样他也拿不到枪，我们就能徒手搏斗了。"

（冬　人）

嫁给哥哥

甲：我有个闺密，嫁给了继父带过来的儿子，大她两岁！

乙：哇，嫁给哥哥，好羡慕！

甲：这有什么好羡慕的？

乙：出嫁不用离开娘家，而且还没有婆婆！

（东　方）

空姐的名字

玛丽到机场接丈夫时，碰巧看到一个漂亮的空姐朝丈夫挥手道别，只听丈夫回应道："拜拜，杰西，下次再会！"

玛丽忍不住问："你怎么会知道她的名字？"

丈夫说："别多想，亲爱的，机上人员的名字都写在驾驶室门外的牌子上呢！"

玛丽追问道："是吗？那机长叫什么名字？"

（紫糯米）

为啥朋友少

一天，大毛对同事说："你通讯录里怎么只有六个联系人，朋友太少了吧？"同事笑了笑，拿起手机，随意地拨了个电话："喂，有点急事，给我打五千块钱吧！"没想到，他刚挂电话就收到短信提醒，银行账户果然有了五千块进账。

大毛见了，恍然大悟："我懂了，朋友不在多，而在于关键时候能助你一臂之力！"

同事又笑了笑，说："你还不懂。"说完，他把刚才那人拉黑了。

（北极星）

情人节礼物

情人节，老张特地推掉了所有工作，准备带老婆出去吃大餐。

老婆说："其实不用这么复杂，像去年一样就好。"

老张问："你是说还给你发个红包？"

老婆摇摇头，笑着说："是还出差！"（澄　山）

淡　季

阿花休假回了老家，奶奶问："现在怎么有空回来？"阿花回道："现在公司是淡季。"奶奶不解地问："蛋季？蛋季不是很忙吗？人家养鸡场每逢蛋季都是忙得不可开交的。"

阿花解释道："那不一样，我们的淡季，就是没事干。"

奶奶笑道："哦，原来你们的'蛋季'就是完蛋啊！"（卧　龙）

沙漠行路

一个探险家走在茫茫沙漠中，他已经断粮断水很久了，显得十分虚弱。好不容易，他遇到一个骑骆驼的人，便问道："先生，最近的公路该怎么走？"

那人说："你朝东一直走，走到下星期二，就到啦！"

（峰上珠）

写名字

有个女的相亲，她问男方："咱们结婚买房子，房产证上可以写两个人的名字吗？"男的大方地说："当然可以。"

女的一听，急忙给妈妈打电话："妈，他说可以，你看除了我，另外一个是写你的名字，还是我爸的名字？"

（梨　落）

惯性思维

老师第一次家访，见了小明的爸爸，便自我介绍道："您好，我是您儿子的班主任，我叫金莲。"

小明爸爸赶紧回道："您好，潘老师请坐！"

班主任说："不好意思，我姓金。"

（刘　振）

亲妈题诗

小芳过年回家，妈妈见她又胖了不少，愁得直摇头。这天，妈妈写春联时，顺便写了一首诗送给小芳："瘦小离家胖了回，乡音未改肉成堆。儿童相见不相识，惊问胖子你是谁。"

小芳问："妈，你这首诗有题目吗？"妈妈没作声，只提笔写下四个大字——衣紧还乡。

（丁　强）

出家

一男子跑到庙里找到方丈，说："我已看破红尘，对尘世再无眷恋，请您给我剃度吧！"

方丈看了他一眼，道："这是第几次了？怎么又是你！"

男子虔诚地说："这次我是真的想通了！请您给我剃度吧！"

"滚！"方丈举起扫把，吼道，"你每个月都来一次，出去剪个头发能花你几个钱？"

（秋　云）

富家小儿学画画，半年画不出一只鸭，这等徒儿，收还是不收呀……

画鸭

□三山

从前有个叫婆县的地方，那儿自古产鸭，周边山村里，漫山遍野跑着大肥鸭。山野中有位姓王的画家，精于丹青笔墨，而独一门的功夫，就是画鸭。在他笔下，一只只鸭子栩栩如生，神态不一，观者都拍案叫绝。

名气大了，自然就有人要来拜师。王老先生也不藏私，凡是他觉得有天赋的，都会收入门下。这年刚开春，他却碰上一桩烦心事：城里一位与他交好的赵姓富商，也想让自家娃儿跟着他学画。碍于情面，王老先生只能答应。

虽收下赵小娃为徒，王老先生却不喜欢他，觉得这样的富家子弟，娇生惯养的，下不了苦功夫，能学出个什么名堂来？可平白无故赶人走，总归欠点礼数，他思来想去，想出个办法来。他把赵小娃叫到跟前，说："你既然拜我为师了，就得按着我这儿的规矩，用心学画。每三个月，我都会考查一次，如果你作的画不能使我满意，就请从哪儿来回哪儿去吧！"

赵小娃并没把这话当回

能达到先生的要求。只见王老先生对着桌上的画摇头叹气，说："你画的这鸭子，徒有其形，不具其神，看着呆头呆脑的。这样的画，随便拉个乡野农夫来都能画得出，真是枉费你在我门下学了这么久的画。从明日起，你还是另寻他路，别在我这里浪费时间了。"

事，满不在乎地答应下来。他没想到的是，王老先生教人作画是极具特色的。他从不主动上课，而是让学生自己去乡野间观察鸭子的神态、动作，只有在这个过程中遇到了问题向他请教，他才会耐心讲解。这就需要学生有自觉性，才能学得到东西。

赵小娃哪里晓得这个道理？一听不用上课，他就高兴得不得了。他虽是富家子弟，可父亲管得严，现在得了自由，当然是痛痛快快地玩耍了。他整日在乡野间玩耍，见着什么都觉得新奇，不知不觉间，三个月就过去了。

这日，赵小娃正要出门，忽然看见王老先生在检查一位师兄作的画，他这才想起考查这件事。他偷偷地躲在一旁，观察着怎样的画才

赵小娃听得冷汗直流，因为这三个月来他什么也没学，自认为画的鸭子还不如这一幅，恐怕是很难过先生这一关了。要是被赶回家去，那还不得被老爹狠狠收拾了？赵小娃苦思冥想该如何混过这一关，别说，想了一晚上，还真被他想出个死马当成活马医的办法来。

第二天，赵小娃拿着自己作的画去找王老先生。先生看着画愣了，问道："你画的鸭子去哪儿了？"原来，这幅画上有山有水，绿树红花，一片山村美景，却独独没有鸭子。

赵小娃拿出早已准备好的说辞："按先生的指导，画鸭要讲究生动活泼，注重写实。春天里鸭群

漫山遍野地跑，跑得无影无踪，所以只见空山，不见鸭群。”

王老先生明晓得这是在强词夺理，却不生气，因为他看赵小娃的山水景物画得极好，一看就是下过苦功夫的，而昨日他是故意跟弟子做戏给赵小娃看的。没想到这孩子只用了一晚上就想出这样的应对法子，可见是个头脑灵光的，还有点天赋。于是，王老先生起了爱才之心，他说道："这次就算你侥幸过关，不过下次考查时，这法子就使不通了，我必须得在画上看见鸭子才行。"

赵小娃连忙答应，心想：凭我的本事，只要肯认认真真地学，三个月的时间，应该也能学得有模有样才对！

哪晓得，还是把事儿想简单了。赵小娃本来是下定决心要好好学画，可春去夏至，烈日炎炎，山野间的土块都被烧灼得烫人脚。赵小娃一个富家子弟，哪里受得这样的苦？他整日待在房子里摇蒲扇乘凉，不肯踏出房门一步。本想着等天气凉快些再出门画鸭子去，没想到这一等就是三个月的时间。

到了要考查画作的前一天，赵小娃心急如焚，这三个月时光他又白白度过，画鸭的技术没有半点长进，这次又该怎么对付过去呢？他看着在池塘里玩水的鸭子，眼睛渐渐发亮：他又想到办法了！

等王老先生再拿到赵小娃的画时，忍不住拍了拍赵小娃的脑袋，笑骂道："你啊你，就会想这种鬼主意！"

怎么回事？原来，这是一幅鸭群戏水图，可画上的池塘中，荷花这些景物倒是清晰可见，唯独鸭群却在最远处，只能看见几个小白点。赵小娃这是用了近大远小的办法，故意不去细致地画鸭子呢！

王老先生摸了摸胡子，对赵小娃说道："上次我对你说，画上必须得看见鸭子，你是满足了这个要求的，我自然不好怪你。不过这样偷奸耍滑的办法，下次不许再用了。三个月后，你交过来的画，不仅得有鸭子，还必须看得清楚！"

再一次蒙混过关，使赵小娃得意起来，自认为聪明绝顶，便不急着去学画鸭了。再加上现在正当秋季，鸭子长了秋膘，养得白白胖胖的，附近人家把肥鸭杀了，做出各种美味佳肴来。赵小娃每天吃了张家吃李家，嘴巴片刻都不得闲。

不知不觉间，离考查画作的日子只剩一个月了，赵小娃终于醒悟

"禀告先生，屋子里其他东西烧了，还好我把画抢出来了……"

王老先生看看赵小娃被熏黑的鼻头和脸颊，打开了画卷，一看，忍俊不禁："怎么，刚才屋里着火，把你画的大白鸭都烤熟了？"

过来，赶忙买了几只鸭子放到屋中，认真观察，仔细描摹。他本以为自己天赋异禀，哪怕临阵磨枪，也能取得好成绩，没想到真正开始学画鸭了，才发现不易。他一连画了半个多月，画出的鸭子都呆头呆脑的，没有半点长进。

眼见又是交画作的日子了，赵小娃急火攻心，却想不出应对的办法。这天夜里，夜深人静时，赵小娃住的屋子竟然燃起了大火，幸好在大家的帮助下，火势很快就被控制下来，并没有造成什么损失。

这事当然也惊动了王老先生，他让人把赵小娃找来，有些失望地问："这场大火一烧，是不是把你本该交给我看的画也给烧了呢？"

先生还以为赵小娃是故意烧了自己的屋子，想借此蒙混过关。没想到，赵小娃拿出一幅画来，说：

旁边围观的孩子们凑上来一看，也哄然大笑。

赵小娃羞得把脸埋得很低，不敢见人。他不得不对王老先生坦白：最近天天吃鸭宴，他能画出来的，也就是一只烤鸭了。

赵小娃以为这次先生一定会光火了，王老先生却笑着摸摸他的脑袋，说："你呀，还晓得从火场里抢出画作，说明你心里还是在意画画这件事的，这就对喽……"说着，先生大笑着走开了。

还别说，这以后赵小娃像换了个人，再不敢偷懒懈怠，每日早出晚归，去观察大白鸭的行动神态，认真描摹。功夫不负有心人，三个月后，他终于正儿八经地交出了一幅令王老先生满意的画作。

（**发稿编辑**：丁娴瑶）

（**题图、插图**：孙小片）

开门

□唐　风

这天早上，门卫大老李来到单位，刚停稳电动车，就见凌局长从办公室走出来。他客客气气地朝大老李说了一件事：昨晚自己赶写汇报材料，忙晕了，一大早起来上班，材料落家里桌子上了。眼下，检查团的同志过来了，自己走不开，好在爱人在家，想请大老李跑一趟，帮忙把材料取来。

大老李二话没说，骑上电动车就往凌局长家里赶，一出门，差点撞到一个同事。同事嘟哝着：“这家伙，慌得像不着窝的兔子！”收发室的老王探出头来笑着说：“下岗，找份差事不容易，凌局的事，能不慌吗？”

大老李火急火燎地赶到凌局长家门口，房门却紧紧关闭着。他犯了难，抬头一看，真巧，凌局长的爱人张岚买完菜慢悠悠地回来了。大老李急忙说明取材料的事儿，催促快点开门。张岚一摸衣兜，糟了，钥匙落屋里了。大老李连连说，凌局长要汇报工作，还等着这材料呢，这可咋办啊？

张岚想了想，掏出手机拨通了开锁公司的电话。开锁公司的人说，登门开锁没问题，不同的锁收费不一，等到了现场再定费用。

张岚心想，自家的锁普通得很，花费几十元钱顶天了，就一口答应下来：“费用好说，你们快点派人过来！”

过了一会儿，开锁公司的人来了。这是一个二十岁出头的小伙子，他取出工具包里的一根钢丝，扭成一个角度，沿着锁孔方向插入锁芯，一拨弄，锁开了。随即，小伙子开具发票，准备收钱。

张岚一看发票上的数字，半天回不过神来：两百元整！随便一捯饬的事儿，竟开出这样的“天价”，这不是把人当冤大头吗？张岚提出付费二十元，余额拒付。小伙子却很强硬，说上门开锁就是这个价，别想赖账。

张岚气得嘴唇铁青，好在房门已经打开，她也没有什么顾忌的了，任凭小伙子嘴皮磨破，她就是不付这两百元钱。两个人争来争去，小伙子一拍脑瓜，说句“有了”，伸手就想把房门关上，权当没有开锁。大老李急着进屋，张岚也想脚跟脚进去，小伙子却使劲把两人拦在门外。大老李很无奈地望着张岚，一口一个“咋办”。

张岚正在气头上，向大老李反问：“你说咋办？”她又扭过头来对小伙子说：“宰老娘的事，休想！”

小伙子也杠上了，守着房门就是不让两人进去。大老李急得直搓手，最后竟掏出两百元钱递给小伙子。张岚看大老李给了小伙子钱，气头上脱口而出一句：“贱东西！”

这一下，大老李糟心了，但没吭声，他快步进屋，拿上汇报材料。出来时，他心里有气，下意识地用力带了一下门，只听“砰”的一声，房门被关上了。

大老李看看手里的材料，没再耽搁，骑上电动车走了。开锁的小伙子看了一眼张岚，也扬长而去。张岚一人被关在门外，气得“咣当咣当”踢着房门。

大老李把汇报材料交给凌局长后，回到门卫室。他去取材料的时候兴致极高，回来后却垂头丧气，收发室的老王奇怪了，问他怎么了。大老李闷着头说了一句：“嗑瓜子嗑出臭虫来了！”他不愿多说什么，默默地走开了。

下班时，凌局长看到大老李不在岗位，随口问了一声收发室的老王。老王说，大老李取材料回来后气色不太对，想必中间出了什么情况。

凌局长下班回到家，问起大老李取材料的事儿，张岚竹筒倒豆子，把事情说了一遍。最后她还委屈地说，多亏父母家还有一把钥匙，自己乘公交车去取了来，来回花了不

少时间。凌局长非但没有安慰爱人，还寒着脸训斥道："本来打开了一扇门，因为你，门又关上了，你做的啥事嘛！"

傍晚，凌局长拉上张岚回到门卫室见大老李。张岚取出两百元钱递给大老李，大老李不收，说："打开的房门，是我不小心又关上了，这两百块钱该我掏。"

任凭张岚怎样道歉，大老李就是不收这钱。看得出来，大老李对于张岚辱骂的"贱东西"仍然耿耿于怀。凌局长"呵呵"笑着说："老哥啊，两百块钱事小，伤了人心事大。我爱人说了伤人心的话，我已经批评过她了，您多担待！"

张岚顺势从旁边桌上倒来一杯茶，打趣道："这是老妹的赔情茶。老哥啊，要是因为我，您心里落下疙瘩，老妹怎么过意得去呢！"

话说到这份儿上，大老李笑了，但那两百元钱，他坚决不收。

月底，大老李到财务室领工资条，除了打进卡里的两千五百元，还多出一个信封，里面装着两张百元钞票。大老李问财务："怎么涨了工资？"财务笑笑，说："是这个月的奖金，加钱的事情，还需要给你打招呼？"

回到收发室，大老李问老王有没有多出两百块钱的奖金。老王神秘地笑笑："你关门关出福来了！"

大老李一听老王话里有话，知道他消息灵通，就缠着他说出实情。老王说，要想知道实情，得请客。于是大老李买来一包花生米、一瓶二锅头，两人边喝边聊。原来，那信封里的两百元钱是凌局长给的，唯恐大老李推辞不收，就让财务假借奖金的名义，转交给大老李。

"我关上了一扇门，咱们凌局又为我打开了一扇门啊！"大老李说着，笑着，不觉眼眶湿润了。

（**发稿编辑**：吕　佳）

（**题图、插图**：孙小片）

师生妙答

◆ 数学老师："在数学符号中，大括号像一张弓，小括号像弯弯的月牙，那中括号像什么？"

学生："像一枚还没用过的订书钉。"

◆ 英语老师："英语口语翻译成汉语时，老外的哪些发音不用翻译？"

学生："当然是打喷嚏、咳嗽，还有哭和笑。"

◆ 生物老师："请你说出两种以上昆虫的名字。"

学生："馋虫、懒虫、网虫、瞌睡虫……"

（推荐者：苏　童）

神回复

◆ 在我眼里，物理考题都是这个思路：如果你有四根铅笔，我有七个苹果，那么，房顶上可以放下几个煎饼？

神回复：紫色，因为外星人不戴帽子。

◆ 孙悟空原来能大闹天宫，可是为什么他从五行山出来后，连个妖怪也打不过呢？

神回复：你见识短了，你账号被封500年试试！

◆ 哪件事让你对自己的无知感到震惊？

神回复：小时候写作文，被要求写笔名，我写的一直是"中华绘图铅笔"。

◆ 神话故事中"三过家门而不入"的人物是谁？

神回复：财神。

◆ 女友是班长，昨天她主持班会时笑吟吟地说："有女朋友的男生，请举手。"我看看她，笑着举手。她一步步从讲台上走到我身边，对我说："乖，你把手放下。"她是啥意思？

神回复：这大概是最委婉的分手语吧！

（推荐者：檬　男）

哈哈签名档

◆ 三年没收入了，压力太大了，突然有点不想活了。听说柿子和螃蟹相克，柿子我已经买了，有没有哪个老板给我寄点螃蟹？最好是阳澄湖六两大的螃蟹！

◆ 有句老话说得对：一方水土养一方人。所以，圆圆的地球养出了圆圆的我。

◆ 火车到了蚌埠站后，我朝窗外看了看，转身激动地对同事说："蛤蜊到了。"

◆ 劝那些与汽车抢道的朋友：1. 你没它跑得快；2. 你没它结实；3. 你疼它不疼；4. 你没备用零件，而它的零件都能换。

◆ 朋友是驾校教练，答应可以给我开小灶。他带我上了车，给我介绍油门、离合、刹车、挡位……我就问了一句："飘移键在哪儿？"

◆ 姐妹们，你们有没有发现面霜用得比以前快了？告诉你们吧，是因为发际线上移了。

（**推荐者**：离萧天）

夫妻喜剧场

◆ 晚上和老婆说好，两个人要互相拍着对方，一起入睡，就像拍宝宝睡觉那样。然而，我有一下拍得用力了点儿，老婆也开玩笑似的更用力地拍了回来。就这样，两人越拍越用力，最后我们就打起来了……

◆ 一天，跟我老婆去逛街，她指着一家餐厅门口"请不要带宠物入内"的告示牌对我说："我进去，你在门口等着。"

◆ 老婆实在太胖了，我犹豫了半天，鼓起勇气对她说："老婆，是不是该减肥了？我拥有过胖老婆，还没拥有过瘦老婆呢！"老婆看了我一眼说："那你还没拥有过更胖的老婆呀！"

◆ 最近，老婆迷上了侦探小说，我问她有什么好看，她说："又学到一个新技能，以后你要是找小三，我可以制造出你俩殉情的现场。"

（**推荐者**：离萧天）

（**本栏插图**：孙小片）

善心无价，你来我往，心意浓聚而不散；感恩如歌，你哼我唱，情意深悠扬千里……

哑巴烧饼

□ 许申高

小镇桥头有一个简易木棚，是家烧饼店，店主是个中年哑巴，大家就把这店叫作哑巴烧饼店。

那年冬天的一个早上，正是孩子们上学的时候，店门口围满了来买烧饼的孩子。很少有人注意到，离店子不远的地方，有个七八岁的小女孩，牵着奶奶的手，正羡慕地注视着买烧饼的同学。等所有孩子都买上烧饼走了，那位老奶奶才走过来，走几步，又回头招呼孙女："丫头，你过来，别怕！"孙女这才跟上来，但头一直垂着。

老奶奶到了店主跟前，四下里看看，确定周边没有其他人，才说："大哥，求您个事，您能不能每天给俺孙女赊两个烧饼，等她妈妈回来了，到时给您结总账……"

老奶奶没想到，店主又聋又哑，只见他笑着伸出一根手指头，用手语表示：烧饼一块钱一个。其实他与顾客的交流就这么多，你要买多少烧饼，就伸出多少指头，至于说话，他是一句也听不见。

这可急坏了老奶奶，孙女也急了。哑巴店主用手语示意，询问她俩要几个烧饼。老奶奶只好提高声音说："我是对河许村的，我儿子肝癌，去年走了；媳妇出门打工去了……"老奶奶说着，哽咽起来：

"可怜我孙女，想吃烧饼……"

哑巴店主看老奶奶一脸苦涩，心想是不是来乞讨的？于是他赶紧装上一袋子烧饼，递给老奶奶，老奶奶却不肯接。

正巧这时，一辆出租车停在了店门口，司机下来买烧饼，他是这儿的常客，对哑巴烧饼店的情况了如指掌。刚才老奶奶那席话他全听见了，只见他返身从车内拿出纸笔，在上面写了一行字，递给哑巴。

哑巴识字，他一看那行字，才明白老奶奶的意思，连忙对老奶奶频频点头，意思是说：我知道了，可以！同时他麻利地包上两个烧饼，递给了小女孩，然后又把先前的那一袋塞进老奶奶的怀中。

这回，老奶奶没有推辞。走之前，她用手指做出在账本上写字的动作，再三示意哑巴把账记上，然后又对那位开出租车的司机说："谢谢这位大哥，今天多亏了您！"

司机笑了笑，抚摸着小女孩的头，轻声说道："好好读书，听奶奶的话。不早了，快上学去吧！"

小女孩点点头，跟奶奶说完再见后，就捧着烧饼往学校走，边走边吃起来。老奶奶看着，眼泪不由得落了下来。

打那以后，小女孩每天早上都会趁同学们走后，悄悄来到烧饼店。哑巴店主便会递给她两个刚出炉的烧饼，目送她去上学。

一晃进了腊月。这天，又到了小女孩来拿烧饼的时间，可她迟迟没有来。哑巴店主一直惦记着，心想，一定是她家里有事没去上学，明天肯定会来的。然而第二天，小女孩仍然没有来。接连好几天，都不见小女孩的踪影，哑巴店主担忧起来，但他每天仍然按时包好两个刚出炉的烧饼，等着小女孩到来。

很快就要放寒假了。这天，烧饼店快要打烊时，一位行色匆匆的中年女子走了进来，哑巴店主不好意思地一笑，摊摊手，表示烧饼已经卖完了。女子笑了笑，拿出事先准备好的一张纸，纸上写有一行字："我是来结账的，感谢您给我丫头赊了这么长时间的烧饼。"

哑巴店主这才明白过来，又惊又喜，急忙摇头、摆手，意思是：这点事，就别提了。

而这时，女子已从包里掏出两百元钱塞了过来。哑巴店主不接，拼命摇头，似乎是说：太多了，哪要这么多钱！女子见状，干脆把钱放在揉面的案板上，走了。

哑巴店主赶紧追出去，腊月里

街上非常热闹，一眨眼工夫，那女子就隐没在人流中。哑巴店主愣愣地站在那儿，他后悔刚才没向这位女子打听她女儿的情况：丫头为什么没来上学了？她还好吗？

哑巴店主虽然一直惦记着小女孩，然而自此之后，他再也没有了小女孩的任何消息。

时光飞驰，转眼十多年过去，哑巴烧饼成了当地响当当的特色小吃品牌，价格从一元涨到了两元。原先的塑料袋包装改为印有“哑巴烧饼”字样和商标的环保纸袋，店铺也由木棚改为了“钢构房”。最大的变化是，哑巴店主也与时俱进，案板上分别立有支付宝和微信的收款码。

这天早上，来了两位年轻姑娘。穿红衣的姑娘向同伴介绍：“这就是我家乡最有名的特色小吃——哑巴烧饼，好多年没吃了，我俩一人来两个！”说着，她向哑巴店主伸出四根手指头。哑巴店主麻利地包上烧饼递给姑娘，然后又接着忙去了。

红衣姑娘没有急于付钱，而是站在一旁，一边打量着哑巴店主忙碌的身影，一边迫不及待地吃起烧饼来。谁也没注意到，她的眼中有泪花在闪烁。这时，同伴要扫码付钱，被她止住了：“我来！”

红衣姑娘拿出手机，扫码付钱。哑巴店主的手机就搁在案板上，当红衣姑娘付完钱，他的手机里立即传来“微信收款八百元”的通知声，然而他听不见。旁边不少顾客听见了，都惊异地盯着姑娘，同伴也听到了，忙说：“是八块钱，你怎么付八百？”

红衣姑娘淡定地说：“没错，我们走吧。”在众人诧异的目光中，她拉着同伴来到路边，正要招手拦车，旁边一辆出租车里的司机探出头说：“坐车吗？”红衣姑娘点点头，和同伴上了车。她对司机说：“师傅，去许村。”

出租车司机五十来岁，他每天都来烧饼店买早餐，刚才红衣姑娘付款的那一幕他看得真切。车开动后，他问："你刚才为什么要付八百呢？"同伴也说："是啊！为什么要付那么多？莫名其妙！"

接下来，红衣姑娘便把十多年前和奶奶来这儿赊烧饼的事说了。"那些天是我最快乐的一段日子。每天早上，我吃着烧饼去上学的途中，总会想象妈妈回来的情景，她会带很多钱，帮我交欠下的学费，还清烧饼店的赊账，给我买新衣裳……我没想到，有一天姑姑把我从学校接回家，告诉我妈妈再也不会回来了，她已经有了新的家……因为时间紧，当天，姑姑就把我和奶奶接到了她做生意的地方——青藏高原，让我们在那儿生活。西北有一种饼，很像家乡的烧饼，每次吃那饼，我就会想到哑巴叔叔，想到来不及还他的钱，我想等我回到家乡，第一件事就是要加倍偿还！"说着，她的泪水溢出了眼眶。

车内很安静，谁也没说话。很快到了许村，下车前，红衣姑娘才回过神，问："师傅，多少钱？"

司机没回答，而是回头看向红衣姑娘，问："还记得你和奶奶赊烧饼那天，旁边的那个司机吗？我可认出你啦！"

红衣姑娘惊喜万分："啊，是您！好巧哟！那次真是多谢您！"

这时，司机的爱人来电话了。两人说完事，司机抑制不住喜悦，问："你猜我今天拉上谁了？"

"谁啊？看你高兴的样子！"

"先不告诉你，等回家再说吧。"挂了电话，司机对两位姑娘说，"好了，你们下车吧！"

两人下了车，红衣姑娘总感觉司机与他爱人的通话似乎跟自己有关，忙问："您刚才是在说我？"

司机神秘地笑道："这可不能告诉你！"说完，他发动了车子。

红衣姑娘急了："先别走啊，还没付钱呢！"

"今天我高兴，不要车费啦！"说完，车子飞驰而去……

红衣姑娘犯起了迷糊。她怎么也不会想到，十多年前的那个腊月里，司机在一次出车过程中，偶然听人说起小女孩被妈妈抛弃，不得已和奶奶一起搬离家乡的消息。司机知道哑巴店主也不容易，于是跟爱人商量好，默默地替小女孩偿还了她在哑巴烧饼店的欠款……

（**发稿编辑**：曹晴雯）

（**题图、插图**：陆小弟）

荒野生存试炼记

□ 陈　坚

小凯特别喜欢看荒野生存类的节目，看着看着，他也想去体验一把。暑假到了，小凯便和几个户外迷约好，准备去锥子山探索一番。锥子山未经开发，不光没有直达的公路，周围又都是悬崖险滩，听说还有野兽出没。

这个想法立刻遭到妈妈的强烈反对，她把小凯准备好的装备一股脑儿地锁进了柜子，小凯便以绝食来表示抗争。

见小凯真不吃饭，妈妈劝道："小凯，听话。你不是专业探险家，不能去那么危险的地方。"

小凯争辩道："电视节目里的那些人虽然受过训练，但也不是专业出身，只要做好规划和准备，不会有事的。"他指了指柜子，继续说："我装备都准备好了，有野战军刀、防风打火机、定位仪等等，我看了好几年荒野生存类节目，该注意的地方我都会留意的。"

妈妈问："那你吃什么？"

小凯得意地说："野果、野兔呗，实在不行就来个炭烤昆虫，节目里的探险家都是这么吃的！"

"我的傻儿子，那是在拍节目啊！你怎么知道节目背后的真实情况是怎样的呢？"

"我不管，你不同意，我就绝食到底！"小凯是铁了心了。

妈妈见状，便说："行吧，我

同意了，你可以吃饭了吗？”

“真的？”

妈妈打开柜子，拿出装备，说：“真的，不过妈妈还是不相信你的生存能力，所以我和你舅舅联系过了，明天接你去林场。”小凯迟疑地看着妈妈，妈妈继续说：“你舅舅在那里当护林员，先让他带着你实地试炼一下，行吗？”

小凯开心地叫道：“好呀！”

第二天，舅舅便将小凯接到了林场。望着眼前茂密的森林，小凯激动坏了，他背起装备就要往里冲，舅舅阻拦道：“这么冒冒失失地冲进去，你不怕喂了野狼？”

小凯愣了，自己确实只顾着激动，忘了探险前的预备工作。他赶紧从包里拿出野战军刀，又扯了块尼龙布缠住脖子，自语道：“小刀可以对付野兽，尼龙布厚实且韧性大，可以防虫，还能抵挡野兽撕咬。嗯，节目里就是这样说的。”

舅舅听了，笑道：“小凯啊，这么小的刀，连野猫都防不住啊！还有，谁跟你说脖子上要围尼龙布的？你知道野狼的咬合力有多大吗？它是咬不烂尼龙布，但一口下去，足以咬断你的颈椎！”这话让小凯倒吸一口凉气，不知如何是好。舅舅又说：“你妈跟我说了，你先抛开节目里的那些生存技巧，在我的林场，这些都不好使。接下来，一切听我的，明白了吗？”

小凯点了点头，但还是紧紧握着手里的小刀，不太服气地跟着舅舅向林子里走去。

一会儿，舅舅指着一棵树的树干说：“在森林里，辨识方向很重要，如果有指南针最好，没有的话，要看树干上的苔藓。苔藓喜阴，长苔藓的一面即背向太阳。我们在北半球，太阳的位置偏南，因此苔藓所处的位置是北方。”舅舅一边摸

着树干上的苔藓，一边指向前方，说：“纬度越高，气温越低，植被分布多以针叶林为主，我们可以通过植被的分布来判定所处的位置或海拔……”

小凯一惊，平常在节目里只看到过如何过滤饮用水、安营扎寨等基本生活常识，这么专业的位置辨认技巧，还真没见过。这下小凯放下了先前的傲慢，他默默地收好小刀，小心地跟在舅舅身后。

接下来，舅舅从灌木丛里摘了几片树叶，放在手心里用力揉成烂泥，然后把汁水涂在脖子和手背处。小凯也学着摘了几片叶子，放在脖子上擦了擦，谁知一股恶臭扑鼻而来，呛得他直犯恶心。舅舅见了，摆摆手说：“你弄错了，这叫臭根草，需要先碾碎，然后再涂抹，它的味道就没这么冲了。”舅舅又帮小凯搓了一些汁水，继续说道：“臭根草有消炎驱虫的功效，但必须得和空气充分接触，就像大蒜中的大蒜素，要把蒜切开捣碎，才能发挥大蒜素杀菌的功效，懂了吗？”

小凯“嗯”了一声，两人便继续向前走。转眼半天过去，小凯的肚子“咕咕”叫起来，舅舅停下脚步，从背包里拿出干粮和水递给小凯，却被他一把推开了。小凯说：“说好的荒野求生，食物也必须从野外获得！”

“还挺犟，没问题，我带你去品尝这里的特色野果吧！”说完，舅舅带小凯来到一片矮树丛旁。小凯眼尖，立刻发现了树枝上红彤彤的浆果，他开心地摘下来，说：“我好像在节目里见过有人吃类似的果子……”话音未落，舅舅已打落他手里的浆果，说：“这个有毒，不能吃！”小凯有点不知所措，舅舅指着地上的一个洞穴，说：“这是野豚鼠的洞，野豚鼠会把家建在有毒浆果的树丛下。这种浆果汁有腐蚀性，会引发剧痛，这就能避免天敌侵犯，而野豚鼠身形小巧，可以自由地穿梭其中。”说完，舅舅砍了一根树枝，从旁边的树上打下了另一种野果，说：“这个可以吃，果子上有松鼠啃过的痕迹。”

小凯对舅舅佩服得五体投地，说：“舅舅，为什么这些和我在电视节目上看的都不一样？”

舅舅啃了口野果，笑道：“那些是电视节目，和真实的荒野生存肯定不一样，毕竟他们要保证嘉宾的安全啊！而真正的野外，环境瞬息万变，充满了未知的危险……”

小凯若有所思地点点头，也啃了一口手里的野果，然后又从舅舅

的包里拿出一些干粮吃了起来。

舅舅见了，问："怎么？你不是坚持要野外搜寻食物的吗？"

小凯笑了："其实我也听说了，有些电视节目里的探险家，镜头前吃昆虫，镜头后也要吃点面包的。"舅舅也笑了，他站起身，说："你原地休息一下，我去前方探探路。"说完，他便消失在林子里。

等小凯吃完，舅舅也回来了，两人背起行囊，继续向前走去。

很快，两人来到一片灌木丛里，这里的杂草叶有半人高，走进去很容易迷失方向。小凯跟在舅舅身后，慢慢向前挪动。这时，舅舅指着一片杂草叶说："你看，小凯。"小凯盯了半天也没发现异常，舅舅又说："注意看这片杂草叶，如果是杂乱地倒在地上，就是野兽走过的痕迹；如果是有序地向着一个方向倾斜，就是人走过的痕迹。左边这团杂乱的野草，从倒伏的面积看，应该是野猪留下的痕迹。"

小凯听了，恍然大悟道："这么说，如果我们朝左边走，很有可能走进野猪的巢穴，会有危险？"

"不错，你小子一点就通。"

小凯得意起来，接着他又注意到新情况——那是一丛杂草，长长的叶子被打成卷，系成了结。动物不会打结，唯一的可能，就是人为操作。小凯曾在节目里看到过，有探险家无意中发现周围所有的藤条都被编成了麻花状，这意味着附近有人类生活。而眼前这些打成结的杂草，同样是有人类活动的迹象。有人就代表有村落，而找到村落，就算荒野生存成功了！想到这，小凯兴奋起来，他忘了舅舅的嘱咐，向前跑去，只听"哎呀"一声，随即传来小凯呼救的声音："舅舅，快来救我！"

"怎么啦？"舅舅站在一边，强忍住笑容，坏坏地看着小凯。

小凯绝望地说："谁在这里拉了一泡屎，我陷到屎坑里啦！"

"这是今天最后一个重点内容。"舅舅笑着解释，"在野外如果突然想如厕，切记不可随地蹲下来。看这些草叶，上面长满了密密的绒毛，边缘也有锋利的锯齿，扎到屁股可就痛不欲生啦！"

舅舅一边说，一边把草叶打成结："只有把它们都打成结，才能安心如厕。我刚才探路时在这里方便了一下，咋这么巧被你踩到了呢？"

（**发稿编辑**：曹晴雯）

（**题图、插图**：陶　健）

听说一群斑鸠，如果被打下来一只，剩下的那些不但不飞跑，反而会伸着小脑袋看热闹，你说傻不傻？不过，老李头养的一只斑鸠，倒是精明得很……

一只斑鸠

□ 司健安

那天，刚下过一场暴雨，老李头在村口的一棵老杨树下，捡了一只还没出窝的黄嘴小斑鸠。老李头看它怪可怜的，就揣进怀里，带回家养了。

老李头的儿子李飞在县城上班。前两年，儿子怕老李头一个人在老家过日子憋闷，还给他买过一只鹦鹉，可那鹦鹉太娇贵，没多久就被他养死了，留下了一只精致的鸟笼。老李头把小斑鸠放进鸟笼，没事就带着斑鸠在村里遛弯。

过了一个多月，老李头看斑鸠的羽毛丰满了、翅膀结实了，他就提着鸟笼去了当初捡斑鸠的那棵树下，想放生。看着斑鸠扑棱着翅膀飞上树枝，老李头心里酸酸的，养了那么多天，有感情了呢！老李头蹲在树下抽了一根烟，站起来转身回家。哪知道他没走多远，那只斑鸠竟然又回来了，稳稳地落在了他的肩头，无论老李头再怎么赶，它也不走了。

从那以后，老李头遛弯再也不用提着鸟笼了。他在路上走，斑鸠或站在他的肩头，或跟着他在天上飞，亲昵得很。这下，老李头和他的斑鸠出名了，村里村外的，总有人跑来看稀罕。

这天，老李头正在村口遛弯，有人打招呼："李大爷，遛鸟呢？"老李头扭头看，是个年轻人。那年轻人接着问："李大爷，您不认识我了？我叫牛保，牛家屯的，咱们前后村啊！"

这么一说，老李头想起来了："认识，咋不认识哩？你爹叫牛犊，开皮革厂的大老板，对吧？"

牛保点着头，说："对，牛犊是俺爹。李大爷，您这养的是啥鸟啊？"给老李头点上烟，牛保指着他肩膀上的斑鸠问。老李头抽了一口烟，说："捡来的斑鸠，养着玩的，没想到被赖上不走啦！"

牛保"嘿嘿"笑着，说："在您这有吃有喝，多得劲儿啊！要是我，我也不走。"牛保一边说，一边前前后后地盯着那只斑鸠看，看着看着，他满面惊喜地对老李头说："李大爷，您发财了！"

这句话说得老李头一头雾水："咋着我就发财了呢？"

牛保凑近老李头，一拍大腿，说："您这根本就不是斑鸠呀！"

这话说得老李头一愣，把斑鸠从肩膀上取下来，捧在手里仔细看了看，说："看你这娃说的，这明明就是斑鸠嘛，我眼又不花。"

牛保想伸手去摸斑鸠，那斑鸠却一下子飞上了树。牛保看着树上的斑鸠，说："大爷，这确实是一只斑鸠，但也不是斑鸠。"

老李头彻底迷糊了："那你说，它到底是啥鸟？"

牛保挠挠头，想了一会儿说："大爷，咋给您解释呢？'九狗成一獒'的说法，您听说过没有？"

老李头摇头。

牛保说："我听说在有些地方，猎狗要是一胎产下九只以上的狗崽，有经验的猎人就不让老狗喂奶，直到狗崽子差不多全饿死，只剩最后一只，再让老狗单独养。这狗长大了凶猛得很，狼见了都怕！您知道为啥？因为这只狗崽是母狗和狼杂交生的，就叫'獒'！"

老李头听得瞪大了老眼，牛保咽了一口唾沫，接着说："您这斑鸠也是这理儿，它是鸽子和斑鸠交配产下的，叫'鸠鸽'，是一种特别稀罕的鸽子。要不，咋会跟人这么亲近呢？咱们这一带的斑鸠都是棕色的，但是您看，您这只羽毛是棕红色的，还有这爪和尾，都是鸽子的特征嘛！您知道吗，这只特殊的鸽子，训练好了，将是一只很出色的信鸽！至少也能卖个十万八万的。我这些年倒腾了不少信鸽，这点眼力见儿还是有的。”

老李头半信半疑地说：“你这孩子说鬼话逗我玩吧？”

牛保笑着摆摆手，说：“您看，我骗您干啥？骗您对我有啥好处？”听他这样信誓旦旦，老李头像是有些信了，问：“那——咋训练呢？”牛保笑着说：“那可不是一天两天的功夫，而且要是由您训练，恐怕一百块钱也没人要喽！”

这话说得老李头有些失望：“说了这半天，不还是白搭？”

牛保忙说：“大爷，您别急啊！这样吧，给您五万，我拿回去养，去训练，行不？”

老李头忙摆手说：“别！乡亲们知道我一只斑鸠要了你那么多钱，还不戳断我的老脊梁骨！要我说，相准了，你拿走养就是，要是赚了钱，打瓶好酒咱爷俩喝点儿，啥都有了！说到底，不就是一只捡来的鸟娃子？”

牛保忙说：“乡里乡亲的，我咋说也不能赚您老的昧心钱，不然我爹还不打断我的腿？再说了，您放心，没有把握，我也不敢干！”

老李头手摆得风舞荷叶一般，就是不同意。牛保想了想，说：“这样吧，我帮您介绍个买主，您落个安心钱，我赚个介绍费，行不？”

老李头想了想，答应了。

第二天，牛保果真带来一个中年人，爽气地把五万块钱摆在了老李头家的桌面上。

老李头已经把鸟装进了笼子，他指着笼子问牛保他俩：“你们看清楚、考虑好了吗？买亏了我可是不退货啊！”

牛保和那人忙点头。老李头打开鸟笼，

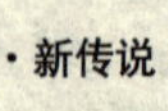

取出鸟向天上一抛，那鸟展翅摇翎直冲云霄，眨眼间飞得无影无踪，把牛保和那个中年人看得目瞪口呆："大爷，您这是干啥？"

老李头笑着"哼"了一声，转身去了里屋，又取出一个鸟笼，指着笼中的斑鸠，对牛保说："这个才是昨天你看的斑鸠！刚才那只，就是一只地地道道的信鸽。你说，你俩连斑鸠和信鸽都分不清楚，还过来忽悠我，到底想干啥？"

都到这个份儿上了，牛保还嘴硬呢："大爷，我刚才没看清楚。您这只斑鸠，跟咱们这一带的鸽子颜色还真差不多呢！"

"颜色差不多？"老李头"哈哈"一笑，"我的斑鸠是棕红色，你忘了？告诉你们吧，我孙子爱养信鸽，他见我养了一只斑鸠，就想着让斑鸠和鸽子配对，看能不能培育出新品种。我想着，这事还真没怎么听说。那臭小子怕鸽子不干，才把斑鸠染成了和鸽子羽毛一样的灰黑色，然后把它俩关在一个笼子里。结果呢，白费劲，斑鸠和鸽子根本看不对眼！"老李头一边说，一边扒拉着斑鸠染过色的羽毛，给牛保他们两个看。

看清楚之后，老李头接着说："昨天，你一过来说我这斑鸠是什么'鸠鸽'，我就估摸着你是在糊弄我呢！但我不知道你是出于什么目的，所以才来了个缓兵之计。你走后，我特意给我儿子打了个电话。李飞对我说，县环保局正在搞水污染治理，让你们停产改造皮革厂的污水处理系统。你爹去找他这个当局长的求情，被他拒绝了，所以你才来我这里糊弄我，变着法子给李飞行贿，是不是？"

牛保见诡计被拆穿，尴尬地低下头。老李头说："牛保啊，回去给你爹说，把钱花在正经地方吧，别净想这些歪门的招数！我是李飞他爹，能把儿子往弯路上送？"说完，他打开鸟笼，把斑鸠放了出来。那只斑鸠，估计是在笼子里面憋得太久，出了笼子的第一件事就是蹲在树枝上拉便便，一摊稀稠相间的斑鸠屎，正巧落在牛保的额头上，还顺着脑门流了下来……

老李头一看，"哈哈"大笑："都说斑鸠傻，我看这斑鸠精明着呢，它这是让你也体会体会，被'污染'是个啥滋味儿！"说完，老李头随手扯了一截雪白的卫生纸，给牛保递了过去。

（**发稿编辑**：丁娴瑶）

（**题图、插图**：豆　薇）

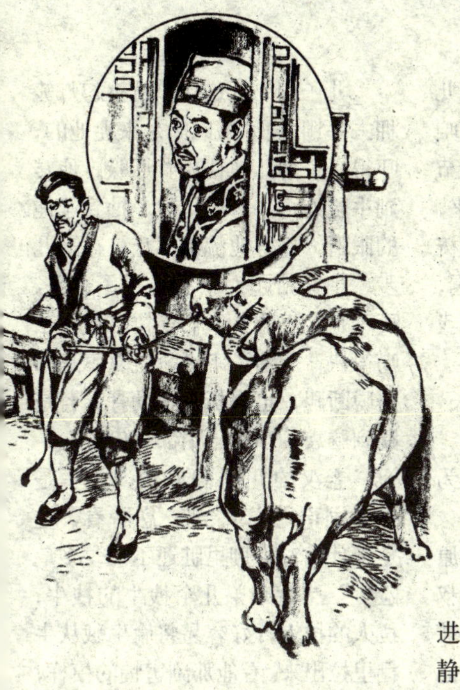

贼报恩

□ 丁秀红

从前有个双喜老汉，自小父母双亡，是吃百家饭长大的。因为他勤快，肯吃苦，在乡亲们的帮助下，而立之年发了财。他发财后，时常帮助那些穷苦之人，是出了名的大善人。

这年除夕，双喜老汉与三个儿子守岁到下半夜时，他对儿子们说："各自回房叫醒老婆孩子吧，咱们要'发纸马'，敬拜天地神仙喽！"三个儿子离开不久，老汉突然听到外面"呱嗒"一声，他往外一看，原来有个黑影鬼鬼祟祟、蹑手蹑脚地进了自家牛棚。大年五更，竟然进贼了！双喜老汉没有声张，而是静悄悄地看贼接下来要干啥。

一会儿，牛棚门口有了轻微的动静，那人竟然牵着牛从棚里出来。那人牵着牛缰绳往外走，牛却使劲地往后倒。双喜老汉在屋里使劲咳嗽一声，偷牛贼听到了，赶紧牵着牛又缩回了牛棚。

双喜老汉想：这人大年五更冒险出来偷牛，够可怜的。他又在屋里咳嗽了两声，贼听到屋里有动静，知道这牛是轻易牵不出去了，就重新将牛拴到槽上，自己藏在槽旮旯里等待时机。

不一会儿，儿子媳妇们带着孩子，陆陆续续地来了，双喜老汉却一个劲地唉声叹气。大儿子见状，就问道："爹，咱这几年日子过得就像芝麻开花节节高，您有什么不顺心的事？说出来，咱发纸马的时候说说，对着天地祷告祷告……"二儿子说："是啊，您还有什么不满意的就对我说，我听您的。"

老汉张口道："唉！说来话长，有件事我一直没对你们讲。"

三儿说："还有什么事让您为难，说来我们听听。"

老汉又叹了口气，说："我原来还有一个弟弟，也就是你们的叔叔。因为他小时候调皮不听话，被你们祖父打了一顿，赶了出去。他一走就音信皆无，一家人都想他，可是到哪里去找？你们祖父祖母闭眼前，还拉着我的手嘱咐，一定把老二找回来……"

大儿子说："您别难过，过了年，我们兄弟几个分头去打听打听，只要叔叔活着，就能找到。"

"这倒不必了。"老汉说，"刚才我从窗户那儿，看到他爬墙进了咱家，站在院子里没好意思进屋。你们来了，他就躲进了牛棚。你们快去把他请过来，好多年没见了，如今回来得正好，咱哥俩好好喝壶酒，说说话。"

儿子们一听这话，就挑起灯笼拥去牛棚。偷牛贼以为是来捉他的，吓得一个劲儿地往牛背后躲。他转到牛腚处，牛一甩尾巴，抽到了他的眼睛，疼得他流泪不止。再退几步，牛又抬起一条后腿踢了过来，要不是老汉的儿子们连拉带拽，吆喝得快，一蹄子下去，就算不是断胳膊断腿，也得折几根肋骨，若是踢到脑袋，小命恐怕都交代了。

老汉的儿子们见状，几乎是异口同声地说："叔，您看看，这是干什么？牛棚里脏还不说，多危险！"然后兄弟几个拽牛的拽牛，拉人的拉人，好容易将偷牛贼从牛棚里拉出来。看他那副害怕的模样，老大就说："叔呀，过去的事不要放在心上。"

老二说："是啊，这几年爹一直惦记您！"

老三说："您来了，咱正好一起过个团圆年！"

偷牛贼被几个年轻人"叔啊叔啊"地喊蒙了，丈二和尚摸不着头脑。这时候他是进退两难，顺着走也不是，不走也不是，最后还是被弟兄仨硬扯进了屋。

双喜老汉坐在炕头上对贼说："老二啊，既然回来了，就直接进来，我还能不欢迎？还得孩子们去请你，扭扭捏捏干啥？在外面冻坏了吧？过来，快上炕。酒早烫好了，喝点暖暖身子。”

偷牛贼站在炕下，低着头说：“我……我衣服脏……”

老汉一家人这才发现这偷牛贼浑身上下都沾了牛的屎尿，臭烘烘的。老汉又朝外间喊：“老大，打盆水来让你叔洗洗；老婆子，找几件我穿的衣服，给兄弟换上。”

大儿子赶紧从水瓮里舀了半盆水，又从锅里舀了一瓢准备下水饺的开水，兑上，不凉不热，让偷牛贼把手和脸洗干净。老婆子也找出老头准备过年穿的衣服，让偷牛贼换上……

事情到了这份儿上，偷牛贼只能想：是福不是祸，是祸躲不过，随人家去吧！酒足饭饱，双喜老汉又拿出一些银子，亲手递到偷牛贼手里，嘱咐道：“兄弟，没有过不去的坎。长兄为父，甭不好意思。你拿着这些银子，过了年，做个本，学着去做个买卖吧！”

且说这偷牛贼是个惯偷，往日里小偷小摸被人拿住，不是痛打一顿，就是报官坐牢。今晚，他想趁大伙儿忙着过年，干票大的。路过双喜老汉家时，从墙外探头往里看，正巧见牛圈里拴着一头牛，于是他就悄悄地翻墙进去，没想到还是惊动了主人。看这一家人的言行举动，起初还以为是他们认错了人，干脆将错就错。可是，在吃饭交往的过程中，这家人除了热情招待，再没有别的问话。如果真是错把他认作失踪多年的亲人，见了面应该激动得很，甚至抱头痛哭，问问现在住哪里、成家了没有啥的，主人却一字没提。那分明是主人故意给自己台阶下啊！偷牛贼明白自己遇到了大好人，他向双喜老汉“砰砰砰”磕了三个响头，说道：“亲哥，大恩不言谢。"然后他拿着钱，头也不回地走了。

偷牛贼走了以后，老伴和儿女们半信半疑地问："此人到底是谁？"老汉吸着烟袋，说："啥也别问了，大年五更来客，喜庆！"

经此一回，偷牛贼改邪归正，用双喜老汉给的银子做本，倒腾蔬菜生意，日子越过越好了。

转眼间一年过去了，又到除夕夜，双喜老汉和家人们吃着晚饭时还在笑谈，说不知今晚会不会再有"客"登门，哪知到了后半夜，家门口还真来了不速之客！

来人是本村的赌鬼，家中值钱的东西都被他输光了。老婆去娘家借了十吊钱，交给他到集上置办点年货，结果又让他赌输了。老婆与他争论，他不但不认错，还将老婆打了一顿，老婆一气之下就上吊了。赌鬼没钱安葬老婆，琢磨半天，竟趁着夜深人静，把死尸背到双喜老汉家门口，挂在门楼上，想等天亮的时候，来讹几个钱。

天蒙蒙亮时，双喜老汉打开大门，看到门楼上竟挂着一头杀好的肥猪，他连忙喊儿子们把猪弄下来。爷几个正忙活着，突然从远处跑来一个人，不管三七二十一就蒙头哭诉："老婆你死得好惨啊！"

爷几个看傻了，双喜老汉问道："怎么回事？这是你老婆？"

当赌鬼看到爷几个抬的竟是一头猪时，他瞪大了眼珠，哑口无言。奇了怪了，自己亲手将老婆的尸体挂上去的，怎么就变成猪了？

赌鬼狡辩道："我老婆昨晚出去一夜未归，有人看到她吊死在你家门口，我、我就来了……你、你得赔我老婆……"

左邻右舍听到动静都来看热闹。听到他们的对话，在场的人不禁哄然大笑，赌鬼的德行尽人皆知，没凭没据的，更没人信他的鬼话。至于年初一早上，是谁在双喜老汉门口挂了一头杀好的猪呢？这种事乡亲们倒并不觉稀奇，因为大善人的名号可不是白叫的，准是有人来报恩呗！

后来听人说，那日天没亮时，有个送蔬菜的摊贩在双喜老汉家门口耽搁过好一会儿。没准，猪就是他送来的，而那换下来的赌鬼老婆，听说是被送去衙门报官了。

还有一件有意思的事儿，双喜老汉回家后，切了猪肉想分给邻居们，哪想从猪耳朵里掉出一卷纸，上面落了款：双喜家老二敬上。

（**发稿编辑**：丁娴瑶）

（**题图、插图**：谢　颖）

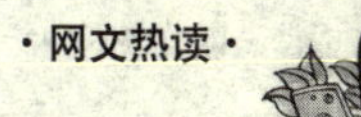

手多手少

□周　锐

我读小学的时候，妈妈就常对我说："要好好读书，才能考进好的中学；进了好的中学，才容易考上好的大学；从好的大学毕业，才会有好的工作。"我很努力地照妈妈说的做，好不容易在好的大学拿到了文凭，可这时出了点儿意外，我失去了一条手臂。

我去找好的工作，但好的工作不要我。妈妈说："在两只手的星球上，一只手的人会很困难。"我问妈妈："那……有没有一只手的星球？"妈妈说："好像有的。"

我想，在那个星球上，我不再比别人少一只手，我会得到好的工作的。于是我租了一艘飞船，带上大学文凭，顺着妈妈指引的"好像"的方向，朝独臂星出发了……

也不知过了多久，我终于到达了那颗美丽的星球，但很快发现有点不对劲儿——这里好像不是独臂星，这儿的人们都长着三只手。

情况更糟糕了，我比别人要少两只手！

现在的我只能做一件事——掏出手帕，大哭一场。可是，我还没开始哭呢，却听见了别的哭声。我一看，是一位女郎。我赶紧拿还没

用过的手帕先帮那位女郎擦眼泪。

我问她："你不比别人长得差，为什么哭？"

"不，"她说，"我就是比别人差！"女郎背过身去，我这才看清，她只有两只手——三臂星人的第三只手都是长在后背的。

"因为一次意外……"她伤心得泣不成声。我安慰她："我只剩一只手了，还没哭呢！"她让我也转过身，看清我背后再没有手了，这才不好意思再哭了。

"可是，"她说，"本来我已经找到了好工作，就因为少了一只手，人家就不要我了。"

"别难过，"我帮她出主意，"我带你到我们星球去。不过，你有名牌大学的文凭吗？"

"有的。"

"那就没多大问题了。在我们那里，不会有人比你多一只手，当然，也不是每个人都有名牌大学的文凭。"

女郎好像放心了，但又问道："那……你呢？你怎么办？"我告诉她，等我把她送到我的星球，亲眼看她找到一份好工作，我再去独臂星，找我的工作。

女郎似乎替我担忧了："独臂星不好找，没人知道它在哪儿。"

"我知道！"一艘刚降落的飞船里有人搭话。一位披着漂亮斗篷的女郎走出飞船，她说："我就是从独臂星来的。"

那斗篷使我们看不见她的独臂，我问她："你来这儿干什么？是得到消息来接我的吗？"

独臂星的女郎摇摇头："我来这儿，是想挑战全新的工作。"

"你？"我和双臂女郎都看呆了。只见那女郎双肩一抖，斗篷"哗啦"落地。我们看到，她连一只手都没有——连独臂也已失去。

"因为一次意外……"她平静地解释，接着用脚尖轻轻一勾、一踢，那斗篷优美地飞起，她又一张嘴稳稳噙住衣领，朝后一甩，斗篷便不偏不倚地落回肩头。

我们再一次目瞪口呆。我打算问那位女郎有没有文凭，但想了想觉得不必问了。那位从三只手变成两只手的女郎，对这位从一只手变成没有手的女郎也很钦佩。她说："你真有志气！"

"也许，"无臂女郎笑了笑，"手越少的人，就越有志气。"

（**推荐者**：离萧天）

（**发稿编辑**：丁娴瑶）

（**题图**：豆　薇）

何庄怪事

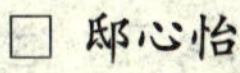

□ 邸心怡

何庄有一对赵氏夫妇，膝下有两个孩子，大闺女赵娣儿今年刚满十八，小儿子才八岁。

前不久，娣儿要出嫁了，给庄里的大户何员外做小。按说一般人家但凡日子能过得下去，都不会让女儿去给人家做小的。赵家夫妇却喜气洋洋，忙里忙外地张罗起嫁女儿了，只有小弟舍不得姐姐，哭着不愿让姐姐出嫁。娣儿妈骂儿子不懂事："你姐姐这是攀上高枝了，以后穿金戴银，连带着我们也会有说不尽的好处！"

谁知婚期将近的时候，娣儿妈居然上吊死了。这么一来，何员外嫌晦气，便想退婚。娣儿爸当下就是一口啐了过去："我女儿可没做对不起你何家的事，想要退婚可以，聘金一分不还！"

何员外不想做赔本生意，后来不知道走了什么路子，把娣儿又转手卖给了老太监王公公。

庄里顿时议论纷纷，给何员外做小已经是委屈了，再许给老太监，那不是把女儿往火坑里推吗？对这事，娣儿爸却毫不在意。

没想到，眼瞅着迎亲日子到了，娣儿爸居然也死了——又是上吊自杀。县衙的神捕仇捕头前来勘验现场，更觉得怪异：死者是自缢，双手却举过头顶，紧握双拳，像是奋力抓着什么。听说，娣儿妈死状也是这样。

上吊自杀的现场，仇捕头见得多了，这种张牙舞爪的死法着实没有见过。

仇捕头问手下何四："你是何庄人，这赵家夫妇有仇家吗？平日里有没有受人逼迫？"

何四连连摇头："被逼嫁女儿？没有的事，听说何员外给了一大笔聘金，王公公也给了不少！那两口子爱财如命，怎么会拿到钱反倒自杀了？其中必有蹊跷！"

仇捕头点头称是："他们的死状确实不像单纯的自缢，倒像是有人引着他们钻进绳套似的。可这就怪了，谁能有这么大的能耐？又是谁，非要置赵氏夫妇于死地呢？"

何四又说道："要我说，这两口子死得该啊，我都觉得解气！哪有把亲女儿往火坑里推的！这下好了，娣儿也不用嫁给那个老太监了。"

仇捕头眼睛一亮："是啊！看上去像是坏赵家的婚事，其实都是在护着赵娣儿！只是这个人到底是谁呢？我看，我们不如这样……"

次日，几个衙役去赵家，说娣儿有杀人嫌疑，把人绑起来带走了。家中只剩下年幼的小弟，何四便把那孩子带去自己父母家代为照看。

两天后，街上人都在说，赵娣儿受不住拷打，已经招认了是自己不愿出嫁，这才勒死了父母，等过了堂就要被打入死牢了。

县衙内，仇捕头问赵娣儿："你爹娘为何这样？给何员外也好，王公公也好，简直是在卖女儿啊！"

娣儿流着泪说："我娘生我的时候难产大出血，后来便总也怀不上了。他们说，是我命硬，克父母……"说完，娣儿啜泣不止。

仇捕头不由得一阵唏嘘，叹道："真是个苦命的孩子……不对啊，你不是还有个弟弟吗？"

"我九岁那年，娘突然有孕了，后来便生下了弟弟。"

"不是说不能生育了吗，怎么又有了？"仇捕头更觉得惊异。

娣儿只是摇头："不知，反正就是有了，还好好地生下来了，我娘一点没受罪。我爹说，是因为他去庙里放生了一条大鱼，菩萨才让弟弟投胎来的。"

仇捕头点头："万物有灵，报恩投胎也是有的。"

娣儿说道："我小时候也救过一只小狐狸呢，它被兽夹夹断了腿，我带回家养了几天，伤刚好它就跑了，再也没见到它。"

仇捕头见娣儿还有些孩童的稚气，便好意哄她说："也许它太小了，等它长大了就来报恩了。”

正说着，县太爷走来，他单独把仇捕头叫进内院，然后问他：“赵家的案子怎么样了？”

仇捕头说：“回大人，已经有了眉目。”

县太爷话锋一转，低声说道：“我已经捐了知府，这县令的位子不知道你有没有打算？”

仇捕头摇头：“小人家徒四壁，可拿不出钱来上下打点啊！”

县太爷笑道：“我都给你准备好了！”说着，他引仇捕头看去，几大箱白银晃人眼目。仇捕头怔住了，不敢上前，县太爷继续说：“怕什么，拿着吧，你的俸禄太低，老婆、孩子都跟着你吃苦。伸个手，这些都是你的！”

仇捕头只觉得脑子好像不听使唤一般，想到的全是为官图财的好处——再不用日日操劳，妻儿老小也不用再挤在小屋子里，还能有人伺候老母亲……想着想着，他便伸手一把抓住那银子，忽然觉得脖子上一紧，县太爷在旁惊呼：“呀！快护住银子，有人来抢了！”

仇捕头一抓紧银子，就觉得脖子越来越紧，疼得想放手。县太爷立马伸手按住，不让他放手。那手力大无穷，指甲尖利，不似人手，倒像兽爪。仇捕头惊觉有异，赶忙放下银子，上手去打。说来也怪，银子一放，他脖子上就觉得一松。回头看，哪还有什么县太爷？只有一道黑影，凄厉地叫着闪出窗外。

仇捕头顿时明白了，方才都是那道黑影给自己的幻觉。当时赵氏夫妇必然是舍不得弃下银子，这才双双被勒死的。现在那东西上钩了，它果然是冲着赵娣儿来的，谁害赵娣儿，它就要弄死谁！

仇捕头扮演的是冤枉赵娣

儿的角色，自然早有准备。四周早已设好陷阱，还埋伏了几个衙役，几个人对着黑影围追堵截，那东西躲闪不及，终于掉入陷阱。众人上前查看，果然是只狐狸。

仇捕头怕那狐狸再生变化，蛊惑人心，便用黑布蒙住狐狸眼睛，五花大绑地带过来问话："你这妖怪，为何伤人性命？何庄赵氏夫妇，都是你害死的吧？"

这时，何四跑来喊道："捕头！赵家那孩子不见了！我爹娘找了一天，不见踪影！"

仇捕头听了浑身一震，转头问那狐狸："难道你……娣儿真正的弟弟呢？是不是早被你害了？"

那狐狸冷笑一声："什么真正的弟弟，我就是真正的弟弟！"

原来，这狐狸就是娣儿曾经救过的那只。它见赵氏夫妇因为生不出儿子而对娣儿不好，便施法术让娣儿妈有了怀胎的假象，自己则变成弟弟，守着娣儿姐姐。没想到赵氏夫妇仍旧把娣儿看作眼中钉肉中刺，还总想着卖女儿换钱。

"都说可怜天下父母心，可怎么有如此心狠的人？花一样的姑娘，为了几两银子，送她去火坑！这样的人，不该死吗？"那狐狸嚷嚷着，气愤不已。

仇捕头听了，心里大为震撼，摇头叹道："我料到是狐狸报恩，却没想到你居然变成娣儿的弟弟来报恩！可怜你一片赤诚，却不知杀了那夫妇，根本救不了你的姐姐，还会平白无故地让她背上杀人的嫌疑！"

狐妖仰天长叹，两行清泪从黑布下流了下来："姐姐，我本是报恩，怎么却害得你这般苦啊！"

仇捕头把狐狸带到内室松了绑，一人一妖，商谈了一夜。

第二日一早，衙门里传出消息，赵家的案子破了——一个疯子失手杀人，现在疯子已经被抓，关入死牢。

赵娣儿平平安安地带着弟弟回到家里。三年孝期满后，仇捕头做媒，给娣儿说了一门好亲事。娣儿婚后过得非常美满，她丈夫待弟弟也很好。说来也怪，娣儿的丈夫读书突然如有神助，连中三元，没几年，娣儿便被封了诰命夫人。

只是原本聪明伶俐的弟弟不知为何慢慢变得痴傻，常说些疯话。有一日，他突然说要去云游四方，便从此走失，再也没有回来。

（**发稿编辑**：孟文玉）

（**题图、插图**：谢　颖）

石持浅海（1966— ），日本推理小说家，代表作《紧闭的门扉》入选 2005 年日本三大推理小说年度排行榜前三名。本篇作品改编自其同名小说。

电梯疑案

□［日］石持浅海

中途返回

水岛在一家小公司担任组长。今天，他和组员们一到时间就早早地打卡下班。因为今天是组里的成员理惠最后一天上班的日子，大家要为她举行告别宴。

趁理惠还在办公室收拾东西，其他四个人聚在办公室门口聊起天来。年轻的由纪子大声说道：“理惠姐明天就要出国了吧？好羡慕啊！”

中年男人筱原吐出一个烟圈，说：“更让人羡慕的是，她再也不用忍受课长那个老女人了。”

听到这话，由纪子和组里的小伙子金泽都忍不住笑出声来。课长为人刻薄，公司里没人喜欢她，理惠和课长的关系尤其糟糕。她辞职的理由虽然是“想趁着年轻去海外勤工俭学”，但其中肯定也有对课长不满的因素。组长水岛对理惠的辞职很是遗憾，但听到组员们议论上司，他还是出言阻止，毕竟这是在办公室外，课长还在里面加班呢！

这时，理惠出来了，她对大家

说:“对不起，我迟到了，换衣服花了点时间。”

几个人等不及慢吞吞上下的电梯，从楼梯直奔而下。今天聚餐的地点是由纪子从杂志上找的，是一家时下很受热捧的泰式餐馆。出了公司大楼，走了一段路，大家问由纪子接着该怎么走。

由纪子记不清餐厅的具体地址了，她在包里翻找了一会儿，却发现自己把杂志忘在了公司的更衣室里。由纪子想回公司取杂志，大家都觉得有些麻烦。理惠出主意说，路上看见便利店，找到那本杂志翻一下就行了。由纪子却噘起嘴说，杂志上有优惠券，每人可以免费喝一杯啤酒，放弃就太可惜了。

听说有免费啤酒，组里的两个男人筱原和金泽动心了，于是组长水岛拍板，大家一起回公司拿杂志。

公司在一幢陈旧大楼里的四楼，五个人鱼贯而入，朝电梯间走去。电梯既脏又旧，进入轿厢后按下四楼按钮，过了好一会儿电梯才关上门。随着“吱吱嘎嘎”刺耳的机械摩擦声，轿厢缓缓上升。

突然，轿厢一阵摇晃，筱原喊道：“哇，地震了！”接着“啪”的一声，灯熄了，轿厢里一片黑暗，伸手不见五指。

“大家别慌！”水岛正好站在电梯控制面板前，他伸手按了几下按钮，可是没有任何反应。

“怎么办啊！”一声哭腔在黑暗中响起，是理惠，她站在轿厢的左后方，与水岛处于对角线的位置。

“会有人来救我们吧？”水岛听到身后传来筱原的说话声，他站在轿厢右后方。

“我们还是自己想办法吧。”金泽站在电梯门的左侧。

就在这时，黑暗里响起一声惊叫：“别趁乱碰人家的胸好不好！”

是由纪子的叫声，由纪子站在轿厢的中间位置，难道是哪个家伙在趁机揩油？水岛正想着，又响起一声短促、如同打嗝的声响，随即发出重物撞在板壁上的沉闷响声，紧接着便是重物滑落在地的声音。

水岛叫道：“筱原，你带着打火机吗？快点燃看看！”

筱原摸索着掏出了打火机。橘黄色的火苗映照下，只见由纪子瘫软地坐在地上，半个背靠在轿厢的后壁。她的胸口扎着一把小刀，已没了呼吸。

凶手是谁

筱原低呼一声，倒退了一步，理惠双手掩口，金泽则惊叫道：“她是被杀的！”

轿厢里死一般寂静，过了一会儿，水岛的声音打破了沉默：“凶手就在我们中间。”

大家没有说话，似乎都在思考：凶手是谁呢？水岛首先想到从各人站立的位置来推断，可是，由纪子当时站在轿厢中间，其余四个人分散在四个角落，似乎谁都可以完成刺杀的动作。接着，水岛又想到一件事：“刚才，由纪子说有人碰了她的胸，对不对？”

“啊，是的。”金泽接话道，“是谁碰她的？”

没有人回答。过了一会儿，理惠犹豫道：“会不会是凶手在试探心脏的高度呢？”

筱原说：“别瞎猜了。依我说，不如想想动机，凶手到底为什么要杀死由纪子？”

大家又沉默了，大概都在回想哪个人曾经和由纪子发生过争吵。水岛也在思考，但他什么也想不出。

筱原嘟囔道：“本来，这个时候我们正一起畅饮啤酒呢！真想不到会这样……”

金泽发泄般地说：“都怪由纪子，要不是她忘了带杂志，我们也不会半途返回公司，也不至于被关在电梯里！”

金泽的话虽然冷酷，说的却是事实。水岛心中一动，想到了什么。

“混蛋！”金泽的情绪有些崩溃了，他大喝一声，对着电梯控制面板猛踹一脚。没想到，这一脚扭转了局势，灯一下亮了，电梯开始缓缓上升！

到了四楼，电梯门打开了，大家争先恐后地往外跑，大口深呼吸。最后走出来的水岛回头望了一眼，电梯门慢慢地关上了，由纪子消失在门的里边。

“赶快报警！”筱原伸手要拿手机，水岛连忙按住他的手，说：“慢！能不能先听我说几句？”

看到水岛沉着、坚毅的眼神，其余三人都点头同意了。

水岛对着三个组员环视了一圈，开口说道：“由纪子被害之后，我一直在想，凶手为什么要在这种地方动手？电梯故障是突发的，万一凶手举刀的时候，灯一下子亮了，那该怎么办呢？所以，无论怎么想，总觉得说不通。”

金泽有些不耐烦地说：“要知道原因，恐怕只能去问凶手了。”

水岛摇摇头，说：“大家回想一下，我们下班后，原本准备去干什么？是去餐馆为理惠饯行。就算凶手早有预谋，要在今天杀死由纪子，也根本不用急着在电梯里动手，完全可以按原计划，等聚餐散了后，在由纪子单独一人的时候动手。”

筱原一脸不解：“可实际上，凶手却在电梯里动手了……”

水岛点点头，说：“是的，这才是解开谜团的关键。凶手采取行动，因为出现了意外的情况。”

金泽想了想，问：“意外情况，是指电梯出现了故障？”

水岛摇摇头，说：“电梯出故障几秒钟后，凶手就动手了，这说明，凶手在此之前已经起了杀心。所谓的意外情况，其实还有一件事，那就是——我们半途返回公司！”

三个组员没有说话，似乎都在思考水岛的话。

水岛解释道：“只有这样，逻辑才能成立——凶手在公司里留下了什么秘密，是万万不能让由纪子看到的。所以，当由纪子执意要返回公司时，凶手就产生了杀死她的念头。”

筱原挠挠头，说：“这也太奇怪了吧，会有这种可能吗？”

案中有案

水岛没有回答，他将眼睛望向别处，像是自言自语地说：“接下来的话，我是对凶手说的。听到这里，你应该明白，我已推测出了真相。我不想看到你被捕，赶快做出行动吧。我不劝你去自首，也不建议你逃跑，你自己看着办吧。”说到这里，水岛再次停住话头。

全场陷入一片寂静，久久没有人说话。突然，理惠拿起包，对着水岛一鞠躬后奔了出去。

随着理惠下楼的脚步声渐渐远去，筱原和金泽不由得面面相觑。

“理惠，是理惠？”筱原疑惑地看着水岛。

水岛沉着脸点点头，问：“筱原，在电梯里，是不是你碰了由纪子的胸？”

筱原一脸尴尬地不作声，水岛叹了一口气，说：“这正好被理惠很聪明地利用了。理惠不用去触碰由纪子的胸脯，因为她俩身高相仿，心脏的高度也相差无几，不用触碰就可以知道。理惠当时那么说，就是要让人先入为主，觉得凶手是一个和由纪子体形相差很大的人。”

金泽忍不住问：“理惠为什么要这样做，你又是怎么知道的？”

水岛说：“凶手如果有什么秘密留在公司，为什么只害怕由纪子回公司，而不担心其他人？仔细想

杀死了课长。今天是周五，课长是单身，不回家也没人知道，要等到下个星期一，公司的人们上班才会发现尸体，而理惠早已在周六远渡重洋，销声匿迹了。不料最后关头，却发生了理惠意想不到的事……

由纪子说要返回公司，而且要去女更衣室。这样一来，理惠慌了，绝望中，她产生了伺机杀死由纪子的念头。随后发生了“奇迹”——电梯出了故障！理惠觉得这是上天给自己的机会，她当机立断，用刺杀课长的小刀杀了由纪子。对理惠来说，与其束手待毙，不如背水一战。由纪子被杀，谁都会以为，这只是一件单独的杀人案，警方的搜查暂时也只会局限于电梯轿厢，绝不会想到再去搜查公司。这样一来，理惠就有了逃逸的机会……

这时，远处传来了警车的警笛声。水岛心想：如果理惠不对由纪子下手，只是杀了课长，我也许还会替她说说情……

想，答案自然就出来了。”

“是……女更衣室？”金泽脱口问道。

这一下，筱原也明白了。由纪子把杂志落在女更衣室了，理惠却不想让她进入女更衣室。更衣室里到底有什么秘密？三人对视一眼，一起向那里奔去。

水岛打开女更衣室的门，扭开灯。灯光下的场景让所有人大吃一惊——课长躺在血泊中，死了。

水岛他们报了警，一切终于清楚了：理惠和课长积怨已久，最后一天下班前，她终于在女更衣室里

（**翻译**：杜海清；**改编**：罗 杰）

（**发稿编辑**：吕 佳）

善心结缘

□刘万祥

王嫂是个接生婆，附近村里的产妇生孩子，都会来找她。

这几年，村里连着遭逢大旱，土地裂开了二指宽的大缝，庄稼长到一尺高就抽穗了。没有收成，年前落在地里的红薯秧子、玉米叶子、高粱秆子……凡是能磨成粉吃的东西，全被饥肠辘辘的村民吃光了。

王嫂的丈夫饭量大，吃不饱饭，饿得躺在床上起不来，两个孩子也饿得骨瘦如柴。这天，王嫂去河边刨了些蒲草根，拿回家坐在院里，准备洗净晒干后磨成草粉、蒸成团子充饥。突然，从门外跌跌撞撞闯进来一个披头散发的女人。王嫂仔细看去，女人虽说衣衫不整，满面汗水，但模样不丑，还鼓着大肚子，看样子不久将会临盆。

王嫂心善，急忙起身迎上去，扶着女人坐在院子里的小板凳上。女人喘着粗气连声道谢，说："大嫂，我饿得实在受不了了，能给我一点吃的吗？"

家里哪有什么吃的啊！王嫂看女人挺着个大肚子实在可怜，就把早上没舍得吃的一个糠窝头拿给她，又倒了一碗开水。女人狼吞虎咽地吃下窝头，喝了开水，明显精神多了。她告诉王嫂，说自己姓路名梅花，家住在大山深处，因为身

怀有孕，就去县城求医问药，路过王嫂家时，突感身体不适，饿得发慌，这才斗胆闯进来。

梅花说到这里，正要告辞离去，突然喊起肚子疼来。王嫂一眼就看出，梅花这是要分娩了！她忙把梅花扶到屋里炕上，嘱咐道：“妹子，你马上就要生产了，躺好，千万别动。”

梅花紧紧拉住王嫂的手，说：“大嫂，这可给你添麻烦了。俺男人陈石头还在村头看着马车等着我，辛苦你把俺男人叫过来吧！”

王嫂答应一声出了家门，到了村头，果然看到一辆马车和一个年轻俊俏的后生。陈石头听说老婆要在王嫂家生孩子，焦急地说：“大嫂，你看这事闹的，我真是过意不去。”

王嫂忙说：“这种事情由不得产妇，你可千万莫要怪她。”

王嫂带着陈石头回到家，梅花肚子疼得更加厉害了。王嫂忙吩咐陈石头烧水，自己则查看起梅花的身体情况。还好，梅花身体底子好，生产很顺利，半天后，一对双胞胎女婴呱呱落地。

王嫂把存了很长时间、舍不得下锅的一瓦罐小米拿出来煮粥。陈石头见了，急得直搓手，对梅花说：“老婆，咱们难得出门，却摊上这样的事，想不到你会在大嫂家坐月子！”

梅花无奈地说：“大嫂的大恩大德，咱只有来日再报了。这样吧，你赶着马车先回去，明天把咱家吃的用的，全都拉过来。”

“也只好这样了。”陈石头遵照梅花的吩咐，向王嫂告别而去。

第二天，日头升到一竿子高的时候，陈石头回到了王嫂家。王嫂出来迎接，一看，好家伙，这陈石头拉来的东西还真不少。马车上有米、有面、有油，还有一袋子晒干的蘑菇、一大捆干菜和一大块猪肉。

这些东西王嫂已经很久没有见过了，她感叹道：“我们这里闹了几年灾荒，家里实在太穷了，拿不出一点好东西给梅花吃。昨天晚上我一夜没睡好，生怕梅花吃不饱，没有奶水，让孩子受委屈。这下可好了，不用发愁了！”

陈石头说：“大嫂，这些东西可不是只给梅花吃的，你们一家都是善心人，应该大家一起分享。我盘算着，你家大哥若吃饱了饭，说不定很快就能站起来。”

陈石头的话，王嫂却当成了“耳旁风”。做饭时，她用这些米面油给梅花开小灶，自己一家四口仍然用糠菜团子糊弄肚子。陈石头发现

后，悄悄跟梅花说了这事。

这下梅花生气了，等王嫂送饭的时候，她故意大着嗓门说："大嫂，你是不知道，我们山里跟你们这平原可不一样。我们那里是深山密林黑土地，不光不缺粮食，树下还到处长着菌子，树上挂满野果子。俺男人拉来的这些东西，是供咱全家吃的。从现在开始，咱全家人必须吃一样的饭。你要是不按我说的办，就是要赶我走哩，没啥说的，我立马就走！"

梅花一边说一边就要下炕，王嫂慌忙上前阻拦："妹子，我全听你的，你可千万别生气，生气憋没了奶水，孩子会受委屈！"

为了不让梅花生气，王嫂只好按她说的做，一家人的伙食由糠窝头烂菜叶变成了小米白面、蘑菇炒肉。没过几天，王嫂和孩子们蜡黄的脸上显出了红润，她丈夫也能下地走动走动了。

当两家人快把米面油吃完的时候，陈石头赶着马车又回了山里一趟，很快再次拉来了丰富的食品。王嫂心里很纳闷，难道说梅花家里是大财主，啥都不缺？

就这样，梅花在王嫂家坐满了月子。这一个月来，陈石头从山里拉来的食物，不光让王嫂一家人恢复了健康，还救活了村里几个快要饿死的老人。

这天，梅花夫妻俩向王嫂辞行，临上马车时，梅花和王嫂约定说："大嫂，回去后我先把家里收拾一下，你们也做好准备，五天后石头赶着马车过来，把你们接到山里住一些时日。等这里灾情过去，你们再回来不迟。"

王嫂婉言谢绝，梅花却执意说："大嫂，我路梅花说话，吐口唾沫是个钉，说了就做，五天后见！"梅花说罢，陈石头打了个响鞭，喊了声"嘚儿驾"，马车一眨眼就远去了。

第五天一大早，王嫂全家刚

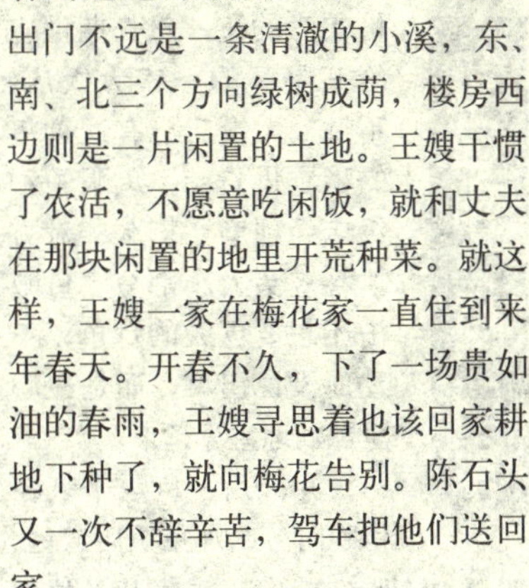

起身，就听到门外有动静。出门一看，陈石头的马车已经停在家门口了。王嫂好奇地问："石头兄弟，你是半夜就起身了吧？为了我们，真是辛苦你了！"

陈石头笑笑，说："不辛苦不辛苦，说定了的事不能悔改，咱们这就走吧！"

见陈石头是诚心诚意的，王嫂一家四口便上了马车。陈石头甩了个响鞭，大马腾开四蹄拉着车出了村。陈石头扭回头说："大哥大嫂，为了尽快到家，待会儿车会跑得有些快，请你们闭上眼睛坐好了！"

王嫂听了，忙用手搂紧了老大，她丈夫搂好了老二，一家四口听话地闭上双眼坐好。只听陈石头又打了个响鞭，大喊一声："嘚儿驾！"马车飞快地跑了起来。王嫂觉得耳边风声"嗖嗖"地响着，她偷偷睁眼一看，好家伙，车轱辘离地三尺多，简直就是在飞！不到一个时辰，只听陈石头喊了一声："吁！"马车稳稳当当地停下了。

"大哥，大嫂，咱到家了，下车吧！"王嫂他们睁开眼，看到马车停在一栋红砖黄瓦的两层楼房前，梅花开门迎了出来。

王嫂全家在梅花家里住，受到了贵客一样的待遇。平日里，王嫂两口子到楼房周围溜达，看到这地方确实不错。出门不远是一条清澈的小溪，东、南、北三个方向绿树成荫，楼房西边则是一片闲置的土地。王嫂干惯了农活，不愿意吃闲饭，就和丈夫在那块闲置的地里开荒种菜。就这样，王嫂一家在梅花家一直住到来年春天。开春不久，下了一场贵如油的春雨，王嫂寻思着也该回家耕地下种了，就向梅花告别。陈石头又一次不辞辛苦，驾车把他们送回家。

那天夜里，王嫂两口子做了一个同样的梦，梦见梅花说，她和陈石头并非人类，而是修炼成精的梅花鹿夫妇。她是第一次怀孕，没有经验，幸好遇上王嫂，收留了她，还伺候她坐了月子。

王嫂这才恍然大悟：原来是这样。看来好心有好报，做人就应该行善做好事啊！

（发稿编辑：吕　佳）

（题图、插图：谢　颖）

红版编辑部各编辑邮箱：

吕　佳：lujia411@126.com
丁娴瑶：dingxianyao@126.com
陶云韫：taoyunyun1101@163.com
曹晴雯：caoqingwen0228@126.com
孟文玉：yuwenmeng@126.com

扔在角落里的鱼

有个鱼贩子，找到一种个头小、肉质鲜、价格实惠的鱼，想长期供应给某景区的一家大饭店。不过，大饭店已有这种鱼的稳定供货商，鱼贩子和饭店经理磨了挺久，对方才答应买入小部分。鱼贩子还想要更大的订单，不过他没说出口，而是在心里默默地盘算起来。

几天后，鱼贩子赶在傍晚时分给那家饭店送鱼。那天，经理不在，几个店员因为快到饭点了而忙得不可开交。鱼贩子窃喜，他悄悄地把鱼倒进饭店角落里那个最不起眼的鱼缸，然后就走了。

半个月后，鱼贩子给饭店经理打去电话："前些天我送到您店里的鱼，不知顾客反馈如何？"饭店经理蒙了，鱼贩子这才告知十几天前送鱼的事。饭店经理一听，一拍大腿，然后大喊："完了完了，肯定都死光了！"

原来，饭店经理之前买的这种鱼存活率都很低，往往养不了几天就要死一批。他立刻来到饭店角落那个鱼缸前检查鱼的状况。真没想到，满满一缸鱼只死了两三条，剩下的都还活蹦乱跳呢！经理满心欢喜，立刻打电话给鱼贩子："我决定长期订购你的鱼！"

鱼贩子笑了，连连点头答应。原来他对自己批发的鱼很有信心，却很苦恼怎么让饭店经理看到鱼的好。于是他找准送鱼的时间点，又故意把鱼放在不被人注意的角落里，拖延了鱼被发现的时间。这么一来，鱼存活率高的这个特点就被凸显出来，也就此做成了生意。

很多事情，瞅准了时机，也就占得了先机。

（**作者**：流念珠）

慢半拍儿见皇上

吕夷简是宋朝大臣，深得仁宗皇帝的器重。

有段时间，仁宗皇帝身体不适，很长时间没有上朝。后来有一日，皇帝感觉病好些了，便来到偏殿，传旨

召见一些主要官员。

被召见的大臣们一听，便连跑带颠地赶往偏殿去见皇上。吕夷简却并不着急，接到诏令后，他又喝了一会儿茶，才慢悠悠地出发。

等吕夷简到偏殿时，仁宗皇帝已经见完了其他大臣。吕夷简忙上前请安，仁宗皇帝见他刚刚才到，心有不解，就问道：“朕久病刚愈，很高兴和你们见面，卿为何姗姗来迟啊？”吕夷简听罢，不慌不忙地答道：“陛下身体欠安，天下人都很忧虑，百姓一旦知道陛下忽然召见左右亲近的臣子，臣等又是急匆匆地前来晋见，恐怕会引起不必要的慌乱。”

仁宗皇帝一听，忍不住夸道：“还是爱卿考虑周到啊！”

吕夷简“慢半拍儿”的做法，看似怠慢，却是真心实意为皇上着想、为大局考虑，这显然是一种智慧的处事方式。

（**作者**：唐宝民；**推荐者**：梅之傲）

海勒妙释『偏见』

约瑟夫·海勒是美国当代最著名的小说家之一。有一次，海勒受邀参加一个主题讲座。在讲座开始前一分钟，海勒才姗姗来迟。他一入场，就吸引了所有人的目光——他的穿着简直太古怪了！他穿了一件粉色的衬衫，下面是一条宽大的裤子，脚上穿着一双运动鞋。更好笑的是，他的头上戴着一顶红色的礼帽。人们从未见过如此夸张、离谱的穿着，从海勒入场开始，便一直有人对他指指点点、窃窃私语。不过海勒却似乎完全没有注意到这些，他像平常一样，镇定自若地坐在座位上。

轮到海勒发言时，他走上讲台，伸开双臂转了一圈，对众人说道：“这就是我今天发言的内容。”众人皆面露疑色，不解其意。海勒笑了笑，接着说：“这是一场关于‘抵制偏见’的讲座。可是很显然，从我入场的那一刻开始，偏见就产生了，而我什么都没有做，甚至连一句话都没有说。”

海勒简单的几句话赢得了台下热烈的掌声。面对“抵制偏见”这个话题，一次形象生动的展示，有时比长篇大论更有说服力。

（**作者**：乔凯凯；**推荐者**：晓晓竹）

（**本栏插图**：陆小弟）

2022年10月（下）动感地带答案

神探夏洛克答案：一是鞋底，衣服上都沾满了泥浆，但鞋底的花纹还很清晰，说明死者不是自己走过来的；二是手心向上，手指触电的话，手应该紧紧握拳。

思维风暴答案：哭了一天没吃饭，得做饭填饱肚子。

阿P的盐罐子

□ 李威远

阿P在一家培训机构的兴趣班当老师。这天，同事小兰气鼓鼓地说："世界上怎么会有这种人！"

小兰一向热情阳光，阿P对她很有好感。见小兰这副模样，阿P关心地问："发生什么事啦？"

小兰便将事情讲给了阿P听。

原来，小兰也是兴趣班的老师，昨天上课，她忘我地穿行于课桌之间，讲着讲着，一不小心将学生钱小宝放在桌上的瓷杯打碎了。小兰第一时间道了歉，下课后也立马买了个瓷杯赔给钱小宝。她以为这事就过去了，没想到今天一大早，钱小宝的父亲钱大宝，竟然在兴趣班家长群里发问："老师摔碎学生的杯子，该不该赔？"家长们都说该赔。小兰立马把之前赔的瓷杯照片发到群里，说："这是我昨天赔给钱小宝的杯子。"

谁知钱大宝发了一张发票的照片，说："这是我当初买瓷杯开的发票。它是我花了两万在国外买的纪念品，你赔的瓷杯才几个钱？"

一个瓷杯要两万？群里有人说价格太离谱，也有人说应该照价赔偿。

小兰跟钱大宝打过几回交道，这人不太尊师重道，还很看重钱财，看来这次是逮着机会存心讹自己了！可她没法证明那发票是假的，所以一时间很焦虑。

阿P听了，站起身说："这人太过分，欺负你小兰，就是欺负我阿P，看我怎么收拾他！"

小兰听了这话，心里一暖，问："你怎么收拾他？"

阿P眼珠一转，说："他有国外纪念杯，我有插队盐罐子，看谁比得过谁！"

小兰问："啥盐罐子？"

阿P说，盐罐子是以前他父母插队时的生活用品，高十多厘米，肚大口小，古拙厚重，外面有层黑釉，虽是土窑烧制，但工艺水平不低。盐罐子承载了他父母的青春记忆，后来就被带回城里珍藏起来了。

小兰还是不明白："用盐罐子干啥？"

"到时你就知道啦！"

小兰还有顾虑，说："钱大宝一直追着我要钱，咋办啊？"

"你说要钱可以，先把两个问题说清楚。"接着，阿P便告诉小兰说哪两个问题。

小兰答应一声，便到群里问钱大宝："为什么你让儿子带那么贵重的杯子来兴趣班上课，用普通杯子喝水不行吗？"

钱大宝说："法律又没规定，怎么做是我的事，你有什么权利说三道四？"

小兰又说："杯子摔碎了，钱小宝也有保管不当的责任！"

钱大宝回道："他又不是神仙，能预料到你会撞上吗？"

小兰将这两个回答记下，发给了阿P，便不再和钱大宝理论了。

第二天，阿P便用一个巨大的蛇皮袋装着盐罐子，拎着出门了。

过了几天，恰逢周六，阿P带着蛇皮袋来到小兰家，说："今天就和钱大宝做个了断！"小兰眼睛一亮，阿P继续说："你给钱大宝发消息，就说同意付钱，但务必让他来你家拿。"小兰转不过弯，阿P便在她耳边一阵嘀咕，小兰这才笑了，说："你和钱大宝一样坏！"

没多久，两人就听到敲门声，小兰大声说："进来！"

钱大宝用力推门进屋，就见小兰手里拿着两万元钱，他心里一乐。这时，只听"砰"的一声，门碰上板凳，原本放在板凳上的蛇皮袋掉到地上，里面的东西摔碎了！

阿P一听声音就跑出来，大叫："谁把蛇皮袋碰到地上了？"等他解开袋口一看，惊叫道："哎呀，我的古董摔碎了！"

钱大宝问："里面什么古董？"

阿P把碎片捧给钱大宝看，说："家传的宝贝啊，被你摔碎了！"然后，他指指小兰手里的两万元，说："这钱不能给你了！"

钱大宝一激灵，心想不会中圈套了吧？他把碎片拼拼看看，说："这是个盐罐子！老家有很多，这才几十年的东西，能是古董？"

阿P大叫："盐罐子怎么啦？虽然它看着不像，可它有八百年历史！你要是不信，尽管去查！"阿P说着拿出一张纸，递给钱大宝。

那是张古陶器检测证明书，上面写了盐罐子确实有八百年历史。钱大宝看了，却想：这一看就是假证！一个盐罐子怎么可能有八百年历史？他就说："嗯，是要再去专业机构查一下，双方都放心。"

这时，阿P却吞吞吐吐地说："这红公章盖着，还能有假……"

看这架势，钱大宝心里明白了：这检测证明肯定经不起查！这让他更坚持了要去重新检测的想法。他打开手机查了半天，说："听说现在都是用热释光技术来鉴定陶器的年代，这样吧，咱就去做个热释光检测，费用我来出！"

阿P听后，答应了。

谁知检测结果令钱大宝大吃一惊，这盐罐子还真是个"古物"！钱大宝想不通：这不就是插队时用的盐罐子吗？怎么可能呢？

阿P神气了，说："说了你还不信，一定要一条道走到黑，检测费白花了吧？"钱大宝哑口无言。阿P又道："说正事，你觉得这盐罐子值多少钱？咱把账结了吧！"

钱大宝额头上全是汗，原来真的打碎了一个古董，那得赔多少钱啊！这样想着，钱大宝有些气急败坏地说："你们为什么把盐罐子放在门口，这不是有意害我吗？"

阿P抢话道："法律没规定，怎么做是我的事，你有什么权利说三道四？"

钱大宝又说："盐罐子摔碎了，你们也有保管不当的责任！"

阿P又回："我又不是神仙，能预料到你会撞上吗？"

钱大宝无言以对。他好后悔，当初见小兰年轻，本以为好吓唬，于是动了歪脑筋，想讹点钱。谁知现在钱没讹到，反要赔人家古董！钱大宝蔫了，有气无力地问："你们先给我交个底吧，要赔多少？"

阿P开口了："就用你打算要的两万元抵赔偿吧！"

钱大宝简直不敢相信自己的耳朵，他看着阿P和小兰，心想，这两人为何不开高价报复自己？突然他恍然大悟：其实他们只想教训一下自己，本来就是自己有错在先。想到这儿，他惭愧地低下了头。

这时，阿P说："还有一个条件，你得去兴趣班家长群认个错、道个歉，还小兰老师一个公道！"

钱大宝连连点头，立马去群里说了事情原委，并真诚地道了歉。

事后，小兰特地请阿P吃饭。席间，小兰问阿P："你怎么想起用盐罐子对付钱大宝的？那盐罐子真有八百年历史？"

阿P得意地说："钱大宝那两万元假发票没法验证，我只好用八百年盐罐子对付它，这叫'以其人之道还治其人之身'。"

"你到底搞了什么名堂？"

阿P高举双手，说："我坦白！我拎着盐罐子去找了一个朋友，他的实验室里有台进口仪器，仪器照射一次，盐罐子就长了岁数！"

小兰惊道："能有这事？"

阿P神秘地说："古陶器无论埋不埋地下，都会受到辐射，漫长稳定的辐射，使古陶器积累了辐射能。一般古陶器年代检测，就是检测它积累的辐射能，辐射能越多越古老。那台仪器里X光有强辐射，我就带着盐罐子来回试试，万一能使盐罐子增加辐射能呢？没想到真成了！只是一不小心辐射能加多了，好在那钱大宝被忽悠住了……"

两人相视一笑。小兰不好意思地说："只是摔坏了你的宝贝！"

阿P挠挠头，说："没事！碎片都在，用胶一粘就能恢复原状，这不还增加了新的故事嘛！"

这之后，阿P和小兰越走越近，成了恋人……

（**发稿编辑**：曹晴雯）

（**题图、插图**：顾子易）

·情节聚焦·

分文不差

□王文娟

李大壮是个粗壮的山里汉子，黝黑的脸上总是带着憨憨的笑意。他来省城陪老父亲看病，白天，他陪着老父亲奔走于医院各个楼层做检查；晚上，病房不让留人，他就住在医院附近的家庭小旅馆。

小旅馆里的住客，有住一天两天的过路客，也有一住就是十天半个月的常住客。李大壮属于常住客，住的是最便宜的每天十元钱的床位。床位在公共厨房里，白天，折叠床被折叠起来，放在厨房角落里；晚上，李大壮回来后，再支起折叠床，铺上被褥睡觉。

有时候，李大壮会在厨房给老父亲炖只鸡或者炖点排骨。在医院里买这些荤菜太贵，能省一点是一点。

张桂枝、刘云凤和李大壮一样，是小旅馆的常住客。她俩都是刚在省立医院做了试管婴儿，住在这里保胎的。李大壮人老实也勤快，她们就经常让他代买一些日用品。

每次，李大壮帮她们买回东西，矮胖的桂枝总是连连感谢，并赶紧给他拿钱；细瘦的云凤却经常装着正忙，收下东西后什么也不说，也不给李大壮拿钱。李大壮睁大眼睛，愣愣地看着云凤，却张不开嘴要钱，只能红着脸默默退出她俩的房间。桂枝提醒云凤赶紧把钱给李大壮，云凤却说，急什么呀，都是常住客，等以后再一起给他就行。但是下一次，李大壮替她买回来东西，她依

然装聋作哑不给钱。

这天早上，李大壮对桂枝和云凤说，今天超市搞活动，排骨特价，他打算去买点回来炖炖，问她们要不要也捎点。桂枝和云凤一听有特价，都连连说要买。李大壮红着脸说，他的零钱不够了，她们得先给他排骨钱，一人五十元，多退少补。桂枝连忙掏钱，云凤只好也掏出五十元钱递给李大壮。

收下钱后，李大壮就出门了，桂枝和云凤也收拾着出了门。每天上午，她们都要去医院做例行检查。

做完检查后，桂枝和云凤回到小旅馆。等到中午十一点多，两个人开始嘟囔起来，都这个点了，李大壮买排骨怎么还没有回来呀？

旅馆的老板娘听见了，就说：“你们不用等李大壮了。他父亲今天出院，早上九点多，他打电话说要退房，我就过来了。临走时，他还去了你们俩的房间一趟。”

云凤一听，立刻尖声叫嚷起来：“哎呀，这个李大壮真可恶，他骗了我们的排骨钱！”顿了一下，她又喊道：“他还来了我们房间，不会是偷东西吧？桂枝，咱们快看看丢了什么东西没有。”说着，云凤在床位旁四处查看起来。

老板娘说：“放心，有我在呢，我看李大壮进了你们房间，马上就出来了，什么东西也没有拿。”桂枝也说：“是啊，我看李大壮不像那种人。”

云凤没好气地说：“他把你和我的排骨钱都骗走了，你还替他说话！‘坏人’两个字又不会写在脸上，你快看看到底丢了什么吧！”

桂枝听了，只好也翻看起自己的东西。突然，在枕头底下，她发现了一张五十元钞票。这张钞票右上角有一块指甲盖大小的红色墨水痕迹，这正是早上她亲手递给李大壮的那张钞票！

云凤眼尖，立刻喊道：“哟，是李大壮还你的？在哪找着的？”

桂枝指了指枕头，云凤忙掀起自己的枕头，呀，果然有钱，但仔细一看，只有五元五角。云凤刚要发火，突然想起：自己上周让李大壮代买过两次水果，加起来刚好是三十元；再上周，李大壮去超市时，自己让他带了几样日用品，小票上的价格是十四元五角。今天早上，李大壮拿了自己五十元，这么算下来，这五元五角竟是他找给自己的钱，分文不差！

云凤的脸一下子红了……

（**发稿编辑**：吕　佳）

（**插图**：张恩卫）

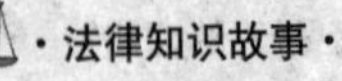

□汪　志

微信红包能要回吗

小梅和方某是二十年的夫妻。小梅开了一家服饰店，方某在一家公司当部门经理。

最近，小梅无意中在老公的“微信转账”记录中发现，老公曾在5月20日那天，给一个叫“春暖花开”的网友红包转账520元。小梅顿时有了不祥的预感：老公外面有女人了。再往下翻，她又发现老公给对方转账过很多次，金额有1314元、888元等。

在小梅的追问下，方某坦白了。原来，“春暖花开”是他的女下属，两人在一次酒局后好上了……

当晚，小梅向方某提出离婚，可方某死活不同意，一个劲地认错，并发誓跟那个女人断绝关系。心软的小梅犹豫了。

过了几天，小梅正在店里忙碌，来了一个漂亮女人买衣服，付款时，那女人主动要求添加小梅为微信好友，用微信付了款。加客户微信，小梅倒是乐意，因为有什么新款服饰可以发到朋友圈，客户看见，说不定立马就在线下单了。

等忙碌完，小梅翻看手机，不

禁愣住了：刚才那个加她微信的漂亮女人昵称叫“春暖花开”。接下来，“春暖花开”在微信里说话了：“你就是小梅吧，我和你老公的事，你应该已经知道了。他对你已经没有感情了，你们赶紧离婚吧！我喜欢他，你就把他让给我……”

什么？这世上竟有这样不要脸的人，小梅气疯了。

紧接着，那女人又发给小梅多张微信截图，都是她跟方某之间的聊天记录。小梅发现，方某总是给那个女人发红包，数额不小。

女人炫耀道：“这一年多来，他都发给我七八万红包了……”

离婚，坚决离婚！小梅下定了决心，可方某为表决心，立即跟公司辞了职，并另找了一份工作，不再跟那女人有纠缠。这种情况下，小梅又收回了离婚的打算。

一转眼，这事过去了好些时候。这天，一个女同学来小梅这儿买衣服，两人聊了起来。小梅把老公出轨的事说了，女同学问：“他发给对方的红包要回来没有？”小梅说：“就当喂了狗！”谁知女同学说：“别呀，不能便宜了对方！”

想着还没有删掉那女人的微信呢，小梅立即给她发消息：“把我老公那七八万红包还回来。”对方当然不乐意，又不是借款，凭什么还？

“不还，我就告你！”

小梅立即诉至法院，要求第三者全数返还老公所赠红包，并提供了微信截图等证据。

庭审中，双方对于往来款项等事实并无异议，但第三者辩称，她收到的红包都是方某赠予的，属于你情我愿。最后经审议，法院当庭宣判：由于没有充分证据证明方某处分的是其个人财产，法院认定所赠红包款项源于夫妻共同财产，方某擅自处分了夫妻共同财产。

律师点评：

故事涉及的一个法律问题，即夫妻共同财产平等处理权。

根据法律规定，夫妻双方负有互相忠诚、互相尊重的义务。对于夫妻共同财产有平等处理权。

故事中，方某因出轨把数笔金钱以红包形式转账给了第三者。这红包里的钱款显然属于夫妻共同财产一部分。方某未经小梅同意和认可，擅自转给第三者，不仅有违公序良俗，也有违法律，当属无效赠予。

（**发稿编辑**：陶云韫）

（**题图**：张恩卫）

·中篇故事（精编版）·

一个老警察，意外碰上了从警三十年来都未遇到过的棘手难题：五箱毒品在一个逼仄的密室中神秘消失，找不到任何痕迹与线索……

消失的毒品

□ 刘长煌

1. 密室疑云

刘警长有着三十年的从警生涯，以解决疑难案件出名。这天早上，他正在家里津津有味地吃妻子做的炒粉，突然接到一个电话。打电话的人是他曾经的朋友老张，现在已经是副局长了。

“刘警长，好久不见。我现在有个棘手的案子。”张副局长说，“你能尽快赶到我办公室吗？”

刘警长想了想，说：“张局，能透露一下什么事吗？”

“高度机密，见面再谈。”

挂掉电话，刘警长不由得皱起了眉头。刚才的电话是开着免提的，妻子也听到了他们的对话。妻子点评道：“他现在摆起官架子来了。”

刘警长笑笑，说：“副局长嘛，位高权重。”

妻子说：“不管怎么说，年轻时，你们不是关系很好吗？”

“今日不同往昔，二十年没怎么交往了。”说完，刘警长迅速吃掉炒粉，穿好衣服，匆匆地出门。

张局的办公室在六楼，一个单人间。他看上去很疲惫，一眼望去，微胖的脸上有两个黑眼圈。他给刘警长倒了一杯茶，客气地说："老同学，我遇到了棘手的问题。"

"我能解决？"

张局皱着眉，点头说："你要是解决不了，就没人能解决了……你知道缉毒大队的小郭队长吗？"

"小郭？不熟悉。"

张局耸耸肩，叹口气，说："我让她负责一起简单的毒品案，不知怎么搞的，案子却办成了一个谜案。"说完，他起身来回走动："先介绍案情吧，海港码头新到了一批集装箱，缉毒犬对其中一个集装箱感兴趣，打开后发现了 50 公斤海洛因。五箱，每箱十公斤，市场价约为 150 万元。这是大案，我们想利用这次机会钓出背后的'大鱼'，我把此案指定给小郭负责。"

刘警长点点头，没有出声。把这么大的案子交给一名年轻警察，确实对其信任有加。

张局继续说道："集装箱系一家进出口公司承运，该公司信誉良好，帮很多客户从泰国、缅甸进口货物。货物品种很多，包括家具、玩具、药品和食品。到达港口后，进出口公司打开集装箱，将里面的货物分别送到各个客户手里。我们的计划是，让小郭的团队跟踪这批毒品，顺藤摸瓜，找出购买这批毒品的客户。该客户是一位老顾客，但从没和进出口公司的工作人员见过面。所有费用在缅甸已经支付，通过电子邮件告知送货说明和送货地址。"

张局绕着椅子走，一会儿坐了下来，给自己倒满水，啜饮一口。

"送货地址每次都是沿河路社区某公寓。送货员把箱子送到公寓，在门外的垫子下面找到钥匙，打开门，把箱子放进去，重新锁上门，把钥匙放回垫子下面，就马上离开了。在过去的一年里，送货员采用这种方式送了四次，这次是第五次。"说到这里，张局猛喝一口水，"小郭与进出口公司取得了联系，拿到了地址。技术人员在公寓楼走廊安装了摄像头，并在大楼外布置了警力，进行监控。送货员来公寓，从垫子下面取钥匙，打开门，把箱子送进去。几分钟后，他们出来，锁上门，把钥匙放回垫子下面。整个过程都在视频监控之下进行。随后小郭和同事们进行了 24 小时监控，三班倒，守株待兔。"

张局拿起一支笔，在桌上轻轻地敲了一下，说："就这样等了

七天七夜，没有任何人来取货。小郭的忍耐到了极限，打电话给我说，可能出了什么问题，或许毒贩知道了我们在钓鱼。于是我准许她中止行动，进入公寓。”他放下笔，手指交叉在一起，继续说：“小郭进去了，毒品却消失了，公寓里面空空如也。”

刘警长接嘴道：“锁着的房间失窃？嗯，符合犯罪小说里面的密室情节。”

张局递来一张纸，说：“我已通知小郭在公寓等你，这是地址。”

就在刘警长准备动身出发时，张局叫住了他：“等等……我有个私人问题想问你，先回答再走。”

刘警长怔住了，不过他还是停下来，说：“你问。”

“你为什么还是一级警长，没担任实职？我们的同学里，算你最聪明，都说你会大有作为。”

刘警长笑笑，说：“我不是一个好的管理者，不适合从政。”

张局叹了口气，说：“也对，高处不胜寒。有时我希望时间倒流，自己能像过去那样调查案件，唉！”

“哈，不升官，就可以一直在一线查案，享受破案的成就感。”刘警长的话似乎有些嘲讽的味道。

张局像是没听出来嘲讽，直视着刘警长的眼睛，说：“大部分人还是会考虑薪资、退休金和社会地位。人各有志，不管怎么样，谢谢老同学愿意帮忙。”

2. 寻找细节

刘警长回到刑警大队办公室，他的搭档小李姑娘也在。

小李很年轻，一头短发总是整齐地用夹子别在耳后，显得很干练。听说有新案子，小李马上开车，带刘警长前去沿河公寓看现场。

在车上，刘警长问："你认识禁毒大队的郭大队长吗？"

"我们是同一届的同学。"小李回答。

"啊？那么说，她二十四岁就当上了大队长？呵呵，你看我，五十多了还是这个样子。"

"老师，您不要比了，论职务，您谁也比不了呀！"

"也是。说说小郭吧！"刘警长摘下眼镜，哈了一口气，用眼镜布擦拭着。

"我可不爱说人闲话，不过您既然问了，我就说说对她的印象吧。她是咱们学校的校花，在学校里就迷倒了不少男生。老师，咱们是去破案的，您问小郭干吗？"

"我只是奇怪，如果她业务非常优秀，为什么在眼皮底下被人搞走了50公斤海洛因？"

聊天之间，小李已经把车开进社区，他们在一栋18层的公寓楼前停了下来。

一辆黑色宝马已经停在了那里，开车人就是小郭，果然年轻美丽，刘警长不免多看了她几眼。

小郭向刘警长和小李轻轻地点了点头，微微一笑，然后转过身，说："送货地址在八楼。"

接着，小郭将他们俩带到大楼入口处，在键盘上输入一个四位数密码，锁"咔嗒"一声打开了。推开门，有一间接待处，没有人。小郭介绍说，这儿晚上才有保安，白天没有。

通道有两部电梯，他们上到八楼。电梯中，小郭直截了当地问："刘警长，有传闻说，您破案不太依赖物证？"

"物证是必须要有的，但我个人比较偏重于推理。"

小郭皱起眉头，正想问这话什么意思，电梯停了，到了八楼。

走出电梯，小郭指着天花板上的微型摄像头，说："这就是我们的监控探头，视频传送到二楼的一间公寓，24小时有人监看。这间就是818室，收货人的地址，存放毒品的地方。"

门牌号是一个塑料标牌，钉在门框上面。房门中部有猫眼，门把手系圆形钢制，下面是锁。门前地面上铺着一块橡胶垫。

刘警长问："我听说钥匙在垫子下面？"

"是的。"小郭从口袋里拿出一把铜钥匙，递过来。

"请把它放在原来的位置。"

小郭蹲下，拉起垫子的一角，把钥匙放在地板上，然后把垫子还

原，拉平。

刘警长说："说一下当时的情况。"

小李拿出笔记本，开始做笔记。

小郭回忆道："进出口公司的两名男子带着箱子通过电梯上来，其中一名男子移动垫子拿钥匙，打开门。我们在二楼看监控，一共是五个箱子，每个箱子装十公斤海洛因，每一公斤装一个小塑料袋，所以每个箱子里应当有十个小包。五个箱子堆放在一个手推车上。两名送货的男子在里面待了两分多钟，后来带着手推车出来，再下楼。接下来，我们一直在等来拿毒品的人，但没有看到任何人进出。"

"箱子从哪里拉过来的？"

"港口的保税仓库。"

"你确定，之前你们已经检查过里面的毒品？"

"当然。"也许是被质疑了，小郭的声音有些不悦。

刘警长思索了一会儿，指挥道："咱们打开门看看。"

小郭点了点头，弯腰取出钥匙，把钥匙插进锁孔，解释道："这是一把防盗级别较高的安全锁，锁和钥匙都是新的，必须转动三次才能锁定或解锁。我之前不知道，第一次来的时候都没把门打开呢！"她把钥匙连着转动了三次，打开了门，指着门框周围的金属条，说："你们看，这个门非常结实，门框全部加固了。"

刘警长查看一番，点点头。毒贩要确保公寓安全，的确会不惜血本。公寓为一室一厅。刘警长走进屋内环顾四周，厅里有沙发和茶几，黑色橱柜上放着一台旧彩电。客厅左侧是一个小厨房，打开厨房冰箱，里面是空的。一只蟑螂从橱柜底下溜出来，在地板上转了一圈，发现没有好的藏身之处，又掉头回去了。厨房里还有一个小卫生间，里头什么都没有。

客厅另一侧是一间卧室，只有一张双人床、一张电脑桌和一个大衣柜。刘警长打开衣柜门，发现门有些松动。整个衣柜看上去很简陋，里面空荡荡的，只有一些隔板。

刘警长小心翼翼地跪下，查看床底下的情况。接着，他又用脚轻踏地板，没有松动的迹象。

小郭提醒道："我们已经仔细地检查过了，没发现情况。"

"送货员在公寓待了多久？"

"不到三分钟。他们卸下箱子，拉着空的手推车出来，然后回到楼下的面包车里。"

刘警长若有所思地点点头。从

卧室窗户向外看，楼下有两名便衣警察，一直在监视这栋大楼的后面。

刘警长问正在做笔记的小李：“你有什么看法？”

小李合上笔记本，略一思考，说：“公寓四周都有监视，毒贩是怎么做到移走毒品却没有被人发现的呢？不可理解。”

说了等于没说，小郭有些不屑。

刘警长问：“运送毒品的盒子大小是多少？”

“盒子大约50厘米长，25厘米宽，25厘米高。”小郭用手比画着盒子的大小。

“录像视频保存了吧？我们去看一下。”刘警长说。

离开公寓，小郭锁上门，把钥匙装进口袋。

3. 送货之人

小郭开着黑色宝马车在前面带路，刘警长让小李开车跟着。

刘警长感叹道：“真是好车！”

“这车贵着呢，我们只有羡慕的份。”小李笑着答。

“她是富二代吗？”

“确实是，她的家庭条件优越，读书时就挺高调。”

“一个富家女为什么要当警察？”刘警长用八卦的语气询问。

“她从小喜欢看警匪片，觉得当警察威风。虽然有流言蜚语，说她那么年轻就被提拔，是因为长得漂亮、擅长搞人际关系，但我想，那也许是一种偏见。女性能在警队中得到重用、提拔，我觉得是好事。”

刘警长看看小李，抱着双臂，若有所思。

一路无话，车在公安局大楼前停下来，小郭直接把他们带到三楼的一个会议室，里面有好多电脑，墙上有一个特大号显示屏。

“给我们看看毒品送达、以及禁毒警察进入公寓时的情景。”刘

警长向技术员提出了要求。

技术员点点头，手指在键盘上飞快地敲打。

只见两个男人出现在屏幕上，推着手推车，车上有五个箱子。两人中年龄较大的五十多岁，头发灰白，面容略显疲惫，穿着胸前印有公司名称的蓝色工作服。他的同伴也是如此穿着，但要年轻得多，二十岁出头，偏胖。

手推车放在门口，年龄大的弯腰从垫子下面取出钥匙，屏幕底部的时间显示是上午 10:30。年龄大的打开门锁，年轻的推车进门，然后关上门。

门关后不到三分钟，两人带着空推车出来了。年龄大的锁上门，把钥匙放回垫子下面，两人走向电梯。

“领导，接下来的七天，视频画面几乎没有变化，门是关着的。”技术员插话。

“现场一直在严密监视之下。”小郭补充道，“我本人也每天保持 18 小时在现场周边。此外，这个视频我也全程观看了。”

“那两个送货人是谁？”

“那个年龄大一点的是公司老板徐军，还有一个是他的工人。”

“好的，请把视频快进到禁毒警察进入公寓的画面。”

技术员敲击键盘，画面跳转。画面出现了小郭的身影，她走到门口，后面跟着两名便衣警察和两名制服警察。她弯下腰，拿起钥匙，把它插进锁里，但没有打开，一名穿制服的警察接过钥匙。

“我之前和你们提起过，不知道这是一把防盗级别高的锁，需要转三次才能开。”小郭插嘴道。

制服警察起先也没打开，他尝试了一会儿才打开了门。他让到一边，小郭先进去。进去后的画面看不到，摄像头不能拍到。

小郭郁闷地说：“就是这样，毒品消失了，公寓里是空的，七天七夜，没人进出，就是一个谜。”

“不管什么谜，都要解开。下一步，我想和送货的徐老板谈谈。”

“好，他的公司在港口码头。”

半个多小时后，一行人到了集装箱码头。他们向两名保安出示了警察证，进入保税仓库。

这里到处都是五颜六色的集装箱，有大有小，堆积如山，不小心还会迷路，要从里面找出毒品真不容易，得靠缉毒犬，它们鼻子灵。

一个穿着皱巴巴、深蓝色西装的男人迎上来和小郭打招呼，他正

是徐老板。一番寒暄之后，徐老板把警官们带进办公室。

刘警长转入正题，说："再次感谢你的合作，徐老板。"

徐老板摆摆手，客气地说："这都是我们应该做的，我一直很乐意配合警方。我强烈反对毒品，我自己也有两个孩子，绝不会让他们染上毒品。警长，你有孩子吗？"

刘警长说："我没有孩子，但我和你们一样对毒品深恶痛绝。我们的法律也是如此，这就是为什么要对毒贩判重刑的原因。"

徐老板又问："您大驾光临，是有什么事吗？"

"出了点问题，送到公寓的毒品凭空消失了，百思不得其解。"

"啊？怎么可能？"徐老板大吃一惊。

"千真万确。徐老板，郭队长说过箱子里有海洛因，是吧？"

徐老板点点头，说："郭队长告诉我，我非常害怕，毒贩竟然利用我的公司贩毒，这还了得？我们公司信誉良好，一直遵纪守法，我请求郭队长还我们的清白。"

"可以理解。那你以前去送过货吗？"

"没有，这是我第一次去那个公寓。郭队长对我千叮咛万嘱咐，我很重视，决定亲自去送。"

"之前的几次交货方式呢？都是从垫子下面取钥匙？"

"是的，每次都有人通过电子邮件告知送货方式和地址。"

"你不觉得有点不正常吗？"

"我们做快递的，早习惯了各种送货方式。把货送给邻居代收，菜鸟驿站，什么方式都有。警官，我们是以赚钱为目的，没精力去考虑客户发货、收货的方式。"

刘警长想了想，问："介意跟我们一起去公寓看看吗？"

徐老板看向小郭，为难地说："你说过只要我送箱子就可以了，怎么还要过去呢？现在是我们一年中最忙的季节，抽不开身啊！"

小郭还没说话，刘警长说："宝马车接送，非常方便，不会占用你太多的时间，早去早回。"

徐老板为难地挠挠头，说："那好吧。"

4."消失"真相

刘警长一行四人，坐着小郭的车来到沿河小区，坐电梯上到八楼。

"小郭，钥匙放回原处。徐老板，你演示一下当时怎么进出的。"

小郭把钥匙放在垫子下面，然后望着徐老板。

徐老板叹了口气，弯腰捡起钥匙，插进锁孔，逆时针转了三圈，打开锁，推开门，走进公寓。警察们跟着他进去，徐老板把门关上，说："当时我们在这里放下箱子，休息了一会儿，就离开了公寓，都是按郭队长的交代做的。"

刘警长在客厅里走来走去，陷入沉思。

小郭插嘴说："刘警长，徐老板一直很配合我们，像这类涉毒案件，他是顶着风险的。现在差不多了吧？他很忙的。"看得出来，她对刘警长的办案方式有些微词。

"很快，再等一下。"刘警长说着，走进卧室，小李紧跟其后。

"老师，您在找什么？"

"要改变思路，找不到毒品，就找箱子。"

"箱子？"

接着，刘警长直奔衣柜，打开柜门，仔细观察了一会儿，说："小李，把大家都叫进来。"

徐老板走进卧室，看上去非常生气，说："我要抗议，你们是在无端地浪费我的时间！"

刘警长却说："徐老板，能帮我移动一下衣柜吗？"

徐老板愣了愣，只能上前，抓住衣柜的右端，与刘警长合力把衣柜往外移动了一米左右。

"果真如此！徐老板，你不想解释一下吗？"

"解释什么？"

"你就不要装了，送进公寓的箱子，其实是空箱子。"

"胡说八道！"

"郭队长在港口把装有毒品的箱子交给你们，你们开着面包车送货，路上把五个箱子打开，取掉里

面的毒品，藏在面包车里。开盒、封盒本就是你们的日常工作，操作得非常熟练。接着，你们把空箱子送进公寓，关上门，火速拆开箱子。箱子本就是胶木板的，拆开后马上安装到衣柜上。衣柜是你早就设计好的，有框架没隔板，箱子木板大小尺寸和衣柜缺少的隔板是一致的，你们快速把箱子木板装到衣柜上，导致箱子‘消失’。你们来看衣柜背面的隔板，依稀能看见上面有快递单撕掉的痕迹。”

徐老板愤怒地说：“什么乱七八糟的！”

“监视期间，只有你们俩进入过公寓，那就只能是你们俩作的案。福尔摩斯曾经说过，‘当排除了所有其他的可能性，还剩一个时，不管它看起来有多么的不可能，它就是真相。’”

“福尔摩斯是虚构人物，你仅凭想象推理有用吗？”

“有用。你和你的工人进入公寓时，没戴手套，因此，衣柜隔板上会留下你们的指纹和DNA，这是你们的指纹不应该出现的地方。”

大家都没有作声。

刘警长继续说：“这间公寓的门锁，防盗级别很高，不知情的人开锁会遇到麻烦，比如小郭第一次进来时就打不开锁。可是你前后两次开锁都很顺利，说明你很熟悉。当然，你会说客户事先告知了，但是再怎么告知，面对这种安全锁，如果第一次开，总得有个尝试的过程。看了视频以后，你流畅的开锁动作引起了我的怀疑。另外，如果你们在面包车上藏匿过毒品，一定会留下些许粉末的痕迹。徐老板，你是聪明人，如果要保命，就不需要我多说了吧！”

徐老板怒视刘警长，几秒钟后，他的肩膀松垮下来，缓缓地说道：“我真是个傻瓜。”

刘警长微笑着说：“这点我同意。本来，警方在集装箱里面发现毒品，最多说你把关不严，被毒贩利用。警方要调查毒品来源，得去缅甸金三角，基本无从下手，要查证你就是毒贩非常难。可你就是个傻瓜，当郭队长找到你，让你协助警方钓鱼、追捕元凶时，你只要按她说的去做，老老实实地把毒品放进公寓，警察监视一段时间后发现没人取货，只能不了了之。你却认为这是一个拿回毒品的好机会。你想瞒天过海，结果聪明反被聪明误，小瞧了我们警方的侦破能力。”

小郭被真相惊呆了，好看的

凤眼睁得比葡萄还大，说不出话来，她看着刘警长，眼神里多了一丝敬畏之情。刘警长提醒小郭，去把徐老板铐上，小郭这才如梦初醒，拿出了手铐。

小李则满眼冒星，激动不已。

等刘警长和小李开车回到办公室时，一切又回归平常。

小李问："老师，案子是您破的，您为什么不直接抓捕徐老板？"

"案子是小郭主办的，我们只是帮忙。"

小李替师傅打抱不平，说："可是，她会因此立功受奖。"

刘警长淡淡地说："对我来说，揭开真相才是最重要的。"

几天后的晚上，刘警长坐在餐桌边。妻子再次端上了炒粉，这是她的拿手菜，也是刘警长最爱的菜肴之一。妻子又开了一瓶珍藏的红酒，他们坐在餐桌旁，一边看电视新闻，一边用晚餐。

电视正在播放本地新闻，张副局长和小郭在接受新闻频道记者的采访。在他们身后，有五个打开的小箱子，里面装着白色的毒品。这么看来，徐老板最终选择了上交毒品。

妻子问："这就是你前几天破的案子吧？这个小郭队长真漂亮，她是个好警察吗？"

"嗯……还不够成熟，不过我相信，她会成为一个好警察的。"刘警长想了想，说道。

妻子又问："记者怎么没有采访你呢？"

刘警长笑答："可能是我不够帅，不适合上电视。"

妻子"扑哧"笑了："说实话，你比张局帅多了。"

夫妻俩相视一笑，"当"地碰了一下杯，将美酒一饮而尽。

（发稿编辑：陶云韫）

（题图、插图：杨宏富）

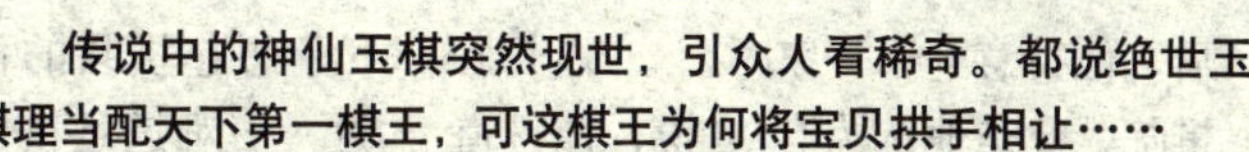

传说中的神仙玉棋突然现世，引众人看稀奇。都说绝世玉棋理当配天下第一棋王，可这棋王为何将宝贝拱手相让……

玉棋王

□张正阳

1．收徒

古时候，有处叫棋县的小县城，地方虽小，名气却大。

传说很多年前，曾有两位神仙在县城南郊的棋山上对弈。神仙所用的是一盘精美绝伦的玉棋，从棋子到棋盘，皆以羊脂宝玉打造，温润无瑕，巧夺天工。相传两位神仙的这局棋一下就是一百年，而有幸看过这盘棋的人，哪怕只看上一眼，便能成为棋道高手。

传说是真是假无从考证。往后几百年，这个小县城倒是棋风盛行，男女老少皆有一手好棋艺，还出过不少有名的棋待诏，成了天下公认的象棋圣地，从此便有了棋县之名。每十年，棋县还会办一场象棋擂台。天南地北的象棋高手奔赴于此，比试棋艺，层层角逐后，最终的胜者，便是独步天下的棋王。

那一年，棋县有位叫刘长胜的人，他是当时天下公认的象棋第一人。早年在朝中做棋待诏，连当今天子都对其敬重有加。等过了知天命的年纪，刘长胜便告老还乡，还连续两届在棋王擂台上夺魁。之

后，他特意开了一家棋院，凡是他认为有天分的，都收入门下，将自己一身本事倾囊相授。

这日清晨，棋院来了怪客。一个中年男人，带着个十几岁的少年郎来拜见刘长胜。看他们的穿着打扮，应是富贵人家，再仔细一瞧，刘长胜觉得男人面熟，像是在何处见过，便开口询问他们的来历。

男人苦笑一声："您真是好记性，六年前棋王擂台上，有幸承您指点。"经他一说，刘长胜便想起来了，这男人叫孙飞，乃是棋县有名的"棋痴"。听说他们一家世代爱棋，曾立下誓言要拿个"棋王"回来，可惜天不遂人愿，至今未得圆满。

孙飞对刘长胜说道："我这里有件东西，想请您过目。"他说着，将身上背着的包袱放在桌上，等打开一看，饶是见多识广的刘长胜，也不免瞪大了双眼。

这是一副玉棋！从棋子到棋盘，皆是羊脂白玉打造，通体无瑕，晶莹剔透。刘长胜忍不住伸出手去摸，手掌贴在白玉上，温润清凉，叫人爱不释手。他在宫廷多年，见过的宝贝数不胜数，却没有比得过这副玉棋的！

刘长胜一下子想起棋县的传说，惊讶道："这……难道是棋山上那两位神仙用过的玉棋？"孙飞笑了笑："有无神仙我不晓得。这玉棋是我家传的宝贝，至于来历，祖辈们也说不清道不明了。"

刘长胜若有所思："家中有这样的宝贝，自是秘而不宣为好，可你今日又为何拿它出来示人？"

孙飞目光炯炯，说道："因为我想把它送给您！"刘长胜看了玉棋一眼，又盯着孙飞，说："无功不受禄，你送我这样的好东西，恐怕所图甚大，我可收受不起！"

只听孙飞咳嗽几声，虚弱地说道："您多虑了，我身患重疾，活不过明年开春，能图您什么？"他一把撸起长袖，露出如枯柴一般的胳膊，看上去果真是重病缠身的样子。他又把少年郎推到身前，说："这是我的独子孙玉，想请您收他为徒，这副玉棋，就是他的拜师礼。"

刘长胜一瞧，这少年生得俊朗，面润如玉，谈吐得体，令人心生欢喜，他便说道："这徒弟我收下了，玉棋还是给他留下吧！我知道你的心思，是怕你百年之后，我贪图这副玉棋，会祸害你的娃儿，倒不如直接送给我，做个人情。好，我便向你立个誓，有我在一天，就不会有人打这副玉棋的歪主意！”

听刘长胜这么说，孙飞放下心来。他将玉棋交给孙玉，嘱托道：“你只管好好学棋，莫把心思放在其他事情上，将来若学有所成，为父便能含笑九泉！”孙玉连连点头，含泪答应了。

孙玉天资聪颖，也肯下苦功夫，不论刘长胜教他什么棋局定式，他只需记背几次，便可烂熟于心，运用自如。他跟从刘长胜学棋不过一两年时间，棋艺就大为增进。

最令刘长胜满意的是，孙玉胜不骄败不馁，与人对弈，不论是输是赢，都会认真复盘，总结经验教训。这副痴棋爱棋的模样，一些人见着了，便称赞说：“看他这样子，早晚又是一位棋王。”

这话传到刘长胜的大弟子李双车耳里，惹起了他的不满。他是一众弟子中棋艺最高的那个，如今看见孙玉大出风头，他心里不是个滋味，常在私下里与人说：“凭他孙玉的本事，有我在一天，就轮不到他来做这个棋王！”

话说得难听，也是事实。不说李双车比孙玉学棋更早，单论这下棋风格，他就比孙玉更占优势。李双车善下快棋，最爱用双车快攻，从开局起就杀招不断，让人应接不暇，忙中出乱。与他对弈，对手只觉从头到尾都任其拿捏，难有反抗之力。孙玉则相反，他风格稳健，稳扎稳打，步步为营，等到了残局时才开始发力，让对手难觅胜机。

一个善攻，一个善守，偏偏孙玉防不住李双车的杀招，不能将棋局拖入自己最擅长的残局。两人这些时日来下过十几局棋，孙玉尚未胜过一场。

没过多久，棋王擂台又要开战。刘长胜对众弟子说：“我年纪大了，精力不济，若是有人能在此次擂台上夺下棋王称号，那我就将这家棋院交到他手上。”

弟子们听了，果然在擂台上各展所长，力挫群雄，而弟子之中最为出彩的，还是孙玉与李双车二人。他们一路过关斩将，击败了各路高手，最终会师决赛。

这样的结果，倒也在不少人的意料之中。美中不足在于，本应精彩绝伦的棋王决赛，现在看来却失去了悬念，毕竟李双车稳胜孙玉一筹，这是不争的事实。

这一点，孙玉也清楚，但眼见棋王之名离自己仅一步之遥，他怎甘心就这样拱手让人？

2. 约赌

擂台前一日，已是深夜，孙玉房中的烛火长明。他布棋局于桌前，复盘李双车之前的棋路，冥思苦想，想要找到应对的办法。

就在这时，忽听到门口有响动声，抬头一看，是李双车推门进来。孙玉吃了一惊，不晓得这么晚了，李双车来这儿做什么。

只听李双车说道："师弟爱棋如命，这么晚了还不休息？"孙玉也耿直，坦白道："我自知不是师兄的对手，只能苦下功夫，若是能想出几手妙棋来，就再好不过。"

李双车"哈哈"一笑，说："这妙棋嘛，我是想不出来，不过我这儿还真有个妙招，说不定能助你一臂之力。反正这'棋王'已经是你我师兄弟的囊中之物，不管谁拿了，都是给师傅长脸面，又何必分彼此？倒不如下一局精彩的棋，让天下英豪领略棋县的风采。"

这话说得好听，孙玉大为感动，就问："是什么妙招？还请师兄赐教。"李双车压低声音，嘴里吐出两个字："赌棋！"

"啊？"孙玉一惊。赌棋他是知道的，下棋之人，往往会添点彩头，否则胜负不痛不痒，岂不是无趣？可这不过是街头对弈时的把戏，怎能在棋王擂台上用？

李双车像是猜到了他心中所想，慢慢说道："你想，这棋王虽重要，可你下棋时，一遇困局，难免会想，哪怕此次赢不了棋，成不了棋王，还有下次机会。如此一来心思懈怠，就不能全力以赴。唯有赌棋，加上一些输不得的筹码，逼得你非赢不可，才能破釜沉舟！"

"这……"孙玉有些犹豫，觉得李双车的话不无道理，"可什么样的筹码，是输不得的呢？"

李双车笑了笑："我晓得你生性淡薄，对财物向来不上心，不过你看看这样东西，能不能激起你的斗志来？"他随手拿起桌上的棋子，摆成一个字。孙玉像是被火烧了屁股，一下子从座位上蹿起来，问道："你怎么知道这件事的？"

棋盘上的，是一个"玉"字。

"天下没有不透风的墙，你有此等宝贝在身，又怎能瞒得过呢？"李双车说，"我只问你，这玉棋，你在不在乎？"

"那是当然！"孙玉答道，"这可是我孙家的传家之宝，怎能用它来赌棋？"李双车却说："那就得看，在你心中，到底是这玉棋重要，还是'棋王'更重要？"

这话是戳中孙玉的心窝了，他低头看着桌上的棋盘，默然不语。李双车晓得他心思动了，趁热打铁道："我让你赌棋，但并不是要你把那盘玉棋全赌上，毕竟此般宝物，我可没东西与它相称。说到底，我也只想逼你一逼，好让咱们师兄弟下出一局千古名棋来！"

孙玉抬头看着李双车，说："别卖关子，有话一次说全吧！"

"首先，明日下棋，我会主动执黑后行。"

按棋王擂台的规则，执黑执红，本该是抓阄来定。李双车如此建议，可谓极大的让步，毕竟先行者占优，尤其李双车这样擅长快攻的棋手，若能执红先行，胜算更大。

李双车继续说道："再者，这赌棋的规矩也跟以往不同，不是以胜负来赢彩头，而是我吃你一颗棋子，它所对应的那颗玉棋就归我所有。这么一来，哪怕最坏的情况，师弟你也不过是输我几颗棋子罢了。"孙玉淡淡说道："多谢师兄为我考虑周详，且容我再想想。"

"好！"李双车心知不能着急，便先告辞而去。

等李双车走后，孙玉呆坐良久，只听屋外有人说道："你千万不能答应他的条件，他是利用你爱棋的性子，想空手套白狼，谋夺你的传家宝哩！"

说话的人，是刘长胜老来所得的独女，刘巧儿。她方才见孙玉房中灯还亮着，便想过来叮嘱他早些歇息，没想到却听到李双车与孙玉的对话。她知道孙玉痴心下棋，怕他求胜心切，着了李双车的道，赶忙出声提醒。

孙玉走出房门，对刘巧儿点头道："我怎会看不穿他的用心？可他有一点说得不错，与棋王相比，这盘玉棋又算得上什么？若是赌上玉棋，能求得一丝胜算，何乐而不为？"刘巧儿见他目光坚毅，晓

得他已经打定了主意，叹息一声，不再劝了。

第二日的棋王擂台，棋局尚未开始，就已经闹得人声沸腾。所有人的目光，都被孙玉带来的那盘玉棋吸引。没有人想到，这副传说中的玉棋，竟会突然出现在众人眼前，更没有人想到的是，孙玉竟要用这盘玉棋来与李双车对弈。

李双车也觉得意外："师弟，你我赌棋，筹码稍后清算即可，你把这玉棋先拿出来做啥？不怕有心人惦记上？"

孙玉说："是师兄说，天下没有不透风的墙啊，我就想不如大大方方拿出来，让大家见识一下。"

李双车听出孙玉话里有话，尴尬一笑，不再多言。

棋局开始后，李双车果然遵照约定，主动执黑后行。他这一手看似吃亏，实则不然：他后行虽不利快攻，可孙玉以守见长，执红先行，同样不是他擅长的棋路。这样一来，其实也没什么优劣可言。更关键的是，这场赌棋，李双车并没有实质上的损失，而孙玉每被他吃掉一颗棋子，就会损失一枚祖传的玉棋，这眼睁睁看着自己的珍宝被人夺走，孙玉还能保持冷静吗？下棋最忌讳心急，急则出乱，乱则有错，这么一来，孙玉哪还有胜算？

李双车为自己的谋划沾沾自喜，暗笑孙玉痴心赢棋，自己随口编的胡话，也能把他哄得团团转。可走了几步棋，他却感到不妙，因为玉棋的材质珍贵，他拿在手中，总担心将棋子磕着碰着——是啊，这棋子到时候被他赢了去，这磕碰的不就是自己的宝贝？能不心疼吗？越是这么想，李双车越难集中精神，好几步棋都下得有失水准。

反倒是孙玉，像是完全忘了手里拿的是珍贵玉石，下棋落子利落干脆。别说李双车，就连观棋的众人，都生怕他一不小心糟蹋了稀世珍宝。而当李双车用兑子的办法吃掉他一两颗棋子，将其放在身前据为己有时，孙玉也面无波澜，毫不在意。

一人心思不集中，一人专注在棋盘之上，此消彼长，这棋势是互有损伤，一时之间，难分胜负。不过，李双车的棋力终究要比孙玉更强，局面始终是他占优，随着他利用双车的灵活优势，捉掉孙玉的一颗马后，基本上已是胜券在握。

这本该乘胜追击的时候，李双车的心思却活泛起来，他盘算着趁现在正占着优势，不如多赢他几颗棋子，让孙玉既输棋又失宝！这念头一生，李双车不再想着如何一招制敌，而是一门心思想着去吃掉孙玉所有的棋子。这可犯了下棋的大忌，接连好几个回合，李双车都错失了终结棋局的机会。

3. 失策

“不妙！”李双车忽然大叫一声，原来方才那一步，他一时失察，急着捉掉孙玉的炮，却也赔上了自己的车。被吃一车，如断一臂，他顿时清醒，再看棋局，冷汗直流，在不知不觉间，孙玉竟占了上风！

李双车赶忙收拾心绪，想要扳回劣势，可谈何容易？论应对残局的技艺，他哪里是孙玉的对手？他苦苦支撑了十几手，还是被孙玉找到机会，一招将死！

本以为胜算渺茫，没想到抓住了一线生机！孙玉攥紧拳头，站起身，向李双车拱手道：“师兄，承让了！”

李双车却没半点反应，仍痴痴地望着棋盘，不敢相信自己竟然会输，嘴里不停念叨着：“怎么会这样，怎么会这样？”

“哼，我也想问，怎么会这样？今日这盘棋，哪像是你们两人的水准？真当天下棋手是瞎子？”只见师傅刘长胜走过来，怒气冲冲地质问道，“你们今日要是不把话说清楚，我就将你们一齐逐出师门！”

李双车不敢坦白，孙玉也沉默以对。眼见刘长胜又要发怒，一旁的刘巧儿开口道：“爹，此事与孙师弟无关，全是李双车一人的谋划。”说着，她便将昨夜听见的事情和盘托出。

刘长胜听了，气得冷哼一声，指着李双车的鼻子骂道：“你啊，贪心有余，成事不足！

想要手段霸占人家的传家宝，到头来却作茧自缚，该！还不快把棋子交出来！”

李双车哪里肯，他紧捂着赢来的那几颗棋子，就是不吭声。这时，孙玉说道：“师傅，这件事情虽是师兄提议的，可他也没逼迫我，是我心甘情愿答应的，那几颗棋子，是按约定输出去的，哪有要回来的道理？”他又向李双车说道：“师兄，我知道这局棋，你没能用上全力，只希望下次棋王擂台上，咱们别再整这些乌烟瘴气的，就好好下一局棋，一决高下！”

孙玉终成了新一代的棋王，而自觉颜面扫地的李双车，从此离开了棋县，不知去向。

几年后，刘长胜病逝，临终时，他将孙玉叫到跟前，特地嘱咐了几句话。这以后，孙玉就成了棋院新任的院长，并与刘巧儿两情相悦，结为了夫妻。

不久后的一日，一队官兵忽然闯入棋县，将棋院团团围住。领头那人，不少人都认识，是驻扎在这一带的陈将军。此人性格乖戾，行事蛮横，是个不好惹的主，更叫人看不懂的是，失踪已久的李双车竟也在他身旁。孙玉看来者不善，沉吟片刻，上前问道：“大人，您这是要做什么？”

只听陈将军说道：“本将军是应李双车的要求，来替他主持公道的！”陈将军说，棋县的棋王擂台，是天下棋手乃至当今天子都十分看重的事。这样的比试应当绝对公正才是，没想到竟然有人胆敢亵渎，因此他要孙玉与李双车重赛一场，由他来监督这场比试。

“怎么不公平？”棋院弟子中有人开口问道，“赌棋是由他李双车提出来的，规矩也是他来定的，他这分明是输不起，在耍无赖！”

陈将军驳斥道：“他李双车跟孙玉孰强孰弱，你们心里难道不清楚？”这话一出，众人你看我，我看你，虽然都瞧不起李双车的为人，却也不会贬低他的棋艺。

陈将军说：“其实各位心里对上一次的棋王之争多有遗憾，对新棋王也颇有微词，不是吗？”

这话一出，没人作声了。的确，当年那场棋，因为李双车杂念太多，痛失棋局，叫人看不过瘾，也不无惋惜。这时，孙玉说：“多说无益，棋盘上见真章就是！”

“好，痛快！”陈将军一拍大腿，“不过嘛，既然是重赛，那当日是赌棋，今日也该下赌才对。不过这

规矩嘛，得改一改！”

“那赌什么？”

“命！”陈将军说道，“今日的象棋，你吃他李双车一颗棋子，就可以将之前输的玉棋赢回来一颗；而他吃你一颗棋，我就从你的家人或棋院弟子中挑一人赔命！”

孙玉一听，大惊失色：“一方是玉棋，一方是人命，怎能相提并论？”

陈将军冷笑道：“怎么不能？他李双车视财如命，你把他的玉棋赢回来，不比要了他的命还让他难受？”见孙玉仍有话说，陈将军制止道：“你也别急，先听我把话说完。咱们这局赌棋，还是要以胜负来论。不管要杀多少人，只要你最后能赢棋，我都能饶过他们！你只要能证明自己这个棋王当之无愧，那还有什么可担心的？”

“不过嘛！”陈将军话锋一转，“若你输了，就说明你这棋王是耍手段得来的，那我不仅要杀你的人，还要夺了你的玉棋！”

光天化日，真有人敢如此草菅人命？可见这位野蛮将军的架势，孙玉实在不敢贸然行事！

陈将军显然不耐烦了，他抽出长刀，霍地将面前的一张长桌砍掉一角，警告道：“磨磨蹭蹭做什么？你要是不下这棋，我这下一刀，可就不是砍桌子了！”

这下，孙玉只得应战。开局前，孙玉盯着李双车，说道：“为了一副玉棋，连同门师兄弟的性命都不顾了，于心何安！”

“少废话！要不是你夺了我的棋王，让我颜面扫地，怎么会闹到今天这地步？”李双车咬牙切齿道，“要是想少死几个人，就赶紧认输，也让陈将军给你个痛快！”

孙玉不再多言，只是默默行棋，按自己的办法行军布阵，让每一颗棋子都能互相照应。李双车见了，嗤笑道：“哼，还是这一套，看我如何破你这‘铁桶阵’！”说罢，他将炮向前一打，强行兑子，在孙玉的防线上撕出一条口子！

旁人见了，都为孙玉捏了把冷汗。没想到几年不见，李双车的攻势更为凌厉。更令人恼火的是，见孙玉一颗棋子被吃掉，陈将军兴奋地一拍大腿，大笑道：“好，好，把人给我绑起来！”

手下官兵听了命令，就要过来抓人。刘巧儿拦住他们，问道：“不是说要是我夫君胜了，就不杀人么？你们这是什么意思？”

陈将军一瞪眼，喝道：“本将

军先把人绑上，等会儿一并砍头，不更省事？你要再废话，就先把你绑了！”

4. 输局

没想到刘巧儿并不害怕，说道：“就该这样，既然是我夫君的赌局，就该从我绑起！我们棋院岂有贪生怕死之辈！”

这边的动静闹得大，引得孙玉也不时望过来。刘巧儿见了，连忙喝道：“夫君，下棋就下棋，东张西望干什么？你只有赢了棋，才能救我们的性命啊！”

刘巧儿的话点醒了孙玉，他立马将目光重新放在了棋盘上，再不多看一眼。有刘巧儿带头，棋院其他弟子也壮了士气，不管孙玉失了几颗棋，他们都面不改色，一副静观其变的样子。

陈将军忍不住问道：“你们难道就不怕死么？”

刘巧儿把头一扬：“人哪有不怕死的？可再怎么哭号，恐怕将军也不会饶过咱们，反倒会害我夫君乱了心绪，葬送一线生机。”

自己的心思被刘巧儿戳破，让陈将军有些尴尬。他把目光重新放回棋局上，可这一看，却发现李双车竟并未占到多大的优势，这令陈将军大为光火，骂道：“这个李双车，在搞什么？”

李双车也是同样恼火，他开局时几次大胆兑子，的确起了效果，打破了孙玉的防线。可没想到，几年时间不见，孙玉的棋艺同样长进了不少，好几次设下的陷阱，都被他给识破，自己并没有占到什么便宜。而兑子这个办法，并不是长久之计，大家各有损伤后，能够使用的棋子就少了，反而限制住了李双车进攻的节奏。

现在，棋局进入中盘，两人都损失了四五颗棋子，到了这时，李双车反倒不敢轻易出手，生怕再损失几颗关键棋子，把棋局拖入残局之中。他与孙玉互相试探，彼此都在寻找着对方的失误，好抓住机会，一举得胜。

旁观的众人，会下象棋的都晓得这局棋进入了最扣人心弦的时候。每一步落子，旁人大气也不敢喘一声，生怕干扰了对弈二人的思绪。可偏偏陈将军就不是个讲究的人，他看棋局半天没有动静，都忍不住打起了瞌睡，后来忍无可忍了，就在一旁催促道：“李双车，你在做什么，是不是顾念旧情，想放他们一马？我告诉你，你要是敢输了这局棋，我非剥了你的皮不可！”

李双车被吓得浑身打了个激灵，这一紧张，他竟畏首畏尾起来。眼见形势对自己不利，李双车一咬牙，暗自想道：再这么下去，只怕自己凶多吉少，现如今，只剩这一个办法，能助我扭转乾坤！

李双车的攻势再一次凌厉起来。二人你吃我的车，我捉你的炮，仅仅几个回合，棋盘上的棋子就所剩无几。这时，不少观棋的人都连声惊叹。因为眼前这棋局，竟然与几年前擂台上的一模一样，不知不觉间，孙玉已在残局中占了上风！难不成冥冥中真有天意，用同样的方式让李双车再输一次？

让大家没有想到的是，眼前这棋局，其实是李双车刻意下成这样的。这几年来，他始终咽不下输棋的那口气。他跟孙玉不同，对复盘一事向来不稀罕，可这一局棋，他复盘了一次又一次，对孙玉下一步棋会下到哪里，都了然于心，而他，早就找到了赢棋的办法……

现在，就等孙玉这一步落子了，只要他按当年那样行棋，那李双车就赢定了！可是，糟糕！孙玉腾空的手，在李双车完全没有预料的位置落下！

这一步棋，令李双车乱了阵脚，他忍不住拍桌而起，问道：“你怎会下到这里？你不该下到这里啊！你怎么变了棋路啊！”

孙玉淡淡一笑：“这一步棋比我以往的下法更合理，师兄，棋艺是不断进步的，怎会有一成不变的定式？”

李双车哪还听得进去？他心乱如麻，稀里糊涂地应付了几手，最后，还是被孙玉将死。

孙玉又胜了！这一次，他赢得精彩，观棋众人都为他叫好。一旁

孙玉跪倒在陈将军面前，说道："小人侥幸取胜，还望大人遵守约定，放了我的家人跟棋院众弟子。"

众目睽睽下，陈将军也不好耍赖，只得让人把刘巧儿等人放了。他转身让人把李双车押到跟前，对他恶狠狠地说道："你这小人，口口声声说孙玉的棋王名不副实，我听信了你的谗言，才闹了这么大笑话！我今日就要撕烂你的嘴皮子！"

李双车吓得两腿发软，可任他如何求饶，陈将军都不加理会。这时候，忽见孙玉拿出玉棋，对陈将军说道："大人，李双车虽不义，可他毕竟是我师傅的得意弟子，师傅临终之际仍惦念着他。我愿用这盘玉棋，换他一条生路。"

见了玉棋，陈将军嘴角一扬，不由大喜过望。他接过玉棋，欣喜道："你倒是个聪明人！"他又怒瞪了一下李双车，李双车吓得赶紧掏出他袋中的那几颗玉棋子，然后趁几个官兵拿棋给陈将军时，他赶紧连滚带爬，狼狈而逃。

看着陈将军捧着玉棋得意忘形的模样，再看看已经逃远的李双车，孙玉笑着说："看来将军今日就是为了这玉棋而来，只恐怕这玉棋，将军也未必能拿得住啊！"

陈将军一愣，正要问他这话是何意，却见远处官道上，一骑快马急驰而来，隐隐约约，还能听到一声"圣旨到"……

只听孙玉说，当初师傅刘长胜临终前特意叮嘱过他，像玉棋这等宝贝，一旦现世必招人眼红。之前是因为他刘长胜教过皇帝下棋，多少受着皇恩庇护，才没人敢来找麻烦……师傅合眼前，只给孙玉留下一句话："棋王在棋，不在玉！"孙玉再三思量，终于领悟了师傅的苦心——要得棋，先要舍棋！于是，他主动派人去了京城，禀告当今皇帝，自己有宝贝要进献！

"好，好，好你个孙玉！当真是厉害啊！"陈将军怒火中烧，却不敢发作。

转眼间，钦差已到跟前，宣读圣旨说，孙玉献宝有功，皇帝赐了厚赏，还要封他为棋待诏。皇帝还命陈将军亲自带人，将这盘珍贵的玉棋护送回京，不得有误。

陈将军白白忙活半天，啥都没捞到，心头实在憋屈，可又能如何？他只得叩首应一句——

"臣，遵旨！"

（**发稿编辑**：丁娴瑶）

（**题图、插图**：谢　颖）

故事会微信号：story63，欢迎添加故事会微信，参与互动！

·神探夏洛克·

优秀的猎犬

一个农场主打算卖给夏洛克一只猎犬，他热情地推销着："夏洛克先生，我亲爱的朋友，我这只猎犬聪明极了，如果你买了它，它一定会成为你忠诚的守护者。"

夏洛克问道："有多聪明呢？说说看。"

"在我家的农场旁边，有一条沿着山崖修建的铁路，坡度很大。去年有一阵子都是阴雨天，山上塌方了，有块大石头滚到铁轨上。当时，我正在想办法把大石头拖走，可来不及了，远远看见一列火车往这边驶来。我想爬上山崖发警示讯号，脚却扭伤了。在这紧急关头，就是这只优秀的猎犬，它飞奔到院子里，拽下我妻子晒在铁丝上的红色纱巾，叼在嘴里，然后闪电般地冲上山崖。那红色纱巾迎风飘扬，就像一面信号旗。火车司机看到后，提前刹车，这才避免了一场车翻人亡的恶性事故……"

还没等农场主把话说完，夏洛克摆了摆手，打断了他："你的狗很可爱，你编的故事也很精彩，但是这狗……你还是另找买主吧！"

夏洛克为什么肯定农场主在说谎呢？

超级视觉

看似普通的栏杆中间，藏着面对面站着的人。她们曲线明显，身形端庄。请你数一数，一共有多少个人？

疯狂 QA

独木桥上，一个南来的，一个北往的，谁也没退让，居然都顺利过了桥，怎么回事？

想知道答案吗？

1. 扫二维码：

2. 购买 2022 年 11 月下《故事会》。

动感地带，与您不见不散！上期答案见本期 P49。

请不来的钱锺书

据说，《围城》火了之后，很多地方举办研讨会，通过各种渠道请钱锺书参加，钱锺书却无一赏脸。他说：“招邀不三不四之闲人，谈讲不痛不痒之废话，花费不明不白之冤钱，浪费不该浪费的时间。”

老农的文采

早年，作家许地山与几个朋友到乡下采风，看到几棵白杨树长得又高又直。有人提议，用一句话来描述白杨树的高大。有人便说，白杨树高耸入云；也有人说，鸟儿在白杨树的枝丫间嬉戏；还有人说，风筝的线放到了极致，才能

与树叶共同起舞。许地山想了想说：“我爬上房顶，想摘下一片树叶，恼人的是手臂不够长。”这时，路过的一位老农随口说道：“白杨树高得呀，每次仰头看，帽子都要掉。”

众人一听，忍不住一起鼓掌：绝妙的文采，就是来自生活啊！

宋哲宗的锐气

宋哲宗赵煦九岁即位。一天，辽使者求见，宰相蔡确担心小皇帝无法应对，就对他说：“官家要记得，使臣的服装会很特别，如果看到了千万别害怕。”宋哲宗却威严地说：“使臣是人吗？既然都是人，又有什么可怕的？”

宋哲宗年幼，大臣们有事都向高太后请示汇报。一次，高太后问他：“你怎么不说话？”宋哲宗说：“你说就行了，还要我说什么？”简单的一句话，却着实表达了他内心的不满。

王安石撕稿

刘攽（音同“班”）与王安石关系很好。一天，王安石有事外出，刘攽在他的书房里瞥见一摞草稿，一看，是王安石写的政论文章。刘攽一时兴起，把文章背诵了

一遍后又把底稿放回原处。等王安石回来，刘攽故意说自己草拟了一些政论，想来求教，然后他便把王安石的文章一字不改地背了一遍。王安石听后沉默良久，他以为自己的立论不够有新意，所以等刘攽走后，便默默地把自己的底稿给撕了。

郗超救父

东晋郗愔（音同“希音”）任司空镇守北府时，桓温对他掌握兵权十分嫉恨。郗愔对情势一向迷糊，还寄信给桓温说：“我正希望和您共同辅佐王室，修复先帝的陵园。”当时他的嫡长子郗超前往外地，在半路听说父亲给桓温写了信，急忙回家拿信来看，看完后把信撕得粉碎。然后他代父亲另外写了一封信，信里说自己年老多病，不堪世事，想找个闲散的官位来休养生息。桓温收到信非常高兴，认为郗愔没有要争权的企图，于是下令把他调为都督五郡军事、会稽太守。

欺负名士

东晋时，太傅褚裒（音同“抔”）刚到江南那段时间，曾经到过吴郡。那日在金昌亭，吴地的豪门大族正在亭中聚会喝酒。褚裒虽然一直声名卓著，但当时还是没人认出他。那些豪门把褚裒当作无名小卒，特意吩咐随从多给他倒茶水，少摆粽子，而且茶喝完就给他添上，让他一直吃不上东西。褚裒喝完茶，缓缓地对众人作揖，并自我介绍说：“我是太傅褚裒。”座上人听了，一惊而散，狼狈至极。

带有杀机的比喻

桓温北伐曾进兵洛阳，当时他和下属们登上大船，遥望中原，感慨道：“造成国土沦丧、百年废墟的现状，宰相王衍等人罪责难逃！”有个叫袁宏的名士说：“国运本来就有兴衰，难道一定是他们的错？”桓温脸色一变，环顾在座人等，说：“诸位听说过刘表吧？他有一头千斤重的大牛，吃的草料比普通牛多十倍，但背货走远路时，都比不上一头瘦母牛。曹操进入荆州后，就把这头牛杀了来犒劳士兵……”桓温是用大牛来比喻袁宏，只有杀了他才能体现出他的价值。因此座上人都很惊慌，袁宏也变了脸色，赶紧下拜认错。

（供稿：小 俊 离萧天 锦官城 六 一）

（本栏插图：孙小片）

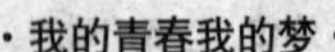

扒菜节

□云南省德宏州民族初级中学
杨文浩

今年，夏姑娘似乎特别耐不住性子，才刚入五月，她就散发出了无穷的热情。也就是这个季节，华华转学来到了新的班级，可是很明显，他不太热情。

华华今年七岁，念二年级。初来乍到，面对一个陌生的环境，胆怯自然是难免的。在同学们眼中，华华简直比班里最文静的女生还要害羞。记得那天，他做自我介绍时，就像个刚出嫁的小女子一般，在讲台上扭扭捏捏了半天，才像蚊子哼似的从嘴里缓缓吐出几个字："我叫华华。"

相处了一段时间，同学们也多多少少了解到一些关于华华的事。据说他来自云南的一个边疆小镇，因为父母的工作关系，才搬来这里。华华说话带着浓重的乡音，同学们经常听不懂他想表达什么。再加上华华性格过分内向，一时间竟没人愿意主动和这个带着南方口音的"小姑娘"做朋友，这么一来，华华就显得更加孤僻了。

这天，有一节作文课，老师出的题目是"我最喜爱的节日"。同学们七嘴八舌地议论着，在这热闹的气氛下，突然，一只手从靠窗的角落里抬起——

"华华，你来回答。"语文老师

的声音刚落下，教室里便瞬间安静下来，大家都很惊讶，一向内向的华华竟然主动回答问题了！

华华摸了摸鼻尖的汗水，操着不标准的普通话说道："我最喜欢的节日是扒菜节。"微小的声音顺着夏日热浪在教室中传播，同学们先是一愣，接着笑声就沸腾起来。

"哈哈哈，扒菜节！""没听说过这么奇葩的节日……"

浪潮一般的笑声仿佛要将屋顶掀翻。"安静！"老师示意大家停止嬉笑，教室里再次恢复宁静。接着，老师耐心地对华华说："你能为我们讲讲这扒菜节吗？"

华华点点头，眼睛盯着地面看，他缓缓地说道："在我的家乡就有一道菜，叫酸扒菜，它很好吃，可是后来我跟着爸爸妈妈去了其他城市，我就再也尝不到家乡的味道了。有一次，我因为呆不惯那座新城市而闹脾气，妈妈就告诉我有个节日叫扒菜节，只有听话的小孩才能在那天吃到家乡的菜……"说到这里，一滴晶莹的泪珠顺着华华的脸落在了课桌上，他把头埋得更低了："之后，只要我听话，妈妈就每月给我过一次这个节日，所以我最喜欢这个节日，因为能有回到家乡与朋友做伴的感觉。明天刚好又是扒菜节，我妈妈可以作证，我真的不是在乱说，我也要请大家来尝尝我家乡的风味。"

一束阳光照到华华的脸上，暖暖的，老师轻声安抚道："好，华华，我们相信你并没有说假话。明天我们就来尝尝那酸扒菜，好不好呀，同学们？"

"好！""我们相信你！"孩子们都表示了赞同，并在老师的提醒下，为刚才的行为向华华道了歉。

第二天，孩子们都品尝到了可口的傣家风味。菜品酸辣解暑，冲走了夏日的疲惫，也打破了大家与华华之间的隔阂。同学们发现华华只是因为语言的差异，才不爱说话。后来在大家的鼓励下，华华成功融入集体，同学们都很高兴，身边多了个来自南方小城的朋友……

故事讲得差不多啦，在为这个圆满的结局感到高兴时，还有一个人，我们可别忘记。在我们身边，一定也有像华华妈妈一样费尽心思为你创造出"扒菜节"的人，别忘记去感恩、去爱他们吧！

（此稿为"我的青春我的梦"第三届中小学生故事会征文获奖作品）

（**指导老师**：左银琳）

（**发稿编辑**：丁娴瑶）

（**题图**：孙小片）

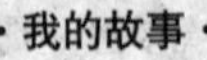

救命恩人

□柏 秋

那是1982年的秋天。我初中毕业后，在小兴安岭山区的二叔家呆了一阵子。

那地方冷得早，九月底开始上冻。趁第一场雪还没下，二叔带着我进山打柴。山上，腰那么粗的落叶松和腿那么粗的白桦树随处可见，可是林业所不准乱砍滥伐，我们只能捡一些干枯的树枝。

那天，因为担心天黑之前到不了家，我们只装了半车的树枝，便赶着驴车往山下走。到山脚时，遇到一高一矮两个人，他们冲我们喊道："老乡，帮忙拉点东西！"

看上去这两人像是爷俩，矮胖子看着有些年纪了，胡子拉碴的；瘦高个是个年轻人，长得挺白净，右脸颊有块蚕豆大小的红胎记。他们俩腰上缠着绳子，绳子上别着锋利的斧子，面前放了三个大麻袋。

二叔示意我看看是啥东西。我跳下车，凑上前扒开一看：麻袋里装着一只马鹿头，鹿头上支棱着一对马鹿角，另两个麻袋里全是血糊糊的鹿肉块。我惊恐地说："二叔，是砍死的马鹿！"

当时，矮胖子正在给二叔递烟，二叔闻言手一抖，正色道：“啥？马鹿？那东西，俺可不敢拉！”

“大哥，帮帮忙，不让你们白拉，那鹿肉，你们想要多少，随便拿！”矮胖子脸上汗涔涔的，满眼热切地盼着二叔答应。

二叔把烟点着，深吸一口，缓慢吐出一缕烟，说：“俺知道你们为了啥，山下有人高价收购马鹿头呢，那鹿肉总得分给俺一半吧？”

矮胖子一听，立刻咧嘴笑了：“别一半，那两麻袋鹿肉，都给你，我们只要头。”于是我们几个七手八脚地把那三个大麻袋抬上了驴车，盖上了厚厚的一层干树枝。

天快黑时，我们下了山，到了二叔家门口。二叔望了望旁边的小路，说：“只能拉到这儿了。”矮胖子道了声“谢”，背起那个装鹿头的麻袋，和瘦高个一起走了。

见那俩人走远了，二叔把两麻袋鹿肉拖进屋，把门“咣当”一关，两眼放光的样儿就像夜里蹲在树上的猫头鹰。

“今天，咱爷俩可算是捡着宝了，这么多鹿肉就不说了，光这鹿鞭就老值钱了！”说着，他打开装鹿后腿的那个麻袋，拿把刀就开始割鹿鞭。

我心里害怕，神色慌张地劝二叔：“这可不能留啊，听说马鹿是保护动物，这俩人是偷猎，是犯法的！”

“别犯傻啊，你一边呆着去！再说马鹿又不是咱猎的。”二叔瞪我一眼，我不敢吱声了。

也不知是二叔岁数大了，没力气，还是家里的刀实在是太钝了，二叔割了好几下，也没把那根鹿鞭割下来。

这时，门“砰”的一声被推开了，矮胖子和瘦高个又出现在门口。他俩也不见外，直接走进屋，矮胖子伸手就要夺二叔手里那根粉嫩嫩的鹿鞭：“刚才走得急，落下东西了。”

“哎哟，够快的。”见二叔已经在割了，瘦高个阴阳怪气地说。

“快啥呀，这刀不快，要不早割下来了。”二叔心里明镜似的，他知道这俩人回来的意思，有点尴尬地打着马虎眼。

瘦高个说：“大哥，俺爹是说鹿肉给你，可没说鹿鞭也给你！”

“哎，他可是说这两麻袋的东西都给俺！”二叔拽着鹿鞭不放手。

“大哥，你也不能太黑啊！这么多鹿肉不够抵拉脚钱吗？”瘦高个急了。

“这东西咋弄来的，你最清楚！

咱丑话说前头，今天，你要是把这鹿鞭拿走，俺就报警！咱谁也别想得！”二叔脸红脖子粗地嚷着，见对方也不依不饶，他把脸转向我，“你赶紧去镇上派出所报警，说有人偷猎！”他边说，边朝我挤两下眼睛。

我本来就对偷猎深恶痛绝，一听二叔让报警，马上一溜烟地跑出门，蹬上自行车往村外去了。还没等我骑出一里地，就遇到了巡逻的警车，他们一听说有人偷猎，二话不说就跟着我往村里赶。

警察进门时，屋子里的人全傻眼了，尤其是我二叔。他不敢出声，恶狠狠地用眼神剜了我好几下。人证物证俱在，铁证如山，瘦高个和矮胖子被警察铐走了，二叔和我也被一起带去派出所问话。

三麻袋鹿肉自然被没收了，听说送到林业局去处理了。那父子俩偷猎，被刑事拘留，听说还要被起诉。而我和二叔毕竟只是帮忙拉了一程，警察把我们批评教育了一顿，就让我们回来了。

“俺就想吓唬吓唬他俩，你咋真报警呢？你没看见俺冲你挤眼睛啊？”回来的路上，二叔气得跳脚骂我，“成事不足，败事有余！就算鹿鞭咱不要了，那可是到嘴的两麻袋鹿肉啊！”

后来听说那瘦高个和矮胖子爷俩都被判了刑，他们的亲戚嚷嚷着要找举报的人麻烦。二叔怕被报复，说啥也不敢在村子里住了，举家搬走了……直到二叔去世之前，还埋怨着我，害得他不能叶落归根。

很多年过去了，随着二叔的去世，这件事在我的记忆中慢慢地淡去。去年冬天我回老家探亲，在村头的路上，一个高胖老人突然跟我热情地打招呼。

我疑惑地盯着他看，发现他右脸上有块蚕豆大小的红胎记。天啊！多年没见，他老了、胖了，可我还是认出了他！他就是当年猎鹿父子俩的瘦高个儿子啊！

“当年，多亏你报了警，你是我们的恩人啊！”他握着我的手激动地说。

见我一脸不解，他说：“你们是不知道呀，我们也是宣判的时候才知道的。当年那头鹿，被我们打死前就中毒了，它吃了别的猎户下了毒药的白菜心！你们要是真把那鹿肉给吃了，我们爷俩就摊上人命喽，那可就不是判几年的事了！你说，你是不是我们的救命恩人？”

（发稿编辑：孟文玉）

（题图：孙小片）

高招

□ 王福军

瘦骨猴是个贼娃子，他寻思着现在城里下手机会少，于是这回，他便瞄准了广阔的农村……

晚上，瘦骨猴悄悄来到王老爹家的院墙外。他事先踩过点，王老爹家只有老两口，儿子在外打工，挣得挺多，时常会寄钱回来。王老爹不会用移动支付，所以家里肯定有现金。虽说王老爹家养了一条大黑狗，但这狗性格相当内向，白天踩点时，瘦骨猴就见它一直懒洋洋地睡大觉，一点防范意识也没有。

瘦骨猴当即翻进院墙，可双脚刚落地，脚脖子就被死死咬住了。不好，是王老爹养的大黑狗！那狗一边咬，一边发出可怕的“呜呜”声。想不到它看着内向，实则是个狠角色，一言不发，直接上口！剧痛袭来，瘦骨猴忍不住大叫了一声。这一叫可不得了，屋里王老爹立即亮开嗓门大喊：“有贼！”

眨眼间，全村的狗都怒吼着追过来了。瘦骨猴好不容易才逃脱，身上不知被咬了多少口，幸亏村里留守老人都跑不快，不然更惨了！

回去后，瘦骨猴又是打针又是休息，过了半个月才恢复元气，他咬咬牙，决定再试一次。

瘦骨猴想，这次必须先除掉大黑狗。他潜进村时，朝王老爹家的

·情节聚焦·

院墙里扔了一块浸了毒药的肉。这毒药不仅能快速毒死狗，还能使狗叫不出声。果然，不大工夫就听到大黑狗发出了细微的呻吟声，成了！

于是，瘦骨猴又施展身手，轻身翻墙，谁知刚落下，又坏了！

瘦骨猴记得，上次翻墙落下时，脚下是平地，现在脚下却踩到一个肉乎乎的东西。眨眼间，那东西又大叫起来："呱呱呱！"紧接着，寂静的夜里爆发出无数声"呱呱呱"，震耳欲聋，不好，是鸭子！

相同的一幕又上演了：王老爹亮开嗓门大喊一声"有贼"，然后全村的狗又冲了过来……

这一次，瘦骨猴被咬得更惨，遍体鳞伤，在家休息了整整一个月。他越想越恨：想不到自己堂堂一偷摸高手，竟一连两次在一个不起眼的村子里失手，简直是奇耻大辱。此仇不报，誓不为人！他自语道："上次毒死一只狗，这回甭怪我心狠，把你所有鸭子全毒死！"

于是，瘦骨猴再次来踩点，他发现，王老爹家的院子里一只鸭子都没了。原来，在瘦骨猴休息的这段时间里，王老爹家的鸭子都养肥了，已经全被卖了换钱。瘦骨猴笑道："太好了，省得我费事了。"

这晚，瘦骨猴再次翻上王老爹家的院墙，这回他没急着跳，先在暗中打探了一番，确定没有狗，没有鸭子，也没有其他任何埋伏……不对，多了一种声音，叫声怪大的，是青蛙！瘦骨猴想，现在是夏天，青蛙趁着天黑爬进王老爹家的院子，它们就喜欢在晚上叫，这很合理，而且青蛙是无害的。于是他再次轻轻跳下来，谁知刚过一秒，王老爹再次怒吼道："有贼！"

全村的狗再次冲过来，瘦骨猴屡次打扰它们休息、谈恋爱，这回它们真火了。它们死追着瘦骨猴不放，咬住了不松口，直到警察赶过来。被带走前，瘦骨猴有气无力地说："这地方我再也不敢来了，太可怕了！我只想问一句，这回我根本没惹到任何动物，也没发出任何声音，王老爹你怎么发现我的？"

王老爹"呵呵"一笑："是青蛙告诉我的。青蛙不会咬人，这点比不上狗；遇到人时也不叫，这点比不上鸭子，但青蛙有个特点：它会一直叫，当有人来时就不叫了。本来在它的叫声里我呼呼大睡，它突然不叫时我就知道有贼娃子来了。农村生态防贼，厉害不？"

（发稿编辑：曹晴雯）

（题图：孙小片）

不能违背的誓言

□ 五月榴

汤姆是一名侦察兵。这天，他在执行任务时，不幸落入敌手，由长官哈里斯亲自负责审讯。

为了让汤姆开口，哈里斯想尽了办法。在重金利诱和美女色诱接连失败后，他决定对汤姆严刑拷打。汤姆受尽折磨，却还是什么都不肯说。哈里斯叹道："不得不承认，你是一名勇敢的战士，我甚至有点敬佩你。这样吧，就不用绞刑了，给你一杯好酒，送你上路。"

汤姆看到毒酒，声音有些颤抖地说："一定要这样吗？"

哈里斯耸了耸肩："说吧，是你自己喝，还是我让人喂你喝？"

汤姆下意识地往后退，却被两个高大的士兵一把按住，他们正要强行灌酒时，汤姆大喊道："再给我一点时间……"

哈里斯笑了笑，说："就是嘛，没有什么比生命更宝贵。"

过了一会儿，汤姆对哈里斯说："我确实知道很多重要情报，但我要和你单独谈。"

哈里斯答应了。两人交谈时，汤姆突然夺过哈里斯的枪，挟持他逃了出去。

汤姆死里逃生，成了英雄，有记者问他："您受尽折磨却坚贞不屈，当死亡逼近的那一刻，您假意屈服，机智地又为自己争取了机会。请问您是怎么做到的？"

汤姆大声说："我曾立下过一个誓言，绝不能违背。"

记者点点头，感动地说："您的誓言一定是绝不背叛祖国！是您成为军人那天立下的吗？"

汤姆摇了摇头。

记者感到好奇，又问："那您的誓言是什么呢？"

汤姆苦笑道："我的誓言是结婚那天，我太太逼我立下的——今生今世滴酒不沾！"

（发稿编辑：曹晴雯）

老总有高招

□ 沈顺富

张发财是个老总，手底下有三百多个员工。最近，公司接到一个大单，张发财却很是烦心，为啥？生产进度上不去啊！连续几个月都在加班，员工心里窝着火，纷纷消极怠工。可要是不这样加班，完不成订单就得赔钱。

张发财想啊想，终于让他想到了一个办法。员工不是心里有火吗？咱就弄一个“出气室”，摆几个领导的假人模型，让员工出出气。

说干就干，张发财让副总赶紧去定做了几个模型，除了自己，再加上副总、主管，一共三个假人。

很快，模型就拉了回来。嘿，太逼真了，除了不会说话，简直跟真人一模一样。出气室一弄，员工络绎不绝地在休息时间进进出出。说来也怪，这么一来，生产进度真的上去了。

订单如期完成，张发财乐了。突然，他想起这出气室自己还没去过呢！

张发财兴致勃勃地对副总说：“走，去看看！”

一进出气室，张发财就忍不住笑出了声。为啥？只见副总和主管的假人模型千疮百孔：一个耳朵没了，一个成了独臂，两个模型身体也全破了，填充物露了出来，那样子简直太滑稽了。相比之下，张发财的假人，除了身体有两个小裂口外，可以说完整无缺。

副总失落的神情，自然落到了张发财眼中。张发财笑着安慰：“没事，受点委屈不算啥，订单能完成，你们就是最大的功臣。”说着，张发财笑着走出了出气室。

副总“唉”地叹了一口气，只有他最清楚：这张发财的假人，已经是第三个啦！

（发稿编辑：陶云韫）

编辑来电

□ 胡传虎

周末，胡老师捧着一部历史小说，正读得津津有味，突然手机铃响了。一看来电，是一个陌生号码。

对方说："喂，您好！请问是胡老师吗？"

"是，您哪位？"

电话那头说："我是《全球中华历史》杂志社编辑，您最近评职称需要发表论文吗？"

这真是瞌睡来了有人送枕头，胡老师今年评职称，正担心论文数量不多、规格不高。但他转念一想，《全球中华历史》这本杂志，好像没有听说过呀！

胡老师将信将疑地问："能保证我的论文发表吗？"

对方立马来了精神："您放心，我不仅是杂志社副主编，还是世界历史研究所研究员、中华历史学会秘书长、明清历史研究学会副会长……"他一口气报了一大串头衔，足足花了好几分钟。他接着说道："凭我的影响力，可以让您的论文在多家杂志上发表。"

胡老师突然笑了，问："那我写历史故事，能当成论文发表吗？"

"当然可以啊！"

"哦！那我把故事梗概说给您听听，看看能否发表——有一天，军阀张宗昌与客人在一块儿喝茶，忽然，侍卫进来了，转呈一位记者的名片，说在门外等着求见。张宗昌花了好一会儿才看完名片上的字，他眉头一皱，说，'把这个记者崩了！'侍卫出去不久，就听到一声清脆的枪响。客人吃惊地问为什么要杀那个记者，张宗昌说，'那小子名片上密密麻麻全是虚假头衔，一定不是啥好人！'"

还没等胡老师把故事讲完，那头"啪"的一声，挂断了电话……

（发稿编辑：陶云韫）

外来物种

□ 黄超鹏

老陆在市中央公园上班，主要负责管理公园里的人工湖。

这天，老陆巡逻时发现了一件令人头大的事情：有人居然把三条鳄雀鳝放生到湖里了。这可不得了，鳄雀鳝算外来鱼种，本性凶残，有两排锋利的牙齿，一般的水生动物可不是它的对手，还会给游湖的游客带来安全隐患。事不宜迟，老陆立即把情况上报给领导。

领导正在外地出差，接到老陆来电，也是不大高兴：“老陆，人工湖是你的‘地盘’，你说怎么办？”老陆说：“要不我们把湖水排干，把那几个家伙抓了？”

“不成！”领导坚决反对，“排干湖水再抓鱼，费时费力，还费钱！”老陆急了：“可是，鳄雀鳝很快就会对湖里生态造成破坏，万一进入繁殖期就更麻烦啦！”

领导也急了：“那还是你看管不力！我不管你用啥办法，尽快给我解决问题，但丑话说前头，咱们经费有限，到时候超支的部分就从你奖金里扣！”老陆只得领命。

几天后领导出差回来，听老陆说问题解决了！领导问：“总共多少钱？”老陆顺口答道：“也就三万多块！”领导一听，立马虎起脸：“三万可不少了！多的可不能报销，只能你吃点亏了……”

老陆笑嘻嘻地说：“领导，不亏不亏，咱是赚了三万多！”

见领导不解，老陆解释道：“我办了一场钓鱼大赛，全市有名的钓鱼达人都参加了，报名费每人三百。钓上来的鱼，一小部分给选手们作为奖品，其余都放回了湖里。关键是，那些达人真厉害，不到一小时，就把那三条鳄雀鳝都钓上来啦！”

（**发稿编辑**：丁娴瑶）

（**本栏插图**：顾子易 小黑孩）

有一种紧张，是听悬疑故事时的“凝神屏息”；有一种偏爱，是不图轻松幽默，就爱惊悚刺激；有一种上瘾，是故事连听了三个，还不过瘾！来“故事云”扫码听故事，解锁令人着迷的“惊悚悬疑”……

今日主题

在故事里冒险，欲罢不能……

今天一早，小馆的主题招牌刚亮出去，就吸引了一大波客人。有三个姑娘结伴进来的，选的故事一个比一个“恐怖”，其中一个短发姑娘还特别讲究：“老板，麻烦您把灯光调暗点儿呗？听惊悚悬疑，得有氛围感！”

“还挺懂！”阿俑笑着点点头，立马照办，嘴里忍不住嘀咕，“现在的美女都不爱浪漫小说了？”

只听短发姑娘说：“浪漫已经不够啦！以后找男朋友都要找会讲故事的，还得是惊悚故事这种！”

《一排18号》 《匪窟脱险》 《恐怖邀请函》

《一排18号》 《匪窟脱险》 《恐怖邀请函》

有个学生模样的男孩，跟着爸爸在小馆里转悠，迟迟没有选故事听。爸爸像是看穿了什么，问他："怎么样，你要放弃'挑战'了？"

男孩犹犹豫豫地说："爸爸，我是不想被同学笑话胆小，可是，听故事真的有用吗？"

爸爸笑着说："故事里有个神奇的世界，能让你经历种种'冒险'，但又十分安全，就像是做了一场梦。你就当锻炼嘛，说不定，你会喜欢上这种体验……"

《梦游疑云》　《梦境追踪》

《梦游疑云》

《梦境追踪》

老夫妻俩对着故事菜单看了好久，看得出来，老先生是又兴奋又期待，可老太太呢，紧紧挽着老先生的胳膊，光看那些故事标题，就面露难色。

"这个吧，标题看着平常些。"老太太终于选定了一个故事。

"哟，还是你会挑！"老先生冲老太太眨眨眼，说道，"有意思的故事才分'上''中''下'，要我说，这种故事就得挑长的，一次听过瘾！"

阿俑在边上听乐了："行家呀！"

《绿荫女士》（上、中、下）

《绿荫女士》（上中下）

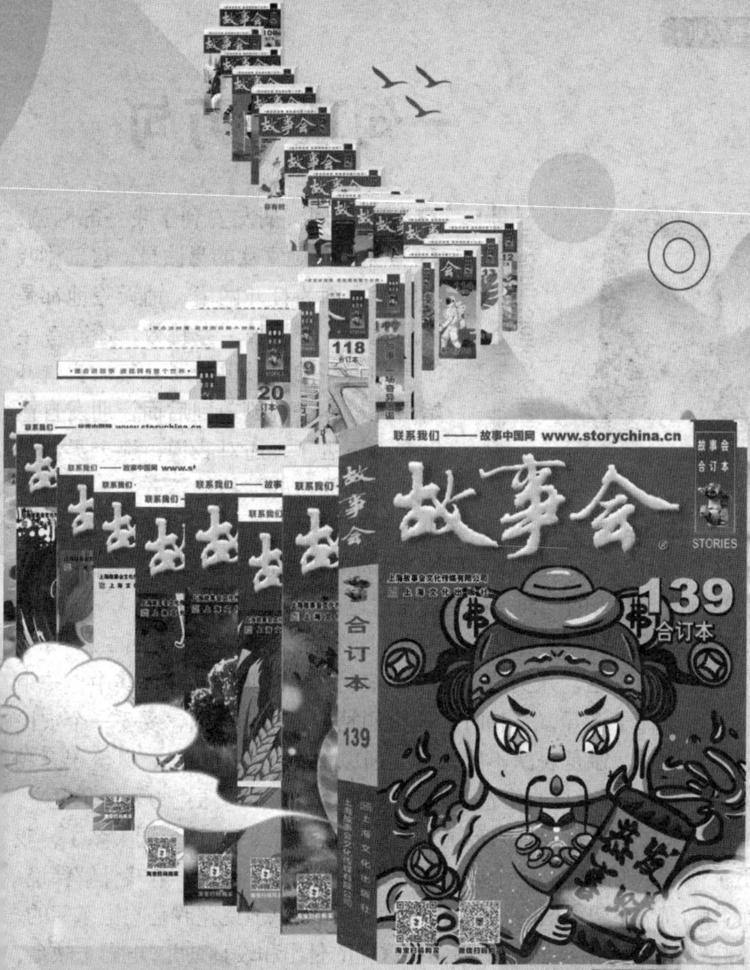
联系我们 —— 故事中国网 www.storychina.cn
故事会
故事会 合订本
STORIES
上海故事会文化传媒有限公司
上海文化出版社
139
合订本
故事会 合订本 139

一句顶一万句

田 芳 故事会绿版编辑
Tian Fang Stories Editor

前段时间，朋友安利了我一部网剧，主演是她喜欢的男演员。这部剧我不陌生，因为打开网络，铺天盖地都是它的通稿，夸演技、夸特效，还有夸主演男帅女靓的……但看了几集，我就开始用几倍速去观剧，到后面，朋友自己也看不下去了，还对我说，那个男演员在其他作品中的演技滤镜碎了一地。剧播结束，这部剧高开低走，口碑也是一落千丈。

这个结局我一点儿也不意外，因为流水线般的制作，浮夸的表演，注水的剧情，拉垮的台词，粗糙的服化道，真是招招毙命啊。

这让我想起另一部可以形成鲜明对比的影视作品《一九四二》。为了诠释好灾民的角色，开拍前，剧中的演员被要求集体减肥。其中，一个老戏骨瘦了二十多斤，开拍时，他脸颊枯瘦，眼袋突出，妥妥一个灾民的形象。他说，饿是表演不出来的，所以他一直饿着自己，以至于开拍时，已饿得两眼冒金星的他差点摔倒，后来还是吃了块巧克力才缓了过来。他饰演的灾民角色有大量的台词，但他对编剧说："你这台词太多了，我说不了！"编剧很吃惊，一个老戏骨怎么可能背不了台词。老戏骨解释说："人太饿了，是不想说话的。"编剧恍然大悟，诚恳地说："我是吃饱了写的，对不起，我马上改！"正是主创们有这样的付出和较真劲儿，电影上映后，赞誉一片，获奖无数。

对这类"良心"影视剧，观众不仅到电影院和播放平台去观看支持，还会因为由衷的喜欢，自发地宣传和推荐，产生良性循环。这也是那些烂剧想要却做不到的。

说一千道一万，创作者们与其沉迷炒作，雇水军买热搜，不如踏踏实实创作，认认真真地抓质量。因为观众的好口碑，才是货真价实的，一句就能顶一万句。

（**插图**：陈明贵）

763 故事会® 2022
CONTENTS STORIES SEMIMONTHLY
11月下半月刊

欢迎登录故事会官方网站：www.storychina.cn

绿版·下半月刊

社 长、主 编 夏一鸣

副社长 张 凯

副主编 朱 虹 吕 佳

本期责任编辑 田 芳

电子邮箱 greygrass527@126.com

发稿编辑

朱 虹 王 琦 赵媛佳 彭元凯

美术编辑 郭瑾玮 王怡斐

红版编辑部电话 021-5320 4055

绿版编辑部电话 021-5320 4048

地址上海市闵行区号景路159弄A座3楼

邮编 201101

主管、主办 上海文艺出版总社

出版单位 《故事会》编辑部

发行范围 公开

出版发行部

发行业务 021-5320 4165

发行经理 钮 颖

媒介合作 021-5320 4090

广告业务 021-5320 4161

新媒体广告 021-5320 4191

融媒体中心

《故事会》微博 @故事会

《故事会》微信 story63

故事中国网 www.storychina.cn

《故事会》网店

shop36332989.taobao.com

故事会公众号

故事会小程序

国外发行 中国图书贸易总公司

印刷 上海四维数字图文有限公司

发行 中国邮政集团公司报刊发行局总发行

国内代号 4-225 定价 6.00元

·笑话·

高考动员

高考前，班主任对学生说："同学们，都抬起头来，让我好好看看你们！我要记住你们每一个人的脸！"

班长听后，激动地说："老师，您放心！我们一定会金榜题名，给您长脸的！"

班主任摇了摇头，说道："不，我是想看看你们还有多少要复读的……"

（离萧天）

（本栏插图：包丰一）

不是地方

一个老大爷到电影院看电影，看到前面有个年轻男子拥着一个姑娘正在亲热。他提醒道："年轻人，这儿不是亲热的地方，回家再亲热多好。"

年轻男子听了，说："大爷，您要是能把她劝到我家去，您有啥要求尽管说。"

（郑宗不正宗）

不懂别瞎说

大张和朋友在一家小饭店吃饭，饭店装修得很精致，特别是天花板正中有一个很漂亮的设备，时不时地还闪烁一下。朋友指着它对大张说："看到了吧，消防意识很重要，看人家这消防喷淋多漂亮！"

大张仰头瞅了一眼，说："不懂别瞎说，人家那是全方位摄像头。"

一旁的老板娘轻咳一声，说："你也别瞎嚷嚷，那是路由器。"

（潘光贤）

尽力了

小李陪妻子在医院接受手术治疗，他焦急地等在手术室外，没多久，他看到有医生从手术室急匆匆走出来，忙上前询问妻子的情况。没想到，医生擦擦头上的汗，对他说："对不起，我们已经尽力了！"

小李吓了一跳，生气地说："你们不是保证能手术成功吗？"

医生委屈地说："大兄弟，手术还没开始呢！我们几个医生护士，硬是没有把她抬上手术台！"

（赵泽浦）

不生气

学校里有个校医，被学生叫作兽医，他得知后只是笑笑不说话。食堂大叔听不过去了，对他说："他们都叫你兽医，你怎么不生气啊？"

校医反问道："别人叫你'喂猪的'，你生气吗？"（九宫格吃火锅）

狗有话要说

哈里从兽医那儿回家，叹了口气，对太太说："我们的小狗真可怜，一路上总是哀叫，像是有话要对我说……"

太太看了狗一眼，对哈里叫道："傻瓜，这只狗也许只是想对你说，它不是我们家的！"（流浪地球）

带你旅游

丽丽是个导游。这天，她体贴地对丈夫说："你的工作太忙太累了，都很久没出去玩了，要不这样，今天我给你当回导游，我们就当旅游了！"丈夫很高兴，跟着丽丽玩了一整天。

玩好景点后，丽丽把丈夫带到景点商场的珠宝店，说："好了，现在你买点纪念品吧，回家送媳妇，媳妇肯定会很开心的。"

（蜡笔小心）

·笑话·

这回买错了

一个笨蛋买了一张赛马奖券，中了一笔巨奖。众人问他：“你是怎么选购赛马奖券的？”

笨蛋说：“我连续三天梦到‘七’这个数字，三七二十四，所以我买了第二十四号赛马奖券，一下就中了。”

众人大惊，都说：“三七二十一，怎么会是二十四呢？”

笨蛋也吓了一跳：“真的？这回买错了，下次买二十一号！”

（马里奥的奥利奥）

有水平

王老师教的班级考试成绩不大好，他有些生气，就在课堂上训斥学生：“我当年成绩怎么着也能轻轻松松过80分呀！你们这分数，说明了什么？”

教室里鸦雀无声，只听小明低声嘟囔道：“你老师比我老师有水平！”

（樱桃小肉丸）

打　车

一个游客打车去一个旅游景点，上车后，司机友善地问：“你知道怎么走吗？”

游客回答：“我不知道，可你是司机，你也不知道吗？”

司机淡定地笑着说：“我当然知道怎么走了，我就是怕你也知道！”

（吃饱了减肥）

请　求

一个跳水冠军因投资被骗要跳楼轻生。消防员劝了好久都没有效果，叹了口气说：“我是劝不住你了，那你跳之前能答应我一个请求吗？”

跳水冠军问：“什么请求？”

消防员说：“你能不能来个向前翻腾三周半屈体？”

跳水冠军答应了，退后了几步，正准备助跑，就被消防员按倒在地。

（凹凸曼）

真会说话

爸爸问两岁半的儿子："爸爸好不好？"儿子不假思索地回答"好"，爸爸心里正美着呢，这时，妈妈问儿子："你爸爸哪方面好呀？"

儿子看着妈妈笑着说："爸爸对老婆好。"（发际线突出）

买 鱼

大伟去买鱼，问卖鱼的老板："这鲫鱼肚里有子吗？"老板告诉他："你挑肚子大的买，一般来说都会有子的。"

大伟不放心地说："我老婆怀孕了，我要给她买活鲫鱼炖汤，所以我买的鲫鱼得条条有子才行！"

老板哭笑不得，说："兄弟啊！难不成我还要给它们做个B超？"

（胖胖糖）

好消息和坏消息

剧作家问经纪人："我新写的剧本，外面的反响怎么样？有没有感兴趣的？"经纪人回答说："我有好消息也有坏消息，你要先听哪一个？"剧作家说："先讲好消息吧。"

经纪人说："派拉蒙很喜欢你的剧本。"剧作家说："好极了，那坏消息呢？"经纪人说："派拉蒙是我家的那条狗，它对剧本紧咬不放。"

（小情歌）

什么妖魔

悟空化缘归来，见一个白色的妖魔紧紧地贴在唐僧的脸上，悟空举起金箍棒就要打。

唐僧拦住悟空，问他可知这是什么妖魔。悟空茫然地摇摇头。

唐僧撕下白色的妖魔，摸了摸自己的脸，说："滑滑的，这是面膜。"

（笑熬浆糊）

本栏目欢迎来稿。请把有新鲜感、有精彩细节的笑话佳作尽快投寄给我们。来稿一经采用，即致稿费，最高稿费为一则100元。本期责任编辑电子信箱：greygrass527@126.com。

告雷公

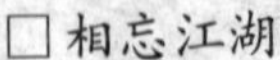

□相忘江湖

赵老汉是个养牛的。他儿子在大城市做食品生意，一直想接他享福，但赵老汉不肯去吃闲饭，买了八头牛，天天到山上放。

这天，赵老汉在山前一片荒地上放牛。临近晌午，见牛儿们吃得肚圆，天上又涌来一片黑云，他便吆喝着牛群准备回家。

就在这时，忽然响起一声炸雷，领头的公牛应声倒地，毛色焦煳，全身冒起了浓烟。

其余的牛受了惊吓，撒开蹄子四下奔逃。这雷也怪异，长了眼睛般劈下来，接连又响了三声，竟无一落空，把三头奔向不同方向的牛依次炸翻了。

四声雷后，天上瞬间雨住云收，热辣辣的太阳照在山野上，仿佛啥事儿也没发生过。

赵老汉看着散落在四处的死牛，哭了半晌，才强打着精神，喊来几位亲属乡邻帮忙，在山上分解了死牛，以之前一半的价钱出售。四邻八乡的人听了赵老汉的哭诉，无不啧啧称奇，也乐得捡便宜，你三斤他五斤的，没等天黑，四头牛就卖光了。赵老汉心里稍稍好过了一些。

第二天早晨，忽然来了几个人，自称是某网站的记者，听说了赵老汉的事情，觉得非常离奇，跑来采访他。

人倒了霉也愿意倾诉，于是赵老汉带他们来到事发地点，讲述了当时的情况。四头牛倒地的位置都有烧焦的痕迹，倒伏的青草显示着牛的轮廓，现场的情况一目了然。

很快，就有视频在网上流传开来，标题起得非常抓人眼球：《四头犍牛毙于雷下，是天谴还是巧合？》村民中本来就有议论，如今又被网上的言论带了节奏，赵老汉做缺德事被上天教训立马变成了板上钉钉的事儿。

唾沫星子压死人，赵老汉整夜整夜睡不着，翻来覆去想自己这辈子也没做过伤天害理的事儿，咋就被雷劈了呢？他越想越冤枉，觉得必须为自己讨个说法。可这天上的事儿上哪儿讨说法呢？赵老汉琢磨半天，决定去村头的大榆树前念叨念叨。那棵大榆树已经有几百年的树龄了，早年间有人在树前搭了三块石板作为山神庙，不少人往树上拴红绳，偶尔还有去烧香的。

赵老汉要去山神庙告状的消息不胫而走，很多村民兴致勃勃地跟在后面看热闹。

只见赵老汉来到石板前，毕恭毕敬地对大榆树鞠了躬，又在石板前点燃三炷香，开始控诉起来："山神爷，我这辈子没干过缺德事，为什么雷公要劈死我四头牛？希望您老人家能帮着往上反映反映……"

话音刚落，一阵风吹来，三炷香竟然齐齐灭了！

众人面面相觑：啥意思？不受理还是不敢管？

有个村民打趣道："山神爷顶多算个地仙，哪敢管雷公的事儿，这不是难为人吗？你还得往上捅，让更多的神仙知道这个事！"

赵老汉也豁出去了："听说湖下村刚开发了老道洞，里面供着三十多位神仙呢，我就去那儿告！"

看热闹哪怕乱子大呀，一群人骑摩托、开三轮、驾驶拖拉机，浩浩荡荡地奔老道洞去了。

这里神仙果然多。赵老汉挨个磕了一圈头，把事情又叨叨了一遍。这次香没灭，但是燃烧得特别慢。忽然，洞中飞起一只鸽子，围着众人头顶转了几圈，缓缓飞出洞外，消失在天空中。又有"大明白"说话了："神仙们知道了，这是让你回去等信呢。"

等个屁信，赵老汉明知道是胡扯，他就是想在乡亲们面前证明自己没做亏心事，所以才来状告雷公。现在过场走完了，各回各家，该干啥干啥。

赵老汉放下心事，当晚睡得特别香。睡着睡着他就做了个梦，只见一个白胡子老头站在大榆树前，自称山神！山神对他说道："你儿子做食品生意，添加剂有没有超标？采购的原材料合不合格？雷公不会无缘无故劈你的牛，这是给你警告呢！"

"啊？"赵老汉吓得不轻，"山神爷呀，我一直教育儿子，做生意一定要实实在在，他不会干出这种事的。"

山神冷笑一声："我就是给你提个醒。一个凡人找我告状还不够，居然还去老道洞上告天界神仙，胆子也太大了！"

赵老汉一听这还得了，忙说："我、我……明天我就去和各位神仙说明情况，消除影响。"

第二天天不亮，赵老汉就鬼鬼祟祟地来到老道洞，给各路大神上了香，说没想到问题出在儿子身上，冤枉了雷公，请各位替自己向雷公道个歉，自己马上把牛全卖了，去儿子那里监督他，保证不让他犯错误。

一番话说完，所有的香飞快地燃烧起来，眨眼间变成了灰烬。

赵老汉如释重负，恭恭敬敬地磕了几个头，回家后把牛全部卖掉，投奔儿子去了。这一去，他才知道儿子虽说还没干什么违法乱纪的事儿，但心里早就蠢蠢欲动，计划都准备好了。于是赵老汉劈头盖脸地骂了一顿儿子，最后感叹道："神仙不愧是神仙，连人动动歪脑筋都能知道……"

与此同时，在天界的某间屋子内，一个红脸老头气得脸色发青，正大声训斥一个后生："你这逆子，偷了我四颗旱天雷，干出如此荒唐的事来！你知不知道那凡人到处上告天界神仙，若不是为父找山神帮你遮掩，你的名声就坏了，还怎么混？罚你闭门思过三天，敢出门一步，看我不打断你的狗腿！"

后生委屈地辩解道："儿子只是想练练雷法，不就是劈死了四头牛，至于这么大惊小怪的吗？再说，本来就是那个老头没教好儿子……"

"还敢狡辩！练雷法你不能去劈树、劈石头？滚到后院去，好好反思吧！"

后生蔫头耷脑地向后院走去。红脸雷公端起茶壶"咕咚咕咚"灌了几口茶，脸上忽然露出一丝笑容，低声嘟囔道："小兔崽子准头真不错，纨绔归纨绔，还知道'子不教，父之过'的道理，有点我年轻时的风范！"

（发稿编辑：赵嫒佳）

（题图：孙小片）

皮影戏中的年味

□上海市松江区第七中学　姜浩程
指导老师：沈玉明

春节的泗泾古镇，随处可见大红灯笼高高挂。我走着走着，忽然听到不远处传来“当当当”的锣响声以及乡土气息浓厚的说唱声，就好奇地循声探去，这才发现小巷深处有一座木质阁楼，牌匾上写着“松江皮影戏”，精美的镂空雕花在深棕色的木质纹理下显得古色古香。

走进屋，只见一方小小的白幕旁竖着一个小屏幕，屏幕上有“武松打虎”四个字。三声锣响之后，屋内的灯光暗了下来，周围一下子安静了，观众们似乎都在屏息等待。

突然，台中央的白幕后亮起了一束光，映射在幕上，透亮透亮的。很快，“武松”跃然出现在白幕上，酒醉踉跄的姿态虽略显僵硬，但依然生动；虽个头不大，但头上的玳瑁与腰带上的珠光清晰可见……熟悉的故事，熟悉的情节，唯一不熟悉的是，第一次听到如此正宗的泗泾方言，我有点不知所措，一旁的字幕是我唯一的“导师”。

看着看着，我越来越好奇后台究竟是什么样的？演出一落幕，我就迫不及待地探访后台，只见那

里有两位白发苍苍的老爷爷，而影窗后的横档上挂满了一个个五彩缤纷的皮影人物道具。

我仔细地看着这些道具，其中一位老爷爷乐呵呵地介绍说：“小朋友，好看吗？这些全是用牛皮做的哦！”

“爷爷，为什么有这么多？为什么要把它们挂起来？”

“因为啊，一部皮影戏常常需要很多角色。我们除了要对唱词、说白、情节了然于胸，还要对每个角色的举手投足驾轻就熟。至于把它们挂起来，是为了便于随手取用。”老爷爷耐心地解释道。

这时，另一位老爷爷缓缓地摘下几个特别精致的皮影，轻轻地抚摸着，再把它们小心翼翼地放入木匣子，边盖盖子边问我：“小朋友，你是松江人吧？表演用的泗泾方言，听得懂吗？”

我很诚实地摇摇头说：“爷爷，我是松江人，但是我听不懂泗泾方言。”

“松江人要传承松江传统文化啊！松江皮影戏的学问大着咧！你回去可以探究探究，下次欢迎到后台观戏。”老爷爷感慨万千地说着，语气意味深长。

回家后，我缠着妈妈一起学习泗泾方言，渐渐在这看似复杂的方言中摸索出了门路，或许是因为我的身体里流淌着松江传统文化的基因吧。

我迫不及待地再次来到泗泾古镇，找到那两位老爷爷，申请到后台观戏。这一回，我凑近皮影道具仔细品读，发现每个道具无不彰显出巧妙的松江剪纸功夫和细致的工笔画技，加上选用鲜明艳丽的色彩，才使得白幕上的影像如此生动与亮丽！这些道具在两位老爷爷的娴熟手法下“手舞足蹈”“声情并茂”，感染着台前观众，更感染着后台的我。

这般光影与色彩融合的美好，既展现了民间技艺，更体现了松江皮影人的匠心，彰显了非遗魅力。深入“品尝”如此有特色的年味，我的内心久久不能平静……

（此稿为“我的青春我的梦——第三届全国中小学生故事会征文”获奖作品）

（发稿编辑：朱　虹）

（题图：孙小片）

清水湾

□徐全庆

我和徐卫东的恩怨始于四十年前。那时的清水湾还在城外，周边没什么人，河水清澈。那时候甲鱼真多，我们常常成群结队爬到岸上晒太阳。那是最快乐的时光。可惜徐卫东出现后，那种时光就不再有了。他是捉甲鱼的绝顶高手，只要被他看到，就没有哪只甲鱼能逃掉。

说来惭愧，我也被徐卫东捉住过一回。那天，我只是把鼻尖露出水面，看到他，急忙潜入水底，钻入淤泥中。没想到水面冒出的气泡暴露了我的位置，他轻松地捉住了我。我永远也忘不了他那张脸，一张大嘴笑得像炸裂的石榴，可能我的体形之大超出了他的想象。他把我塞进一个红色的塑料桶，那桶勉强装得下我。我以为我死定了，可他的贪心救了我。他往回走时又看到一只甲鱼，就把桶往岸边一放，去捉那只甲鱼。我稍微一折腾，塑料桶就倒了，顺着河岸向下滚，很快就滚到水边。等他发现时，我已经钻入水中。他冲着水面大声骂着，发誓一定要捉住我，让我又恨又怕。

自那以后，我更少上岸，被人发现了，我也不再一头扎进淤泥中，而是向深水里游。我已经知道，淤泥不但不能保护我，冒出的气泡还会出卖我。这也是清水湾甲鱼越来越少，而我却安然无恙的原因。

有一次，我还从徐卫东手中救下过我的一个孩子。孩子看到徐卫东后本能地一头扎进淤泥中，徐卫东卷起裤腿下了水，向孩子蹚去。

我的孩子即将落入他的手中。那一刻，躲在不远处的我克服了恐惧，快速游到徐卫东身边，在他向我的孩子伸出魔爪的瞬间，我在他的小腿上狠狠咬了一口。他猛一趔趄，停住了手，回过身抓我，可我已经跑开了，我的孩子也趁机逃走了。

那次，徐卫东其实并没有看到我，但他确信是我咬了他。于是他又一次冲着水面发誓，一定要捉住我。从此我更加小心，他拿我没一点办法。

但清水湾的甲鱼还是越来越少，毕竟捉甲鱼的人越来越多。更要命的是，原来有些荒凉的清水湾，逐渐热闹了起来，越来越多的人在岸边盖起房子，甚至有人填河建房。人们把生活污水直接排进河里，还有浴池、养猪场、小作坊，也都把废水排进河里。河水变黑了，变臭了，走在河边的人都掩住鼻子。

倒是没人捉甲鱼了，因为甲鱼几乎都死光了。只有我顽强地活了下来。

但我不想活了，在这样的环境里活着还有什么意思？我甚至盼着被徐卫东捉住，但我再没见过他。这让我非常失望，好像失去了一个对手。我盼着徐卫东回来，我要把命交给他，但决不轻易让他捉住。

我就这样坚持着活了下来。

没想到我见证了清水湾又渐渐变得清澈。岸边的房子全被拆迁了，排进河里的水都经过净化处理，河岸四周建成了游园。

我自然不想再死了。可此时，徐卫东偏偏回来了，他在河边踱来踱去，一待就是大半天。好在清水湾已经禁渔，连垂钓也不允许。但愿徐卫东能遵守规定。

我躲进深水中回头看，看到徐卫东正冲着我的方向微笑。莫非，他早就发现我了？

我正纳闷，一只小船划过来，船上坐着两个巡河员。我知道他们的任务是制止捕鱼和打捞水面的垃圾。

从他们的对话中我得知，徐卫东之前就住在清水湾旁，这里环境变差以后，他也无法居住下去，只好去了外地谋生。但徐卫东终究舍不下家乡，后来，他卖掉了在外地辛苦建起来的厂子，回来捐钱建了这个游园。

听到这儿，我钻出水面，只见徐卫东正把一桶小甲鱼放进水里。

（推荐者：春　秋）

（发稿编辑：王　琦）

（题图：孙小片）

现在的人啊

◆ 下辈子要做一颗牙齿，自己不开心的时候有人疼。

◆ 一年四季走不出的怪圈：春肥，夏胖，秋膘，冬圆。

◆ 我问他咋不回我消息，他说怕把感冒传给我，真的好贴心。

◆ 还是要努力的，不然有时候不努力一把，你就不知道什么叫绝望。

◆ 烟我是不抽的，酒也不喝的，恋爱的男人都是这样骗女孩的。

（推荐者：小　檐）

我是这么红的

◆ 一哥们练过几年散打，每次他被媳妇打啊骂的，从来打不还手、骂不还口。实在委屈了，他就一个人去火车站，故意把钱露出来，有贼来偷，抓住就是一顿暴打，打得那叫一个惨……时间久了，火车站的小偷都知道他了，看到他来，纷纷议论“这孙子又在家受气，跑这儿撒气来了”！

◆ 一哥们喜欢一个护士，为了见她，他故意搞出病痛去治疗，让她照顾。后来，两人日久生情，经常坐一起聊心里话。这天，哥们觉得时机成熟了跟对方表白，但护士拒绝了：“你经常生病，我的工资根本养不起我们的家。”

◆ 儿子被妈妈批评了，摔门出去坐楼梯拐角上生气。爸爸怕儿子跑远，就悄悄打开房门，看着他的一举一动。没过多久，就听儿子嘟囔：“这么半天，也没人叫我回去。唉！我还是学学我爸，厚着脸皮回去给我妈跪一会儿算了。”

（推荐者：一　一）

·脱口秀·

生活哈哈镜

◆ 有天我加班，有工作餐吃，就打电话让媳妇自己弄点吃的就好了。等我回去，只见媳妇端着碗面条，边吃边抹泪，问了半天，媳妇才哭哭啼啼地说："我煮的面条太难吃了，可是我很饿……"

◆ 我有一个表妹，比我晚几个时辰出生，姑姑特别喜欢拿我俩比较。过年，表妹带男朋友回家，姑姑带着他们专门来我家走亲戚，夸这男的工资高又是管理级别。直到男的看到我喊了一声"主管好"，姑姑就再也不说话了！

◆ 刚才看了个新闻，说母女两代都是空姐，不知道这个有什么好牛的，才母女两代而已！我们家祖宗十八代都是农民，我也没有拿出来炫耀过！我骄傲了吗？我膨胀了吗？

（**推荐者**：金火木）

真相被拿捏住了

◆ 如何形容一个人又土又倔强？

——钢筋混凝土。

◆ 闺密和兄弟的区别就是：假如一对夫妻闹离婚，90% 的闺密会对女的说"离就离吧，这男人有啥好的"，而 100% 的兄弟会对男的说"离啥离啊，多好的媳妇儿啊"！

——闺密坑闺密，兄弟帮兄弟。

◆ 从 17 岁开始，我就一直被叫"小胖子"，当时我就发誓了，以后一定不会让你们这么叫我。现在 27 岁的我，终于不是小胖子了！

——现在变成大胖子了！

◆ 和老公去汗蒸，结果老公新买的鞋丢了，气得我直接报了警。警察来了，问我鞋是多少钱买的。我心想，鞋是 300 块钱买的，但店家态度不好，我一生气刚要喊 500 块，老公直接把我按住，淡定地说："1000 块钱。"看来老公比我还生气……

——正解是：鞋里藏钱了！

（**推荐者**：大梦敦煌）（**本栏插图**：孙小片）

红眼病

□顾敬堂

协力村是个穷地方，这些年人丁只出不进，闲置的房子卖不出去，倒的倒塌的塌，偌大的村子就剩十几户了。村里有两座房子离得最近，相隔不到二十米。左面这家姓达，当家的叫达能奈，村里人都喊他“大能耐”；右边这家户主叫劳世斋，被村里人叫成了“老实在”。

大能耐早就在城里买了楼，却舍不得让老房子塌掉，就把主意打到了老实在身上：“伙计，我看你在这儿住得挺习惯的，干脆一万块钱卖给你得了。”

老实在自己家房子都住不过来，本来不想买的，但他面子薄，“吭哧”半天也没说出拒绝的话。大能耐趁热打铁，找来村主任做证，白纸黑字签了协议，拿着一万块钱眉开眼笑地走了。

大能耐没高兴几天，忽然听说国家要修高铁，有段线路正好经过协力村！这下他肠子都悔青了：但凡能征用自己老房一点地，就得补偿个几十万块呀！大能耐越想越不甘心，于是拿着一万块钱回去找到老实在，假惺惺地说：“老哥儿，我儿子知道我把房子卖了，天天和我吵，说家里也不差这点钱，老屋留着是个念想……”

老实在心里明镜似的，也不爱和他拌嘴拌舌，再次把村主任找来

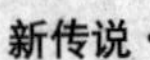

做见证，物归原主了。

很快，修高铁的就派工作人员来搞测量了。等路线图一出来，大能耐鼻子都气歪了：全村只占了一户，就是老实在家，自家的房子却差了不到二十米！

老实在连房子带地，得到了一百万元的补偿，瞬间脱贫了。大能耐却起了满嘴燎泡，自己不但没赚到便宜，好不容易糊弄出去的房子又砸手里了，这次，恐怕卖一万块钱都没人要了。

大能耐被一股火放倒了。儿子把他送进了医院，但大能耐越打针吃药越上火，眼看着竟然要不行了。

这时，老实在拎着水果来到了病房，笑着对大能耐说："老弟，不就是为房子的事儿闹心吗？我在协力村住惯了，真让我搬走还不愿意呢。现在我也不差钱，给你三万，你再把房子卖给我，我以后就住你那屋了。"

"真的？"大能耐一骨碌坐了起来，病仿佛一下子就好了，"那赶紧写合同吧，别耽误你住。"

大能耐的精神一天天好起来，但仍然觉得命运不公，常和儿子念叨："人比人气死人，差二十米就少一百万，上哪儿说理去？"

儿子不耐烦地说："你怎么不想想当初那个房子一万都没人要，如今实在叔却给了你三万呢？"大能耐让儿子一说，心里好受点了。

这天，大能耐闲着没事，想去老实在家蹭顿酒喝。一下车，他远远就看到自家老房前面的院子里有一堆黑乎乎的东西，跟小山似的。等他好奇地走近一看，嚯，竟然全是大煤块，能有一两百吨！

这时，老实在正好从屋里出来，见到大能耐，热情地迎了上来。

"老伙计，你打哪儿弄的这些煤呀？"大能耐急不可耐地问道。

老实在憨憨一笑，指着旁边说："修高铁的工程队在那头挖隧道，挖出煤来了，管事儿的觉得拉走回填太浪费，就给我了。"

"这得卖二十多万块吧？说给你就给你了？"大能耐的眼珠子都快掉出来了。

"人家管事的说了，他们是修铁路的，还能到处卖煤不成？放我这儿还省得他们搭运费呢。"

大能耐脸色一阵青一阵白，讪讪地说道："真是好命，人比人气死人呀！"说完，他不顾老实在的挽留，扭头走了。他心里这个懊悔呀，如果自己不卖房子，这些煤就是自己的了，一步不赶点儿，处处不赶点儿，自己的命咋就这么苦呀！他一口气走到村口，竟然号啕大哭起来。

一台越野车忽然在他面前停住，一个戴着安全帽的人跳下车，关心地问道："老哥儿，你怎么了？"

大能耐抹着眼泪说道："我哭老天不公呀，修高铁时，偏偏差二十米就能征用我家的地；我把房子卖给老实在，人家又白得了那么多煤，这不是要活活气死我嘛！"

"安全帽"听完忍不住笑了："老哥儿，其实当时线路设计从你家走也可以，但你知道为啥最后选了老实在家吗？"

"人家有那个鳖命呗！"大能耐愤愤地说道。

安全帽摆摆手道："考察路线时，是我陪着工程师来的。工程师喝不了凉水，就去老实在家讨点开水。闲聊时，工程师问老实在，如果征用了他的宅基地，打算要多少钱。老实在说买你房子花一万都看面子，他的房子最多也就值一万块钱，再说高铁通了，全市都跟着沾光，哪好多要呀？工程师一听就笑了，很多人一谈拆迁补偿都是狮子大开口，我们哪遇到过这么通情达理的人呀！所以工程师替老实在极力争取，最后上面才定下了现在这样的路线。老哥儿，换了你，你能做到吗？"

大能耐一时语塞，当时他盘算着如果占了自己家宅基地，没有一百五十万自己绝对不会松口的。半晌，他才结结巴巴地说道："一百万也不少了，你们又给了这么多煤，起码值二十万吧？"

安全帽点点头道："老实在得了一百万元补偿，总感觉占了我们便宜，天天烧几百斤开水往工地上送，正好工地挖出煤来了，咱打报告上去，领导说给老实在的补偿款本就是最低的，人家却免费给咱烧开水，咱也得补助点燃料吧？一句话，就把煤全运到他家院子里了。"

"那么多煤，一条江都能烧开了！"大能耐悻悻地说，"他这便宜占大了！"

"哈哈，让实在人占便宜，我们高兴！"安全帽说完，就笑着回到车上，一踩油门走了。

大能耐愣了半天，忽然喃喃自语道："活了半辈子，头回听说实在大了也是能耐。我得去找这老伙计好好学学！"

大能耐调头向老实在家走去——他的红眼病又犯了，不过这次是"良性"的。

（发稿编辑：赵嫒佳）

（题图：陆小弟）

蹭王

□吴　嫡

张东来和妻子林丽住在一个中档小区，小区居民的整体素质较高。

这天晚上，张东来正在家玩手机，有人敲门。开门一看，是个中年男人，皮肤有点黑，衣服有点皱。中年男人有点不好意思地说："我是隔壁的，我叫王有财，今天刚住进来。"

一听是邻居，张东来友好地笑了笑，问："王哥啊，你有啥事？"

王有财搓着手说："那个……我刚住进来，还没装宽带呢。你看……能不能先借用一下你家的无线网络？我晚上得跟人视频，咱楼里手机信号不太好。"

张东来觉得可以理解，就把无线网密码告诉了王有财，王有财连连道谢后走了。

关上门，妻子林丽说："隔壁这家原来住着个小伙子，咋换人了？你把无线网密码给他，没关系吗？"张东来笑了笑说："你看他的样子像黑客吗？"林丽也笑了，没当回事。

过了几天，林丽下班后到小区门口的菜市场买菜，见大葱新鲜，就买了一捆，并让卖菜的把葱叶砍掉。话音刚落，就听身后有人说："大妹子，这葱叶你不要的话，给我行不？"

林丽转头一看，愣了："你不

是隔壁的王有财吗？”王有财也一愣，随后一拍大腿说：“我说有点眼熟呢，原来是邻居啊。”

林丽把砍下来的葱叶递给王有财，问：“你也来买菜啊？”说着，她看看王有财手里的塑料袋，除了几片蔫了的菜叶，就只有几个馒头。

一旁卖菜的忍不住哼哼道：“他买什么菜！他天天下班就跑过来，除了捡我剥下来的菜叶，就是盯着人家买葱的。这天天吃葱叶，他也吃得下去？”

王有财拍拍塑料袋说：“葱叶蘸大酱，菜叶做个汤，馒头吃着喷喷香。”林丽哑然失笑，这也太节省了吧，靠蹭葱叶就行？

别说，林丽每次下班去买菜，都能看见王有财在菜摊旁等着，就算林丽不买葱，总有其他不要葱叶的买葱人，王有财回回都能满载而归。

林丽回家后，忍不住对张东来说：“隔壁老王也太抠门了吧，我就没看他买过啥菜。”张东来笑道：“他那户型一百多平方米呢，就算不是他买的，是租的，一个月租金也得四千多块。舍得租这么贵的房子，能舍不得吃口菜？说不定人家只是在吃的方面习惯了节俭。”

过了一阵子，天气渐渐冷了，各家各户都开始自行烧壁挂炉取暖了。林丽比较怕冷，因此烧得比较早，温度也设得略高。

烧了几天，林丽看着燃气表，皱眉道：“这燃气炉是不是有点问题啊？今年怎么感觉比去年费气呢？”张东来毫不在意地说：“这你也能感觉得出来？刚开始烧，费气是正常的，等过几天屋里温度恒定了，就好了。”

到了周末，张东来陪林丽回丈人家，住了两天才回来。到家时天已经黑了，一到家门口，就见王有财正在门口转悠呢，一脸着急的样子。见他俩回来了，王有财顿时高兴起来：“兄弟，我看这两天无线网的信号没有了，想过来问问你，你也没在家……”

张东来有点哭笑不得，临走时，他把家里的电源开关关了，无线网信号自然没了。他有点纳闷：“王哥，你搬过来都三个月了，宽带还没装上啊？不就打个电话的事吗？”

王有财搓着手，“嘿嘿”笑着说：“兄弟，我不干别的，我也不会下载东西，我、我连电脑都没有，就是每天晚上要跟人视频，其他时间也用不上，装宽带实在划不来……”

听对方这么一说，张东来赶紧

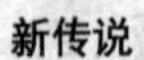

开门进屋，把电源打开。王有财见无线网信号恢复了，乐呵呵地跑回屋，迫不及待地打起了视频电话。

张东来苦笑着摇摇头，林丽皱着眉说："看这架势，他是不打算装宽带了，你要不要改密码？"张东来说："算了吧，宽带闲着也是闲着，你没看新闻吗？还有孩子蹭邻居网络上网课的呢，人家邻居不也没说啥嘛。"

林丽撇撇嘴："他那是聊天，跟孩子上网课能比吗？你看看葱叶的事，这人就是占便宜没够儿。"张东来也没再反驳了。

这天，燃气公司的人来敲王有财家的门，说要检查一下燃气表。王有财打开门，有点紧张地问："为啥要检查？"

燃气公司的人说："根据后台上传数据显示，您的燃气表数据异常，我们担心有故障，引发安全问题，所以上门检查一下，希望您能配合。"

王有财只得让人家进屋了。刚好敲门时，林丽和几个邻居在楼道里聊天，他们对王有财家都十分好奇，趁着这个机会，纷纷来到门口往里张望。

大伙儿惊讶地发现，屋里收拾得一尘不染，极其干净。不过，大伙儿把脑袋伸进屋里的第一感觉是，好凉！绝对不是北方冬天室内应有的温度。很快，燃气公司的人检查完燃气表了，他吃惊地看着王有财说："表没问题，看来你是真的没怎么用燃气啊！"

楼上的邻居恍然大悟道："怪不得今年这么费气呢，原来脚下的屋子没烧暖气啊！"楼下的邻居也郁闷地说："你是脚下，我是头顶，一样的。"林丽倒没说话，心想：原来我一开始感觉今年特别费气，问题出在这里啊。

看着邻居们的目光，王有财显得很不好意思，虽说他不烧壁挂炉是个人自由，但在这种高层建筑里，他其实就是在蹭上下左右邻居的暖气，虽然达不到自己烧的温度，但多穿点，被子盖厚点，也不至于冻坏。他张了张嘴，到底还是没说出啥来。邻居们也小声议论着散了。

但不管大家怎么议论，王有财照样蹭网、蹭菜叶、蹭暖气，邻居在背后偷偷叫他"蹭王"。

转眼冬去春来，春走夏至，人们已经习惯了"蹭王"的存在。忽然有一天，"蹭王"挨家挨户地敲起了上下左右邻居家的门，门打开后，他就把一筐鸡蛋、干木耳、干蘑菇给人家放在地上，还有一个女孩跟在他身后，帮他拿东西。

邻居们都惊呆了，“蹭王”怎么忽然大方起来了？王有财指着女孩，兴奋地对邻居们说：“这是我闺女，刚考上了重点大学！”

邻居们似乎明白了什么，纷纷从家里拿出东西回赠，还有人想包个小红包，但都被王有财拒绝了。他搓着手，不好意思地说：“这一年多，我光蹭你们的东西了。我闺女说开学前来看看我，我特意让她带点东西来，孩子拿不动多少，都是老家自产的，算是小小的心意。”

听他这么一说，邻居们倒有些不好意思了。林丽快人快语，问出了大家憋了很久的疑问：“王哥，这房子是你买的还是租的？”

王有财笑了笑说：“哪买得起啊！我媳妇身体不好，干不了啥活，就在家照顾孩子。我在这城里打工，尽量省下钱寄回家去。”

张东来纳闷地问：“这么说这房子是你租的？租金也不便宜啊！”

王有财摇摇头说：“这房子是我远房亲戚的。他出国留学去了，因为装修得很好，家里也不差钱，就不打算租出去。但他又担心长时间没人住，对房子不好，就让我来给他看房子。房子白住，打扫干净就行。我不怕冷，不怕热，不烧暖气，也不开空调，但每天要跟媳妇和孩子打视频电话，得让她们放心，我在大城市过得很好……”

王有财最后说：“再过些日子，亲戚要回来了，我也该走了。求大家一件事，别跟他说我这么抠的事，白住人家房子，别再给人家丢脸。”

邻居们的眼圈都红了，张东来大声说：“王哥，你不丢人，你是真爷们！”

（发稿编辑：朱　虹）

（题图、插图：陶　健）

·新传说·

温暖的村庄

□钱　岩

惊诧

大金山脚下有个安乐村，只有三十来户人家。这些年来，小小的安乐村变化可大了，家家户户盖上了漂亮的楼房，只有一户例外，住的仍是矮旧的老房子，那墙是石头垒的，上面还有一条标语："农业学大寨！"一看就知道这房子有些年头了。

老房子的主人是蔡婆婆，八十多岁，无儿无女，丈夫也早就去世了。其实，她有一个儿子，叫小兔子，但在五岁那年被人贩子拐走了。从此，蔡婆婆就和丈夫走上了漫漫寻子之路，虽然耗光了钱财和精力，却没有结果。

丈夫去世后，蔡婆婆也老了，但她坚持不住乡里的敬老院，企盼哪天儿子能找回家。为了让儿子认得出家，几十年了，蔡婆婆的房子一直保持着原来的模样，连墙上那几个红色大字，也是褪了色就重新描。乡亲们对蔡婆婆都非常关心照顾，最尽心的还数姚三，大到修房送医，小到送吃送喝，事无巨细。

姚三是安乐村的村民小组长，这组长当得可有些年头了。他儿子在城里做生意，多少次劝姚三进城，可姚三不愿意，骄傲地对儿子说，他是个党员，安乐村少了他姚三，不行！

这天早上，姚三拎上一桶漆，准备帮蔡婆婆把墙上那"农业学大寨"几个字重新描一下，蔡婆婆却笑着阻止，说以后都不用描了。姚三疑惑道："蔡婆婆，您老不担心小兔子回来找不着家了？"

蔡婆婆"咯咯"笑道："我家小兔子已经回家了！"

"什么？您儿子回来了？"姚三吃惊不小，"什么时候？现在人在屋里？"说着他就抬脚进屋去找。

蔡婆婆跟在他后面，兴奋地说："小兔子是昨天天黑进的屋，可把我激动坏了，老天爷长眼啊，终于让我在见阎王前找回了儿子！我正准备告诉你呢，没想到你就来了。"

姚三把屋里找了个遍，也没发现有人，就问："蔡婆婆，小兔子人呢？"

蔡婆婆还沉浸在幸福中："天一亮他又走了，说还有一些事要处理，过两天就回。以后我们娘俩就永不分离了！"

姚三心里"咯噔"一下，问："蔡婆婆，您确定昨晚来的人，就是几十年前被拐走的小兔子？"

蔡婆婆肯定地说："我虽然老眼昏花，可我到现在都记得，我家小兔子右耳垂上有个豁口，我摸了，他有！而且他能叫出我家老头的名字，还回忆起小时候的一些事，你说不是小兔子是谁？"

姚三不放心，继续问："那小兔子走时，有没有从您这儿拿了什么东西呀？"

蔡婆婆笑道："我一个穷老婆子，什么都没有，只是把我的镯子脱下给他了。姚三，这些年来你这么照顾我，去年我要把这祖传镯子送给你，你硬是不要，说等小兔子回来给他。哈哈，现在真让你说着了！"

天哪！姚三心里无比难过，他明明知道蔡婆婆上当了，却无法向她说出真相。姚三敢肯定昨晚来蔡婆婆家的人不是小兔子，因为小兔子当年不是被人拐走了，而是掉进水里淹死了！

惊 吓

这秘密是蔡婆婆的丈夫告诉姚三的。那年，蔡婆婆的丈夫独自找到了淹死的儿子，悲恸欲绝。他怕老婆接受不了会疯掉，就悄悄把孩子埋了，让老婆误以为孩子只是被人拐了，这样时间一长，会慢慢忘了伤痛。谁知蔡婆婆一辈子都在辛苦找孩子。蔡婆婆的丈夫当时不敢说出真相，后来就更不敢说了。临死前，他流着泪把这秘密告诉了姚三，说希望自己死后，姚三能帮他守着这个秘密，照顾好蔡婆婆。

不过，昨晚并没有外人来村里。

蔡婆婆的隔壁住着王贵夫妻俩，昨晚他们包饺子，煮好后给蔡婆婆也送来一碗。谁知蔡婆婆见到饺子就流泪，说她家小兔子小时候最喜欢吃饺子。他们费了好长时间，才把蔡婆婆安顿睡下，哪见什么小兔子找回家来！那镯子更是他们帮蔡婆婆脱了，放在她枕头底下的，因为蔡婆婆说怕夜里睡觉手乱动，碰到床沿儿磕断镯子呢。

姚三一分析，估计是蔡婆婆夜里梦见小兔子找回家，把梦里的事当真了，毕竟思儿心切，又上了岁数，头脑有时就不清醒了。

然而一连三天，蔡婆婆从早到晚都坐在门口，伸着脖子张望，等小兔子。大伙儿见了很心酸，可又不忍说出真相。第四天早上，姚三来看蔡婆婆，没见她在门口，便急忙进了屋。

蔡婆婆躺在床上，见到姚三便“哇”的一声哭了：“姚三，我儿子不要我了……”

姚三上前帮蔡婆婆拭去泪水，安慰道：“哪能呢？小兔子或许被什么事耽误了，再等个十天半个月，他就回来啦！”

“不会的……”蔡婆婆艰难地把手举了起来，手里拿着的正是她那镯子，她哽咽道，“小兔子昨天夜里回、回来了，把镯子塞到我枕头底下，人就、就走了……他、他肯定不、不要我了……”

此后，蔡婆婆卧床不起，整天流着泪念叨儿子，饭也吃不下，身体一天比一天虚弱。大家都很着急，对姚三说：“心病还得心药医，干脆你就冒充一下小兔子吧，反正蔡婆婆眼神不好，又糊涂了。这些年来，你无微不至地照顾蔡婆婆，不是儿子也赛过儿子了。”

姚三叹息道：“可是蔡婆婆对我太熟了，不要说开口说话，就是听到我的脚步声也知道是我来了。不过，找个人冒充小兔子倒的确是个法子……”

姚三左思右想，觉得有一个人特别合适，就是丁老师。丁老师是从安乐村走出去的，在城里当老师，今年刚退休，就热心回家乡来支教。他六十来岁，年龄正合适，而且蔡婆婆对他不熟悉，他正是冒充小兔子的最佳人选。

丁老师是个爽快人，听姚三这么一说，立马笑道：“小时候我和小兔子光屁股在一块儿玩过，不要说冒充小兔子，就是真当小兔子也没什么呀。蔡婆婆都这么大岁数了，只要能让她开心，干什么都行！”

姚三高兴地竖起大拇指："要的就是丁老师你这态度！不过，虽然蔡婆婆老眼昏花，人也有些糊涂，但她一直确信儿子小兔子的右耳垂上有个豁口，肯定要摸的。为了弄假成真，你得先在右耳上弄出个豁口才行。"

惊 喜

谁知听姚三这么一说，原本兴致勃勃的丁老师立马面露难色，说自己从小就怕痛，连打个针都怕。姚三急了："一个大男人，弄破点皮肉有什么大不了？不信我先弄我的耳朵，示范给你看。"

于是姚三找来剪刀，用酒精棉擦了擦，三下五除二就在右耳垂上弄了个豁口，惊得丁老师目瞪口呆。姚三边包扎止血，边装着无所谓的样子笑道："说一点不疼是假的，但也就是比蚊子叮一下强些。你要是怕疼，可以先吃颗止疼片。"

丁老师哭笑不得，但他真的被姚三感动了，于是一咬牙，答应了姚三……

又过了一些天，大伙儿簇拥着丁老师，欢呼着来到蔡婆婆的床前。

"真的是小兔子回家了？"蔡婆婆哆嗦着伸出双手，上上下下抚摸着丁老师，惊喜道，"真的是我家小兔子！虽然头发少了，右耳垂上豁口还在呢！"说罢，蔡婆婆脱下手上的镯子，硬塞到丁老师手里。

大家哄堂大笑，一旁的姚三见蔡婆婆真的把丁老师当成她儿子，也特别高兴。

这时，王贵忽然伏到蔡婆婆耳边，神秘地说："蔡婆婆，还有个人耳垂上也有豁口，您摸摸，看是不是也像小兔子？"说着他便拉来姚三，要给蔡婆婆摸耳朵。

姚三笑着说："王贵，你胡扯什么呀？蔡婆婆对我太熟了，怎么可能认为我是小兔子？"

谁知蔡婆婆听了却转过头来，也不说话，只是期待地盯着姚三，仿佛不认识似的，再加上大家都在一旁起哄，姚三只好凑上去让蔡婆婆摸。

一开始，蔡婆婆只是笑嘻嘻地摸着姚三的耳朵，摸着摸着却严肃起来，抱着姚三的脑袋闻了又闻，惊呼道："这才是我儿子小兔子！你们看，他不仅右耳垂上有豁口，身上的气味也和小兔子一模一样呢！"

姚三大吃一惊，纠正道："蔡婆婆，我是姚三呀！"

谁知蔡婆婆却不以为然："什么姚三姚四的，我不认识！刚才那秃子是骗子，快帮我把镯子要回来！你就是我儿子呀，这些年妈妈经常能闻到你的味道，所以才坚信你一直在找妈妈啊……"说着说着，蔡婆婆竟急得要哭了。

看来蔡婆婆真的糊涂了，把最常闻到的姚三的味道认成是儿子的！这下大家都蒙了，好在姚三反应快，他一把抱住蔡婆婆，大声哭喊："妈，我就是您儿子小兔子呀！"

事后，大家安慰丁老师，说还是让姚三冒充小兔子更好，毕竟他一直照顾着蔡婆婆，比较熟练。还有人打趣道："丁老师，你也别觉得亏了，蔡婆婆那手镯是假的，原本的祖传镯子，为了找儿子早就变卖啦！"

丁老师也笑着开玩笑："哟，那我心里可真是平衡了不少！"

大家听了，哈哈大笑起来……

（发稿编辑：赵嫒佳）

（题图、插图：佐　夫）

·本刊信息传真·

阿P系列幽默故事征文

阿P系列幽默故事栏目开辟二十多年来，深受读者欢迎。为了把这个栏目办得更好，本刊再次面向全社会征稿，希望有更多的人来关注阿P，把您身边的阿P故事写得更精彩，更有现实意义和典型意义。

来稿方法：1. 从邮局寄发，请在信封上注明"阿P故事征文"字样，本刊地址：上海市闵行区号景路159弄A座308室《故事会》杂志社，邮编：201101。2. 从网上传递，请在主题上注明"阿P故事征文"字样，发至绿版编辑部电子邮箱：gushihuilvban@sina.com。

谁是大英雄

□杜　辉

顾峰是个群众演员，在追逐梦想的道路上，他走得很辛苦，参演过的影视剧虽然不少，但除了跑龙套就是走过场，有一两句台词就不错了，大多数时候连脸都露不了。

为了不让父亲担心，顾峰总是报喜不报忧，甚至不惜注水夸大。他经常在朋友圈发一些剧照，在父亲这个几乎没出过门的乡下老农眼里，儿子无疑是一名成功的演员了。

可麻烦也跟着来了。有一次，顾峰在朋友圈发了一条电影拍摄信息，没想到父亲把片名记了下来，等电影上映时，他专门跑到城里的电影院去看，可惜瞪着眼睛从头看到尾，也没看到儿子露一下脸。顾峰不知该怎么跟父亲解释，因为他扮演的是一位蒙面杀手，出场不到一分钟就死了，父亲不可能认出他。他只能继续编瞎话，说这部电影和他的电影名字撞车了，他那部只好改名了。谎话有些拙劣，好在父亲对他总是深信不疑。

可常在河边走，哪有不湿鞋？这天，顾峰在朋友圈发了一条信息：《谁是大英雄》外景戏，将于明天下午拍摄，届时不清场，欢迎围观……

没过多久，顾峰就接到了父亲的电话。父亲的语气透出前所未有的兴奋："小峰，你明天下午要拍戏吧？我会去看你拍戏，总算盼到这一天了！"

顾峰吓了一跳："爸，您开什么玩笑？我在横店，离老家远着

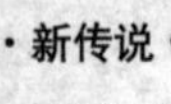

呢！”

父亲笑着说：“你堂哥正好开车去那儿办事，我搭个顺风车，这会儿就在车上呢。”

顾峰觉得脑子轰的一声，冷汗当时就下来了。明天他将出演的照例是一个无足轻重的小角色，上场不到半分钟，就被对手踢中头部，当场毙命。如果让父亲看到，令他骄傲的儿子，出演的竟是这种角色，不知道会有多失望！

想来想去，顾峰硬着头皮敲开了导演的房间，还没开口，已紧张得双腿发抖。这位导演在圈子里名声赫赫，作为一名群众演员，顾峰根本没有跟人家对话的资格。

导演正忙着在剧本上勾勾画画，对他的打扰显然有些不快，皱着眉问：“你是谁？有事吗？”

顾峰磕磕巴巴地说：“我是一名群演，明天有我的戏，想找您沟通一下。”

导演冷冷地说：“群演的戏份儿没那么重要，用不着单独跟我沟通，一切按照剧本来就行了。”

顾峰硬着头皮说：“我……我想请您帮个忙，给我换个角色，不要一出场就死的那种。”

导演一听就怒了：“明天就要拍了，你这会儿来要求我换角色？你以为你是谁啊？”

顾峰连连摆手道：“我不是那个意思，您能听我解释吗？”他一五一十地把事情的前因后果告诉了导演，越讲到后面，声音越低沉：“我一直有个梦想，说出来您可别笑话我，我想和父亲并肩坐在电影院里，让他看着自己的儿子在大屏幕上光芒四射。也许我永远实现不了这个梦想，但我至少还在拼搏的路上，我真的不想让父亲高兴而来，失望而归……”

导演的表情缓和了不少，但他还是拒绝了顾峰的请求：“不是我不近人情，你也知道，明天的那场戏，为了体现踢馆者的强大，上场的群演非死即伤，给你换一个群演角色，区别也不大。让你顶替主演和其他配角，也是不可能的事。这事我无能为力……”

其实这样的结果在顾峰的意料之中，他只是抱着侥幸心理，想去试试，万一成功了呢？现在看来，他只能听天由命了。

第二天下午，外景戏如期开拍，号称东瀛第一高手的日本武者上门踢馆，向武馆主人发起挑战。按照剧情设计，顾峰扮演的热血青年义愤填膺，第一个跳出来和日本武者过招，可惜技不如人，命丧当场。

虽然只有半分钟的上场时间，但顾峰从登场的那一刻起，便把自己的灵魂注入了角色，连面孔都涨成了红色，饿虎一般扑向日本高手。那半分钟他甚至忘记了围观人群中父亲的存在，他已经化身为那个飞蛾扑火的热血青年。直到他变成“死尸”，歪着脑袋闭着眼睛趴在地上，整颗心才静下来。他想象着父亲的目光，全程追随着他的身影，表情慢慢从兴奋变成了失望。

接下来的剧情就是再死伤几个无足轻重的小角色，然后由武馆主人出手，击败日本武者。但这跟他已经没关系了，他唯一需要做的就是保持一动不动的姿势，等着这场戏结束。

就在这时，奇怪的事发生了，顾峰感觉身边围了不少人，还听到了七嘴八舌的询问：“小兄弟，你怎么样？”“小兄弟，你还好吧？”每个声音里都充满了关切。

顾峰心里好生讶异，不对呀，怎么跟剧本的设计不一样？怎么有这么多人关注自己？他根本不知道该怎么应对，只能继续当他的死尸。

突然，有一根手指在他鼻下探了一下，武馆主人的声音缓缓传来：“这位小兄弟，已经不幸过世了……”话音刚落，顾峰的身边又响起了各种声音，有悲愤之声，有哽咽之声，还有人颤声说道：“这位小兄弟好像是外地人，我们连他的名字都不知道！”

“没关系。”武馆主人语气凝重，“我们可以在他的墓碑上，刻下三个字——中国人！”不知怎的，顾峰感觉鼻子有些发酸……

拍摄结束后，顾峰找到了父亲。父亲抓住他的手，有些激动地说：“儿子，你演得太好了，我差点看哭了！”

顾峰有点难为情地说：“就是戏份儿太少了，您大老远地来看，没失望吧？”

父亲摆摆手说：“你别以为我不懂，关键不在于多少，在于分量。这就和种庄稼一样，看的不是结多少谷穗，而是谷穗饱不饱满。你们导演刚才在我旁边说了，这场戏很考验功力，不是谁都能演得了的，他还说他的下一部戏，你就是主角了！”

顾峰这才恍然大悟，原来这位导演面冷心热，为了他这个小角色，不惜改动台词来帮助他。顾峰只觉得心里热乎乎的……

（发稿编辑：朱　虹）

（题图：陶　健）

对付披着羊皮的“狼”，羊倌儿有自己的一套……

羊倌儿不好惹

□查老三

老刘头是个羊倌儿，前几天崴伤了脚，只好打电话叫回在外面打工的女儿刘云，帮自己放几天羊。

这天傍晚，老刘头正斜靠在炕头的枕头上看电视。忽然听到圈里的羊叫声有点不对劲儿，便让女儿去羊圈看看是怎么回事儿。

刘云来到大门旁的羊圈前，打开羊圈里的电灯，见几十只羊都是一副惊恐不安的样子。刘云以为有狼来叼羊了，便数数羊少了没有。数着数着，她发现羊群里有只羊不对劲儿，怎么看羊皮都不像长在身上，倒好像披在身上似的：难道会是只披着羊皮的狼？

刘云吓了一跳，但她从小帮父亲放羊，性格像男孩般勇敢，还练就了一手打鞭子的绝活儿。只见她从羊圈的柱子上摘下羊鞭，猛地甩了一声响鞭。羊群有些害怕鞭子，吓得纷纷往羊圈里面跑。

羊群这一走动，刘云终于看清了，披着羊皮的家伙并不是狼，而是个人！刘云心想：怪不得今夜羊不停地叫唤，原来是有偷羊贼潜入羊圈了！想到这儿，她一个箭步冲过去，一把撕掉那人身上的羊皮，

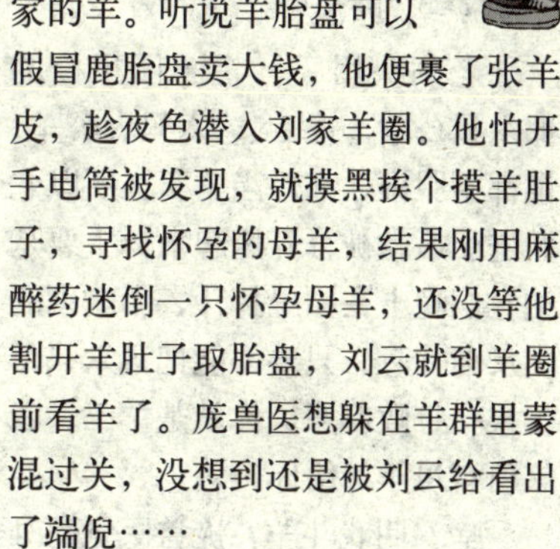

抡圆羊鞭抽了上去。

偷羊贼翻身爬起想跑，被刘云一鞭子抽在脸上，打得倒退了好几步。他不禁恼羞成怒，从腰间拔出一把寒光闪闪的尖刀，一个饿虎扑食冲上前，强忍着被抽打到脸上的疼痛，一手抓住刘云的长发，另一只手把尖刀抵在了她的脖子上，喝令刘云，放下羊鞭，不然就一刀宰了她！

老刘头在屋里听到羊圈里动静不对，好像有打斗声。自己的女儿再泼辣，这半夜三更的，他还是多少有些不放心，便拄着拐杖出来，想看看发生了什么事情。当他看清手持尖刀要伤害女儿的人后，惊诧不已："庞兽医？这大半夜的，你这是干啥呢？"

见父亲认识这人，刘云的胆子顿时大了，就把庞兽医混在羊群里披着羊皮往羊圈外爬，被她识破的事儿说了，然后又指着一只趴在地上昏睡不醒的怀孕母羊，说这只羊肯定是被这个庞兽医给下药了。老刘头听后，对庞兽医说："你以前来我家给羊治过病，咱们也算是熟人了，有啥事咱们好商量。只要你别伤害我女儿，你有什么要求，我都可以答应，我们保证不报警。"

原来，庞兽医因赌博欠下不少外债，就惦记上了老刘头家的羊。听说羊胎盘可以假冒鹿胎盘卖大钱，他便裹了张羊皮，趁夜色潜入刘家羊圈。他怕开手电筒被发现，就摸黑挨个摸羊肚子，寻找怀孕的母羊，结果刚用麻醉药迷倒一只怀孕母羊，还没等他割开羊肚子取胎盘，刘云就到羊圈前看羊了。庞兽医想躲在羊群里蒙混过关，没想到还是被刘云给看出了端倪……

庞兽医听老刘头这样一说，心想：送上门的财路，不要白不要。一不做二不休，就利用刘云做交换条件，让老刘头送几只怀孕的母羊给我。打定主意，庞兽医便说出了自己的想法，还对老刘头吹嘘说，凭他的医术，从羊肚子里取出羊胎盘，绝对不会伤及母羊的性命。等他卖掉羊胎盘做赌本赢了钱，一定补偿老刘头的损失。

老刘头听后，望着拴在柱子上的羊，突然冒出个主意，对庞兽医说："说巧不巧，你好赌，我也好赌。今儿咱俩赌一把，只要你赢了，你要几只母羊我都给你；如果你输了，你必须保证，以后再也不许打我家母羊的主意。"

好赌的人就是这样，听见"赌"字便会两眼放光。庞兽医听后，兴

奋地问老刘头："咋个赌法？"

老刘头用手一指羊圈里拴的那六只公羊，说："这六只大公羊，谁都不服谁，都想当羊王。所以它们进圈后就被分开拴起来，主要是怕它们晚上在圈里打斗，影响别的羊反刍休息。只要你能把这六只公羊挨个打败制服，你就是羊王，我家所有母羊都给你！"

啥？叫我斗羊？庞兽医觉得难以置信，又见老刘头不像开玩笑，心想：你老刘头这是往枪口上撞呀！我身为兽医，常年给牲畜打针灌药，连牛马那样的大牲畜我都能制服，别说几只羊了。想到这儿，他便问老刘头此话可当真。

老刘头说："赌场上的规矩，吐口唾沫就是钉，谁说话不算数，谁蹲着尿尿！"

话说到这份儿上，庞兽医就信了老刘头。他放开刘云，解开了靠边的一只公羊，一只手抓住一条羊前腿，另一只手抓住一只羊犄角，使出了制服羊的手段。

公羊是好战的动物，不管是人还是别的动物，只要挑战它，它就会拼全力迎战。就这样，一羊一人搅在一起，在羊圈里转了几个圈后，庞兽医瞅准机会，使出一个扫堂腿，将公羊扫翻在地，紧接着把抓在手里的羊腿往后一拧，同时用一条腿死死压住羊脖子。公羊痛苦地"咩咩"直叫，不一会儿就怂了，停止了挣扎，等被放开后，蔫头耷脑地躲到羊圈角落里去了。

就这样，庞兽医一连制服了三只公羊，在和第四只公羊对阵时，他的身上已经先后被羊犄角划开了好几道血口子。因体力消耗太大，再加上失血，等到将第四只公羊按倒制服时，庞兽医已经累得连站起来的力气都没有了，趴在地上"呼哧呼哧"地喘着粗气。

老刘头见状，不无遗憾地说："你咋没等把它们全部制服，就累趴下了呢？我还等你帮我选出最强壮的一只做羊王种羊呢！"说到这儿，他转头对站在一旁的刘云说："闺女，你就别看热闹了，还不赶紧用拴羊的绳子把这坏蛋捆了！"说完，他得意地笑起来。

（发稿编辑：田　芳）

（题图：张恩卫）

绿版编辑部电子邮箱：

朱　虹：zhong98305@sina.com

王　琦：wangqi_8656@126.com

赵媛佳：babyfuji@126.com

田　芳：greygrass527@126.com

彭元凯：abigstudio@163.com

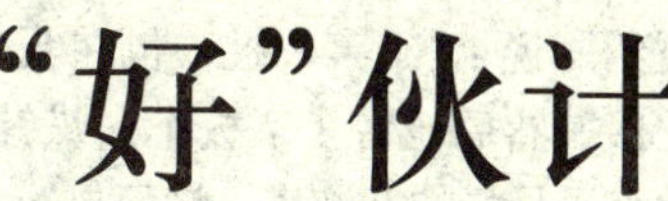

“好”伙计

□杨　哲

面包房

民国时，天津有个老毛子叫谢尔盖，是沙俄贵族的面包师。俄国十月革命爆发后，他跟着主子流亡到了天津俄租界。因他嗜酒如命，老耽误事儿，主子扔给俩银盘子，把他轰走了。

谢尔盖在津门无依无靠，幸好在这儿待久了，和中国人交流不成问题，于是他卖了银盘子，在高加索路开了家小面包房。没想到，买卖却一下子火了。为嘛，因为他烤的大列巴又软又劲道，尤其是各种水果口味的慕司黑面包，那在九国租界是独一份。

买卖火了，谢尔盖忙不过来，就想招个伙计。谁知，来了七八个小伙子，他都不满意，直接回绝了人家。

这天，一个瘦小个儿来应招。谢尔盖喝着烧酒，问：“你叫啥名字啊？”

小伙子回答：“哈拉绍。”谢尔盖一听，忽然一拍桌子：“好，就你了！”

有人纳闷儿了，谢尔盖为嘛单单就相中了哈拉绍呢？后来才终于弄明白，哈拉绍和俄语中的“好”同音。

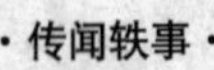

哈拉绍还真是个“好”伙计：面包房烤面包用的煤是煤铺子送来的，每次都掺煤矸石，气得谢尔盖直骂，哈拉绍却说：“小事一桩，包在我身上！”然后他借了辆板车去煤铺，挑来了最好的开滦煤。烤面包费木铲，木匠偷工减料做得特薄，哈拉绍就照猫画虎，做的木铲好使还耐用。更让谢尔盖高兴的是，哈拉绍居然会说两句俄语，乐得谢尔盖逢人就夸他“哈拉绍”。

哈拉绍还特会来事儿，时不时孝敬谢尔盖两瓶好酒，哄得谢尔盖边喝酒，边教哈拉绍烤大列巴。不到俩月，哈拉绍就把烤大列巴的活儿全包了，顾客还以为是谢尔盖烤的呢。

甭看谢尔盖长得五大三粗，但他也留了一手，不教哈拉绍自己最擅长的慕司黑面包，怕教会徒弟饿死师父。

其实，哈拉绍背着谢尔盖学着做了几次，可每次都烤不成形。他很纳闷儿，配料都是一样的，为嘛就做不成呢？

这天，谢尔盖躲在里间做草莓慕司。哈拉绍在门外干活，他故意把买来的一瓶好酒打开，喝光了。里面的谢尔盖闻到这股浓郁的酒香，再也无心做慕司了，一把打开了门，大鼻子使劲地嗅着，问：“这是嘛酒啊，这么香！”

哈拉绍麻利拿起另外一瓶，说：“老板，这是我孝敬您的山西汾酒，中国四大名酒之一，要不您尝尝，倍儿好！”

谢尔盖肚里的酒虫一下子被勾了上来，他接过酒瓶，咬开瓶盖，喝了一口，那叫一个美啊，大屁股一坐，就喝起了汾酒。

哈拉绍故意问：“老板，您不做慕司了啊？”

谢尔盖咂巴着嘴说：“你进去做吧，我喝几口酒。这酒真棒。”

哈拉绍连忙进去，仔细一瞧面板，终于发现了其中的门道。难怪谢尔盖做的慕司有模有样，原来里面掺了压碎的饼干渣啊。

一天晚上，趁谢尔盖醉酒后，哈拉绍终于做出了正经八百的慕司黑面包。

半个月后的一天，哈拉绍忽然对谢尔盖说：“老板，我看您一人特孤单，给您介绍个老板娘吧。”

谢尔盖说：“我不喜欢中国的小脚女人，只喜欢俄国娘们。”

哈拉绍嘿嘿一乐：“您放心，我保证，给您介绍个倍儿漂亮的俄国娘们！”

老板娘

第二天，哈拉绍果真带来了个漂亮的俄国娘们，名叫娜塔莎，身材倍儿好，还是贵族出身，谢尔盖一眼就爱上了她。半个月后，俩人举行了婚礼。

婚后，娜塔莎才发现，谢尔盖是个酒腻子，每天喝得晕晕乎乎才回家，她劝了好几次，可他每次都是左耳朵进、右耳朵出，照喝不误。娜塔莎一气之下就不搭理谢尔盖了，还给公寓里的一个老毛子画家当起了模特，两人整天黏在一起。

哈拉绍多次提醒谢尔盖："老板，您可得多长个心眼儿，甭让那画家把老板娘拐跑了。"

这话戳中了谢尔盖的痛处，他瞪着俩牛眼，举起大列巴似的拳头："他敢！"

当天晚上，谢尔盖醉醺醺地往家走。路上，他想起了哈拉绍的话，越想越来气，决定今晚给那个破画家一点颜色瞧瞧。

谢尔盖和画家分别租住的是13号和18号公寓。谢尔盖到了18号，一脚踹开了门，进去后却发现没人，心想这俩一准去舞厅鬼混了，一股无名之火顿时升起来。他抡起膀子，一阵拳打脚踢，把画家的家给砸了个稀巴烂，然后心满意足地躺了下来，居然呼呼大睡起来。

娜塔莎回来后，见谢尔盖在地上睡觉，而家里却一片狼藉，双手掩面而泣："上帝啊，我该怎么办啊！"原来，谢尔盖迷迷糊糊认错了门，把自个儿家给砸了！

为这事，娜塔莎一个礼拜没搭

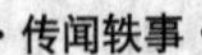

理谢尔盖。谢尔盖自知理亏，没敢再喝一口酒，可娜塔莎还是不肯原谅他，并提出了分手，谢尔盖却不答应。

说来也巧。这天，一个俄国老娘们找上门来，娜塔莎见到她，一声惊呼："我的天啊，姨妈，您是怎么找到这里的啊？"

原来，这老娘们是娜塔莎的姨妈，和娜塔莎在流亡路上走散了。她最后逃到了海参崴，稳定下来后，开始四处打听寻找外甥女，一路寻到了天津卫。

哈拉绍给谢尔盖出主意："老板，机会来了。您只要对这位姨妈好，老板娘一准会原谅您。"

于是，谢尔盖带着娜塔莎和姨妈上登瀛楼吃中餐，到老城厢侯家后听戏，晚上还去英租界维多利亚舞厅跳舞，并给她俩买了不少贵重礼物。花光了全部积蓄后，娜塔莎的脸上才终于有了笑模样。

姨妈待了一个礼拜，就要回海参崴了。谢尔盖打算去码头送，哈拉绍却告诉他，英国使馆订了二十个草莓慕司。谢尔盖只好让哈拉绍陪着娜塔莎去码头送姨妈。

晌午时，哈拉绍一个人回来了。谢尔盖问："我的娜塔莎呢？"

哈拉绍没言声儿，递过来一封信。谢尔盖打开一看，上面写着："谢尔盖，我陪姨妈去海参崴住一段时间。如果你真的爱我，知道该怎么做。"

谢尔盖心乱如麻，一把抓起一瓶烧酒，盖子一咬，"咕嘟咕嘟"全喝光了，喝得烂醉如泥，嘴里还一直喊着娜塔莎的名字。

哈拉绍费了不少劲，才把他弄回了公寓。

一场空

转天早上，哈拉绍正在烤大列巴，谢尔盖进了面包房，对他说："哈拉绍，我要去找娜塔莎，我爱她，没有娜塔莎，我一天也活不下去。"

哈拉绍点头说："老板，我支持您。"

问题也随之而来，谢尔盖手头没钱了，怎么去海参崴啊？他琢磨了一会儿，决定卖掉面包房。

哈拉绍一听愣住了，想了想才对谢尔盖说："老板，面包房的买卖这么好，卖了忒可惜了。要不这样吧，我认识一个放印子钱的人，我给您做担保，借一百块银圆，面包房我替您守着，这样既不耽误您去找老板娘，还能保住面包房。只要您三个月内准时回来，面包房还是您的，成吗？"

谢尔盖一听，激动得抱住哈拉绍就是一通乱啃，嘴里说着："哈拉绍，哈拉绍！"

第二天，放印子钱的人来到面包房，谢尔盖摁完手印后，拿着银圆就去买了船票，告诉哈拉绍自己三个月内一准回来，然后坐上铁壳船直奔海参崴。

一年后，谢尔盖独自一人，蓬头垢面地回到了天津卫。当他来到面包房门前时，又惊又喜，因为哈拉绍不但扩大了门脸儿，还给起了个"哈拉绍"的字号，买卖好得不得了。见到哈拉绍后，谢尔盖上前就想抱住哈拉绍啃，却被哈拉绍无情地推开了。

哈拉绍告诉他："谢尔盖，您可把我坑苦了。三个月的印子钱到期后，人家来收账，连本带利三百块，要是没钱还，就拿面包房抵账。为了保住面包房，我只好把老家的房子和地卖了还债。告诉您，现在的哈拉绍面包房跟您半毛钱的关系也没了。"说完，哈拉绍让伙计扔给谢尔盖一个大列巴，把他轰出了面包房。

谢尔盖自知理亏，就这样成了个无家可归的流浪汉。

一天，谢尔盖来到谢家胡同，他听说这里有家高级舞厅，是老毛子开的，想讨个事由干。忽然，他看到从里面走出一男一女，那女的竟然是他苦苦寻找的爱妻娜塔莎。

谢尔盖急忙迎上去，叫了一声："娜塔莎，我终于找到你了！"

谁知，娜塔莎冷冷地瞧了他一眼，直截了当地说："谢尔盖，我不叫娜塔莎，也不是你妻子，那女人也不是我姨妈，这一切全是哈拉绍花钱请我们演的一出戏。至于是为什么，你应该找哈拉绍问去。"说完，她扔给他一枚大子儿，猫腰钻进男人的小轿车，一溜烟就没影儿了。

谢尔盖彻底蒙了。他把哈拉绍从应招到自个儿去海参崴的全部经过仔仔细细琢磨了三遍，终于咂摸出了点味儿，合着哈拉绍所做的一切都早有预谋，全是冲着自个儿的面包房来的。

谢尔盖觉得肺要被气炸了。当天夜里，他醉醺醺地来到了哈拉绍面包房前，用空酒瓶砸碎了窗玻璃，又一把大火点着了面包房。

等哈拉绍闻讯赶来时，面包房已被熊熊大火吞噬，而谢尔盖呢，却躺在街上鼾声如雷……

（发稿编辑：赵嫒佳）

（题图、插图：谢　颖）

·传闻轶事·

飘摇凌霄阁

□曹景建

洪武初年，朱元璋心血来潮，想建造一座独一无二的楼阁，彰显天子气派。承接这个任务的自然非应天府鼎鼎有名的吴家莫属。吴家几代承揽过朝廷官府数不胜数的馆台楼阁，个个都是精品。

吴家第五代传人叫吴起祥，正值年富力强，他自然不敢怠慢，可怎么才能造出别具一格的楼阁呢？吴起祥钻进书房，一连几天不出门，终于悟出一个绝妙的构思，他把这个想法告诉父亲吴春霖。老爷子听后，捋着胡子，点头说道："造园起楼和书法有相通之处，有的字端正太过，不能称奇，而有的字旁逸斜出，看似出格，却自有一番风流。你想仿魏晋凌云台，这是一着险棋，那台子后人都没见过，只能凭空想象，你想一试，勇气可嘉！"

有了父亲的鼓励，吴起祥便紧锣密鼓地忙碌起来。

楼阁建好后，朱元璋挑了个好日子，带文武百官前去参观，远远就见那楼阁拔地而起，立于天地之间，巍峨高耸，气势宏伟；近前细观，只见雕梁画栋，精美无比。就在朱元璋兴致勃勃准备拾级而上时，一阵疾风吹来，楼阁竟然微微摇晃起来！

朱元璋蹙眉止步，心下疑惑。同行的有一个大臣名叫冯玉宝，见状立马走上前，指着吴起祥斥责他建了座危楼，欺君罔上。

这冯玉宝素来与吴家不对付，但吴起祥早有准备，他面无惧色，对朱元璋禀告道："皇上，此阁乃吴家族人心血铸就，怎能马虎大意？御风飘摇，正是在下有意而为之。"

朱元璋不解，好奇地问："哦？你说说看，这是何道理？"

吴起祥坦然相对："皇上，此阁设计时，所有木材的斤两已精确计算过，故而四面八方都极为匀称，任多大风雨，只是扰动其表，绝不会撼动其里。如此一来，方显此阁曼妙摇曳，仪态万千。"说到此处，吴起祥又顿首道："皇上心系黎民，曾说过'治理天下，君王当诚惶诚恐，惊惧环宇，居安思危'，此阁正喻有此意。"

听到此处，朱元璋顿时龙颜大悦："吴爱卿暗设巧喻，构思不俗，正合朕意！"说完，朱元璋便领人登阁远眺，随楼阁沐浴春风，飘摇如临仙境，不住点头称赞，当即重赏吴起祥。

吴起祥领旨谢恩后，起身回望，却见冯玉宝脸色阴沉，一双小眼正愤愤地盯着自己。

过了几日，吴家突然接到圣旨，让吴家老爷子吴春霖题写新建皇阁的牌匾。吴家父子心下疑惑，那"凌霄阁"三字的烫金牌匾不是已经让冯玉宝题了，并挂在楼阁上了吗？怎么又让吴老爷子再题？吴起祥询问宣旨太监邱公公才得知，皇上还想在阁顶再挂一个"功盖千秋"的四字大匾。

吴家父子二人心如灌铅，不知如何是好。吴春霖眉头紧锁，喃喃自语："老夫昨日右臂跌伤，现在圣上委此重任，怎堪垂爱啊！"说完，他便试探着问邱公公能否养病数日，待腕力恢复后再书写。

邱公公爱莫能助，说皇上口谕，吴春霖三日之内必须亲登高阁，现场题写。

"什么？要父亲爬上高阁书写？"吴起祥顿时惊得目瞪口呆。

邱公公叹了口气，摇头道："冯玉宝大人说，工匠不慎把一个空白匾额先挂了上去，只能让老先生劳累一番了。而且冯大人还在皇上面前说，吴老先生的字逸兴风流，与凌霄阁气质绝配，可谓锦上添花。"

听到又是冯玉宝，吴起祥略一思忖，全明白了，如此既能为难老父，又能对题字吹毛求疵，到时定下个欺君之罪……此招何等恶毒！

邱公公低声相告："实不相瞒，这冯玉宝向皇上屡进谗言，并搜集上呈了吴老先生与奸相胡惟庸唱和的诗词。皇上最恨胡氏，自然疑云顿生，又听冯玉宝说那凌霄阁摇摇欲坠，吴家巧言令色，实为包藏祸心，是想让皇上自高处摔跌身亡……”

吴家父子听后，心中如翻江倒海，有苦难言。吴起祥回想起，父亲当时只是有一次应邀泛舟秦淮河，与那些文人雅士、达官贵人吟诗作对，何况在场的很多都是皇亲国戚，怎么能借题发挥？

吴起祥立刻表示要亲自面见皇上，但邱公公兜头泼下一盆冷水：“听咱家一句劝吧，网已织就，冯玉宝能言善辩，咬定你们意图反叛，你就是见了皇上，又怎是那冯玉宝的对手？”

“那也不能坐以待毙啊！”吴起祥顿足哀叹，急得如热锅上的蚂蚁。邱公公也无办法，安慰几句便回宫复命去了。

吴起祥沉思半天，缓缓说道：“事到如今，只能铤而走险，我把那凌霄阁一把大火焚为灰烬，冯玉宝还有何缘由强令您去题字？”

吴春霖哀叹道：“吾儿，凌霄阁是你呕心沥血之作，怎可自毁？再说那里日夜有侍卫重兵把守，你去冒险，无疑是飞蛾扑火啊……”

吴起祥说：“我意已决，父亲勿再相劝。想我监造之官，编造一个勘验瑕疵的理由，登入凌霄阁自不费事。”

不管父亲如何规劝，吴起祥全然不听，一连两日暗自准备。第二天傍晚，吴起祥告别父亲，前去勘察，归来时已是三更。见了父亲，吴起祥一脸欣喜地说道：“观今日月晕，定有北风，此阁必坍塌无疑！儿子无需去点火焚烧了。”看着父亲疑惑的神情，他拉起父亲的衣袖又道：“您跟我前去凌霄阁，一看便知缘由。”

凌霄阁在月光下静立着，吴春霖远远望去，低声惊呼：“吾儿，那楼阁四角上吊着的是什么？黑乎乎的，似缸非缸，似桶非桶，真是大煞风景！”

吴起祥笑道：“这是那冯玉宝为了讨好皇上，惧怕凌霄阁摇晃，不堪风雨，派人匆忙打造四个铸铁大钟以稳此阁。他不知造楼古法，真是杞人忧天，徒增笑料！我勘察过了，那四个钟厚薄不均，导致楼阁整体结构产生偏差，加上今夜大风骤起，凌霄阁恐怕难逃此劫！”

吴春霖听后，仍是愁眉不展：“凌霄阁毁了，冯玉宝定会栽赃吴家，向皇上说我们筑阁不稳，仍然难逃欺君之罪啊！”

吴起祥建议三十六计走为上，赶紧收拾行囊，躲避祸端。吴春霖摇了摇头：“逃是逃不掉的；再者，咱们一跑反倒有心虚之嫌，以后更加有口难辩！”

吴起祥知晓父亲把吴家清誉看得比命还重，现如今是祸躲不过，索性静观其变吧。

翌日清晨，凌霄阁在夜里轰然倒塌的消息传遍全城。吴家父子在家中忐忑等待，没想到竟等来了冯玉宝被关入死牢的消息。父子俩大大松了一口气，但又不禁疑惑起来，皇上身边的大红人怎么突然身陷囹圄？

吴起祥忙去打探，原来，冯玉宝恶贯满盈，朝廷有识之士对他早就恨之入骨。冯玉宝自作聪明在凌霄阁上挂上四个铁钟，几个御史便借坊间所言，暗示皇上这是“送终”之意。

听了儿子的解释，吴春霖追问道：“一句坊间戏言，怕是不足以让冯玉宝获罪吧？”

吴起祥哈哈笑道：“没错！但苍天有眼，昨日是明贵妃生辰，冯玉宝得知后，便于昨晚在凌霄阁摆下宴席，特邀皇上与贵妃前去赏月。谁知皇上偶染风寒，宴席刚开始便感到腹痛，在贵妃搀扶下，离开凌霄阁前去出恭，而恰恰在这之后，凌霄阁轰然倒塌！巧合的是阁塌之时，冯玉宝也不在场，他解释说自己是去为皇上取毛氅御寒，可皇上哪里会信？盛怒之下，皇上把冯玉宝打入了死牢。这冯玉宝真是机关算尽，反误性命哪！”

吴春霖听后却久久不言，最终开口道：“可惜凌霄阁如昙花一现，后人再也无缘一睹风采了……”

（发稿编辑：王　琦）

（题图、插图：谢　颖）

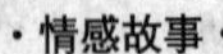

“片儿汤”是鲁西南一带的方言，意思是指不拿对方当回事，随意应付。当面条做成“片儿汤”时，却成就了一段爱情……

爱情“片儿汤”

□鹰翔狼啸

四十多年前，老百姓想吃面条，都会带上面粉去加工面条的作坊里做。杨村只有一家这种作坊，坊主是李寡妇，和女儿翠花做面条谋生。作坊跟内宅相通，外面一间做生意，里面一间供娘俩居住。

这天，村里的杨大妈要过生日，便拿出积攒下的一盆面，让儿子大柱去轧些面条做寿面，大柱却扭捏着不肯去。原来他早就跟翠花定了亲，杨大妈一有机会就撺掇两人见面，大柱觉得怪难为情的，嘟囔道：“二柱也闲着没事干，你咋不叫他去？”

杨大妈瞪起眼睛：“老娘叫你去你便去，废啥话！”

大柱只好来到面作坊，咦，换作平时早该开门了，怎么今天店门紧闭？他上前敲了敲门，里面传出一个女声：“啥事？”

大柱说来轧面条，可门还是没有开。里面的人说要晚一会儿开店，让他把面粉放到墙根，等会儿回来拿面条。

大柱一听，只能放下面盆，到村头看了一阵老人下象棋，快到中午才回到作坊。这回面盆倒是已经被人收了进去，但店门非但没开，还上了锁。

看来中午这寿面吃不成了，大柱只好回了家。

下午，杨大妈催大柱再去面作坊看看。大柱不情不愿地说："这么急着去，倒显得咱家在乎那么一盆面，太小气了。就算现在她们把面条轧好了，也要等晚上再吃，还是晚些去吧。"

杨大妈生气地说："谁在乎那一盆面了？你这木头疙瘩脑袋也不想一想，今天这事有蹊跷，要是她们娘俩遇上啥难事，咱们不该想着去帮一把吗？翠花可是你未来的媳妇！"

二柱站出来打圆场："娘说得有道理，不过既然人家没告诉咱们，想来也不是太大的难事，不如等到晚上再让我哥去问问。"

等到快要天黑时，连大柱都坐不住了，这时翠花却自己找上门来。她端着那个面盆，不好意思地对杨大妈说："婶，真对不起，今天机器出了点毛病，你家的面轧坏了。"她从口袋里掏出两个鸡蛋："这两个鸡蛋给您，算补偿吧。"

杨大妈忙说："这孩子，一盆面有啥好的坏的？快把鸡蛋收回去，你这是拿咱当外人哩。"

两个人你推我让起来，大柱看得有些不知所措，二柱倒笑了起来："翠花姐也不是外人，既然来了就一起吃呗，咱家好久没吃鸡蛋面了！"

"就你小兔崽子嘴馋！"杨大妈笑着骂了一句，留下翠花一起吃晚饭后，便拿着鸡蛋跟面去了厨房。其实那些所谓做坏了的面，不过是没有轧成面条形状，而是成了小块的面片，普通人家哪会计较这些？

鸡蛋面片儿上了桌，几人围坐在一起吃了起来。吃到一半，二柱开起了玩笑："翠花姐，你不会是故意把面做成这样的吧？因为我哥表现得不积极，你才让他喝'片儿汤'！"

大柱闷声说："胡咧咧啥哩？吃饭也管不住你的嘴！"

二柱吐吐舌头："我开个玩笑，人家翠花姐都没生气，你较啥真？再说这片儿汤那么好喝，你有啥不乐意的？"

翠花插嘴道："二柱兄弟，你喜欢喝这片儿汤？"

二柱仔细咂摸几下，笃定地说："这片儿汤更爽口，连面带汤一块儿下肚，面香、汤香都有了，比吃面条更有味道。"

吃过饭，翠花告辞离开，临走前却神秘兮兮地对二柱说："如果你还想喝片儿汤的话，明天一早到作坊来。记住，过了这村就没这店

啰！”

这下倒把二柱整蒙了，他摸摸后脑勺看向娘。杨大妈笑着说：“你还害臊啦？你哥都没吃醋，你有啥磨不开的？翠花早晚是你嫂子，往后在一个锅里吃饭的日子长着哩，她这是拿你当兄弟相处呢！”

二柱有了底气，第二天一早还真去了面作坊。见作坊还没开门，二柱便上前敲了敲门，里面传出翠花的声音：“来啦！”

不一会儿，作坊的门开了，二柱进去一看顿时傻了：压面机前坐着的并不是翠花，而是一个跟她年龄相仿的姑娘，面前还放着一盆刚轧好的面片。

这咋还上演大变活人呢？二柱正摸不着头脑，翠花却从里间走了出来，“咯咯”地笑个不停。那姑娘顿时羞红了脸，跑到里屋去了。

原来，姑娘是翠花的表妹小雅，趁着农闲时来表姐家小住。家里多出一人实在住不下，李寡妇只好去了小雅家，跟自己妹妹一起住。

昨天翠花正赶上来例假，肚子痛得厉害，小雅便劝她好好睡着，要是有生意，自己来应付就行。大柱来的时候，小雅怕人家嫌弃自己是新手，所以躲着不见，等大柱走后才拿了面粉开工。她看表姐轧起面条来挺简单的，却没想到那操作杆已经老化了，拉的时候一用力，她竟直接把操作杆拉了下来。

小雅忙着要把操作杆装回去，折腾了半天才发现少了个螺丝，只好锁了房门，跑了两家五金店才找到合适的螺丝。等她好不容易重新装好操作杆，用起来却不那么顺手，磕磕绊绊地把面条做成了面片。

这时候，翠花醒了过来，身子也有所好转，发现小雅把活干砸了，只得拿着两个鸡蛋去赔罪。没想到，二柱居然称赞“片儿汤”好喝，翠花不由得想到，小雅也到了该处对象的年纪，这二柱老实稳重又懂得体贴，倒是很适合小雅。于是，翠花才约二柱再来喝一次“片儿汤”，让小雅当面相一下亲。

二柱听完也有些害臊，讷讷地问道：“翠花姐，那她……相中我了没有？”

翠花笑道：“傻兄弟，你要让人家相中你，也该露一手不是？喏，压面机坏了，会修吗？”

二柱“嗯”了一声，立刻低头修理起来，心里对翠花充满感激：这明显是让他露一手，他学过机械修理，修个压面机根本不在话下。这不，二柱修到一半，小雅又从里屋走了出来，在一边看着，脸上缓

缓现出两片红云，在翠花的连声催促下，她才回过神来，把那些面片拿到灶上去煮。这次的“片儿汤”，二柱喝到嘴里，感觉更加香甜了。

临走前，二柱见小雅又红着脸回里屋了，忍不住问翠花：“姐，这事儿……能成吗？”翠花笑着把他推出门：“想知道这事能不能成，回家问你哥去。”

二柱稀里糊涂地回到家，把这事跟杨大妈讲了，傻乎乎地问：“我哥怎么做得了人家姑娘的主？”

杨大妈的嘴都快乐歪了：“翠花是让你跟你哥多学着点！你真以为你哥的脸皮那么薄？他那是怕别人说他老围着翠花转，才故意跟她保持距离！可他瞒不过老娘这双眼，背地里他去帮翠花娘俩挑过多少水、劈过多少柴，我心里都记得清楚哩。”

大柱在一旁闷声说：“娘，你说这些干啥？怪难为情的。”

“男人懂得讨媳妇高兴是好事！二柱，你要是能跟你哥一样勤快，保准能追到小雅。”

二柱连连点头，对大柱说：“哥，这些天你先歇一下，她们家挑水劈柴的活都归我了。”

大柱半天憋出一句话：“还是一人一半吧……”

在大柱和翠花的撮合下，二柱和小雅渐渐有了感情，两对小情侣先后步入婚姻殿堂。领证那天，小雅有些遗憾地说：“可惜表姐家的压面机修好了，往后我再想给你做‘片儿汤’喝，倒不容易啦。”

二柱憨憨一笑：“只要是你做的，管它是面条、片儿汤，还是米饭、馒头，我都要吃个精光！”

（发稿编辑：赵嫒佳）

（题图：豆　薇）

·本刊信息传真·

法律知识故事征文

本刊推出的“法律知识故事”，通过发生在我们身边的、短小而具体、在法理上容易混淆的个案，生动、形象地宣传法律知识。为鼓励作者深入生活，写出高质量的法律知识故事，我刊决定面向全国征文。

来稿方法：1. 从邮局寄发，请在信封上注明“法律知识故事”字样，本刊地址：上海市闵行区号景路159弄A座308室《故事会》杂志社，邮编：201101。2. 从网上传递，可发至电子邮箱：fabianji@126.com，请在主题上注明“法律知识故事”字样。凡已和我刊编辑有联系的作者，稿件可继续投给原编辑。

请不要隔岸观火

唐朝时，朝廷派王玄策带人护送天竺使臣回国。但天竺国内发生了叛乱，只有王玄策一人逃了出来，回唐朝去搬救兵不可能，于是，王玄策来到不远的吐蕃国，想搬救兵报仇。

吐蕃国王说："这何必呢，为了十三个人而大开杀戮不值得，应该放下屠刀和平相处。"

王玄策说："东晋时，有个老农在雪地里赶路，因为太冷了，当他看见两块大石头中间有一条毛围脖时，就想拿起来围上，可是一拽才发现这是一条狼的尾巴。狼为了避雪躲在石头后，尾巴在两块石头中间。只要老农一松手，狼就会绕过石头，把他吃了，所以老农只能死死拽住狼的尾巴。这时，他看到一个和尚走过来，赶紧央其找一块石头砸死狼。可是和尚却说这是杀生，不应该这么做。老农只好请和尚帮忙拽着狼尾巴，他自己去砸狼。和尚一想不是自己杀生，就同意了。但老农告诉和尚自己刚刚被他说服，不想杀狼了，然后走了，最终，狼吃了和尚。你现在是让我去消灭狼，还是被你说服走呢？"

吐蕃国王醒悟过来，赶紧支持王玄策，发兵杀向天竺。最后，叛军全被歼灭和抓住，天竺又恢复了安定和繁荣。

这个故事告诉我们，请不要隔岸观火式的心地善良，那是助纣为虐，更是引火烧身。

（**作者**：任万杰；**推荐者**：田宇轩）

别人的好

一个少年在镇中学读初中，每周六下午放学后都要走四十多里山路回家。一个周末，天已经黑了，他才走到家前面的山口。月亮升起来，山风吹过，这时，他突然看见一个十岁左右的小女孩坐在一块大石头上。他走到近前，借着月光一看，认出那是老姜家的孩子。少年连忙问她怎么不回家。女孩认出了少年，但不回答，只是低头哭泣。少年便拉起她，带她向村里走去。到女孩家时，只见院子里有一大帮人，女孩妈妈正在哭泣，爸爸去山里找她还没回来。原来，女孩被大人说了几句负气离家，碰巧被少年遇到。第二天，姜家夫妇带着东西到少年家，说了一大堆感激的话。

一晃几十年过去，少年也变成了中年人，他在城里工作，很少回老家，回去也是过完春节就走，和村里的人很多年都不见面。最近，他回了趟老家，到家的第二天下午，已经满头白发的姜家夫妇忽然来到他家，坚持要请他到自家吃饭。他推辞不过，只好去了。当年被他领回家的小女孩，已经是两个孩子的妈妈了，还特意从婆家赶了过来。

别人的好，你会记住多少年？感受着故事中姜家人的诚恳和热情，你会知道，心怀感恩的人更容易得到幸福，因为善良、知足。

（**作者**：唐宝民；**推荐者**：田晓丽）

你不是大豆

唐代高骈是个军事奇才，曾屡建奇功，前途不可限量。在当时，如果不会作诗，就会让人看不起，被称为莽夫，于是，高骈也开始附庸风雅作起诗来，但效果很不理想，为此他很苦恼。父亲见状，把他叫来，指着自家地里的大豆和高粱问：“你说哪一个好？”

高骈说：“大豆好。”父亲说：“其实大豆和高粱根本就不同，也无法比出好坏。”高骈不明白。父亲解释说：“大豆好，那它能长出高粱吗？”高骈说不能。父亲说：“这就对了，不要管别人怎么样，你只要做好自己就行了。”高骈记住了父亲的话，不再纠结于作诗，而是一门心思研究兵法和如何带兵。

后来，南诏发生叛乱，高骈被派去征讨。他一举攻下交趾城，斩杀南诏将士达三万人，还攻破两个归附南诏的部落，俘虏了一万七千多人。在整个征南过程中，高骈以少胜多，以五千将士破敌十余万，最终成功收复了安南地区。此后他在安南经略多年，颇有政绩，被当地人尊称为“高王”。

你不是大豆，他不是高粱，人不用隔行去攀比，因为没有可比性，努力在自己的位置上做到优秀，这就足够了。

（**作者**：任万杰；**推荐者**：离萧天）

（**本栏插图**：陆小弟）

多萝西·L·塞耶斯，英国著名侦探小说家，参与创建了英国侦探小说俱乐部。本文据其短篇小说改编。

什么都懂的人

彭德坐在火车上，正在读一本侦探小说。不知怎的，他总觉得坐在对面的男人一直带着嘲弄的微笑看自己。彭德被看得发毛，忍无可忍地抬起头，只见对面的男人四十来岁，身穿深色套装，戴一顶又旧又破的帽子，猜不出是干什么的。彭德开口道："你想看小说吗？我这里还有一本。"

男人瞟一眼彭德从小手提箱里拿出来的书，摇摇头说："谢谢，但我从来不读侦探小说。那些凶手的作案水平太低了，不够带劲。你看，那些精心设计的细节、谎话、道具，完全没有必要。"

彭德反驳说："但你不能指望逃脱谋杀罪名，能像剥开豌豆那么简单吧。"

"哈！"男人说，"你是这样认为的？"

彭德以为他会接着解释，但男人只是神秘地微笑，好像认为不值得将对话进行下去。彭德有点恼火，于是问道："要是这么好办，那换了你，会怎么杀人呢？"

"我？"男人意味深长地说，"我想都不用多想，因为我正好知道该怎么办。比如，只要两便士就能在药房买到某种硫酸盐，再混合些别的东西，就足以让泡澡的人死去了。"

"什么硫酸盐？为什么说是泡

澡呢？”

“啊，我不会泄密的，它是一种混合物，会在热水中生效，几个小时到几天时间，便会造成泡澡人的死亡。很简单的化学反应，却很难分析出死因，让死者看起来就像心力衰竭。”

彭德不安地盯着对方，男人接着说：“报纸上经常报道有人死在浴缸里，看来这是很普通的事故……哎呀，已经到拉格比站了，我得在这里下车办点事。”男人起身下了车，消失在蒙蒙细雨中。

第二天下午，彭德读报时看到“泡澡”二字，立刻条件反射般地警觉起来。报道很短，说的是拉格比市某位厂长的妻子发现丈夫死在了浴缸里。医学专家宣称，死因为心力衰竭。

彭德心想，这真是一个奇怪的巧合。他开始对浴缸死亡事件倍加关注，想不到死在浴缸里的人，比他想象的要多。

然后有一天，彭德所住的社区也发生了这样的悲剧。一位名叫史奇明的独居老人，被管家发现死在浴室里。管家说老人的心脏一直不好，却喜欢把泡澡水调得很热。史奇明是个好心的绅士，给管家留下了一大笔遗产。

当晚，彭德照常出门遛狗，当经过已经过世的史奇明家时，他看到花园大门打开，一个男子走了出来。借着街灯的光亮，彭德马上认出了此人，正是火车上那个奇怪的男人。

“嘿，是你啊，”男人说，“没想到我们会在这里重逢。”

彭德说：“我就住在附近，你也住在这一带吗？”

“我？我不住在这里，我只是来这儿办点事。我的生意遍布全国，我自己都不知道下次哪里会有人需要我。”

彭德心想，太巧了，上次拉格比的厂长死于泡澡时，他也是在那里办事。两人一起往前走，经过彭德家时，彭德随口邀男人进去喝一杯，不过话一出口，他就后悔了。

男人接受了邀请，跟着彭德进了门。彭德故意不经意地说：“最近发生了很多浴缸死亡事件，我一直在想你在火车上提到过的硫酸盐，叫什么名字来着？你是化学家吗？”

男人莞尔一笑，说：“我什么都懂一点，算是个多面手吧。哇，你有不少藏书啊！”他抽出一本，看到上面彭德的名字，说：“你叫彭德？我叫史密斯。你的小窝很不错，我猜你还没有结婚吧？那你很幸运，远离女人和投机，就不会遇到硫酸盐那类东西了。”

彭德开玩笑地问："要是我将来有需要，怎么找到你？"

史密斯怪异地咧嘴一笑说："你不需要找我，我会找到你，一点儿也不难。好了，谢谢你的招待。"

史密斯走后，彭德坐到扶手椅上，在想史密斯去史奇明家干什么，

是不是管家为了钱雇凶杀人……突然，彭德惊恐地意识到，这次似乎撞破了史密斯的秘密，那么，自己就是史密斯的心头大患！

彭德决定主动采取行动。他更加执着于浴缸死亡事件了，并开始旁听这类案件的庭审。有一天，他在听众席上看到了史密斯。庭审结束，彭德奋力追上去，在史密斯刚要上出租车时抓住了他。

"魔鬼！"彭德大喊，"你想杀我，你会上绞刑架的！"

"是吗？我干吗要杀你？"史密斯镇定地反问。

一个警察从围观群众中挤过来，询问发生了什么事。彭德说："这个人是杀人犯！他毒死了很多人，还想害死我，我要上法庭指控他！"

史密斯嘲讽地笑了笑，递给警察一张名片，说："我是杀人犯？你最好管教管教他。"

警察看了眼名片，放走了史密斯，并紧紧抓住彭德的手臂，说："你别大喊大叫的。那位先生不叫史密斯，你认错人了。你要是再纠缠他，就是自找麻烦。"

彭德有口难辩，只得放弃了。

这年春天天气极差，寒冷多雾。这天彭德去听庭审，在房间的另一边，彭德又看到了那张熟悉的

脸。他将手伸进大衣口袋，摸到里面那个又重又厚的东西，那是个小沙袋，是人们用来塞在门下以抵御寒气的。自从上次在大庭广众之下受辱后，彭德不管去哪里，都会在大衣口袋里装着沙袋。他搞不到枪，也不需要枪，沙袋更好。

裁决一宣布，彭德就忙起来了，他不会放过那家伙。他把帽子压低，跟着史密斯走在湿漉漉的人行道上。雾气像厚毯一样悬浮在空中，彭德看不清几米之隔的史密斯，只是跟着前面的脚步声，拐进一条狭窄的街道。他庆幸自己穿了一双走路没有声音的鞋子。

彭德判断这附近肯定有河流，因为雾气更浓重了，听着前面均匀的脚步声，仿佛世界上只有他们两个人。走着走着，街道两边暗淡的房子不见了，他们来到一片平地，一盏路灯散发着朦胧的光。彭德看到，史密斯停下脚步，借着灯光，想查阅一本笔记。彭德赶忙从口袋里拿出沙袋，使出吃奶的力气，狠狠地朝史密斯的头砸去……

因为糟糕的天气，彭德患上了严重的流感，在家躺了一个星期后，他出门了。天气已经好转，尽管身体依然虚弱，彭德却感觉心情特别轻松。他去了心爱的书店买书，然后信步走进街角一家记者经常光顾的小饭馆，要了一杯啤酒。

他正愉快地喝着酒，听到邻座的两个记者在聊天。

一个说："你去参加巴克利的葬礼了吗？"

另一个说："去了。可怜的家伙，被人那样砸破了头！他肯定是去采访那个丈夫死在浴缸里的寡妇……那一带很不安全。一个多么优秀的罪案报道人，很难再有像巴克利这样伟大的记者了。"

"是啊，他还是个很有幽默感的人，非常喜欢恶作剧，还记得他硫酸盐的噱头吗？"

听到这里，彭德一惊，这不正是那个让他苦思冥想了好几个月的东西吗？他突然感到一阵眩晕。

"当然记得，他最喜欢的恶作剧之一，就是在火车上拿那个噱头在笨蛋身上做试验，看对方的反应。你相信真的有人——"

"等等，"另外一个人突然打断他的话，说，"旁边坐着的那个人突然昏过去了，他怎么了？他的脸色看起来好差……"

（编译者：欧阳耀地；推荐者：一　言）

（发稿编辑：王　琦）

（题图、插图：佐　夫）

姑姑的月光

□李国明

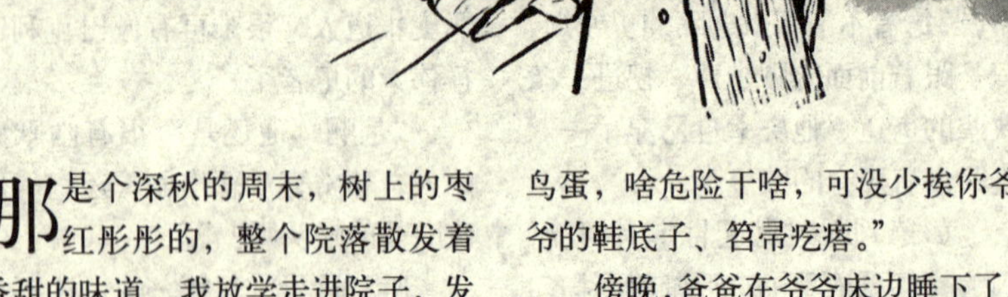

那是个深秋的周末，树上的枣红彤彤的，整个院落散发着香甜的味道。我放学走进院子，发现远在千里之外的姑姑来了，她正一个人蹲在院子里的老枣树下抹眼泪。

我叫了一声："姑姑！"

姑姑抬起头，眼睛红肿地望着我。她每次来，见到我时，总像只百灵鸟，展开双臂，抱起我旋转，还夸我长高了，长俊了，长成了大姑娘。可这次，姑姑的脸上却笼上一团迷雾，灰蒙蒙的。

一旁的爸爸说："你姑姑是来看你爷爷的。她从小就是个孩子王、假小子，偷瓜摸枣，爬树登高，摸鸟蛋，啥危险干啥，可没少挨你爷爷的鞋底子、笤帚疙瘩。"

傍晚，爸爸在爷爷床边睡下了。我在煤油灯下写完作业，洗着脚。突然，院子里"咕咚"一声巨响，像一个重物摔在地上。我惊着了，抓起茶几上的一把水果刀，紧紧握住，趴在窗台上往外看。

月光如银，洒满了整个庭院，枣树下躺着一个人，一个中年女人的轮廓。那不是我姑姑吗？她在干吗？我脑海里忽然闪过不祥的预感，目光飞快地往枣树枝杈上寻找，如果一眼发现有悬挂着的绳索之类，我会拼命跑过去阻止姑姑的异常行为。

可接下来，姑姑爬树的动作，打消了我那些顾虑。那是我第一次看到，一个五十岁的中年妇女爬树的姿态，有多么笨拙，又竭尽全力。和姑姑同龄的那棵枣树，与枕头一般粗。她两手死死把着树干，沉如磨盘的身体，往上一蹿一蹿。哇，她竟然站到了第一个树杈上！

姑姑又把身体蜷缩起来，就像一只刺猬，抱着树干，滑了下来。她第二次爬上树杈，就看不出有那么吃力了。她喘息着，用袖口擦一擦额头上的汗珠，仰望着圆镜一样的月亮想心事。

“姑！”树下的我迎着月光轻轻唤她。

姑姑从树上滑下来，抱紧了我。她的泪光和月光一样晶莹剔透，皎洁温和。她说：“这是咱俩的小秘密，拉钩上吊一百年……”

我想，一个人到了中年，难免要寻找童年的记忆。自从姑姑出嫁，我有多少年没见她了。从前她那双柔软的手掌，早已布满了厚厚的老茧，变得像石头一般硬朗。

第二天，阳光明媚。姑姑拆洗完爷爷的被褥，又把爷爷推到院里的老枣树下晒太阳。爸爸走过来，俯下身去，指着姑姑对爷爷说：“爹，你再看看，她是谁？”

爷爷迷离的目光，在他深陷的眼窝里闪了闪，摇摇头。

一旁的姑姑，鼻子又涌来一阵酸楚。她歪过头去，抽泣了一会儿，回转身，面对着爷爷。她脱下西服外套，露出那件多年前爷爷给她买的素花上衣。姑姑手握一根长竹竿，噌噌几下，就爬到了那棵枣树的树杈上。她用竹竿用力敲打树枝，红枣便“噼噼啪啪”掉落，落在水缸里，落在柴堆上，落在爷爷的头上。几只鸡在惊吓中“嘎嘎”叫着，飞上了墙头。

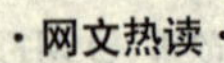

爷爷从轮椅上猛地站起来，四处望着，要寻找什么，又弯下腰去，脱掉脚上的一只布鞋，使出浑身力气吼道：“二丫，疯丫头，给爹下来！迟了，爹打疼你的屁股蛋儿！”

“哈哈！爹，你打！你打呀！”姑姑拧着眉毛，一副得意的神态。

爷爷不依不饶，索性把鞋子投向姑姑，骂道：“疯丫头，我就不信治不了你！”

姑姑丢掉竹竿，从树上出溜下来，攥紧爷爷的手，说：“爹！你认出二丫来了？没错，我就是二丫呀！”姑姑抱紧爷爷，孩子般张大嘴，哇哇大哭起来。

接下来的一周，姑姑家里的电话源源不断地打过来。那边说，没有姑姑的家，简直不像个家了。

爸爸对姑姑说：“爹也认出你了，你也陪了他好多天，回吧！”

爸爸去车站，给姑姑买好了回家的高铁票。可就在姑姑要走的头一天夜里，爷爷又不认得姑姑了。

听大夫说，唤醒老人家的记忆，对他病情的恢复大有帮助。于是，在月光下，姑姑又把爷爷推到枣树下，反复多次爬上爬下，累得她满头大汗，可爷爷还是眼皮低垂，没精打采地斜靠在椅背上。

第二天一大早，爸爸对姑姑说：“看你眼睛都熬成这样了，又一宿没睡。”然后，爸爸给姑姑打点好行李，骑着电动车强行送姑姑去车站。

半路上，姑姑叫爸爸停车。她说：“爹这个样子，我走了，怎么会安心呢？”爸爸拗不过姑姑，只好让姑姑又留了下来。

在那个月光如洗的夜晚，姑姑搬来长长的竹梯，搭在老屋房檐上，又把爷爷推了出来。

我疑惑不解地问爸爸：“姑姑要做啥？”

爸爸的眼睛红了：“她？还能做啥，掏鸟窝呗！”

（**推荐者**：悠　悠）

（**发稿编辑**：朱　虹）

（**题图、插图**：豆　薇）

您手中有没有得意之作？本刊辟有二十多个原创性栏目，如新传说、我的故事和中篇故事等；您读到或听到什么有趣事可以和大家一起分享吗？3分钟典藏故事、外国文学故事鉴赏和脱口秀等都是本刊推荐性栏目。热忱欢迎来稿，可从邮局寄发，也可从网上传递。邮寄地址：上海市闵行区号景路159弄A座308室，邮编：201101；电子邮件可发至本期责任编辑信箱：greygrass527@126.com。

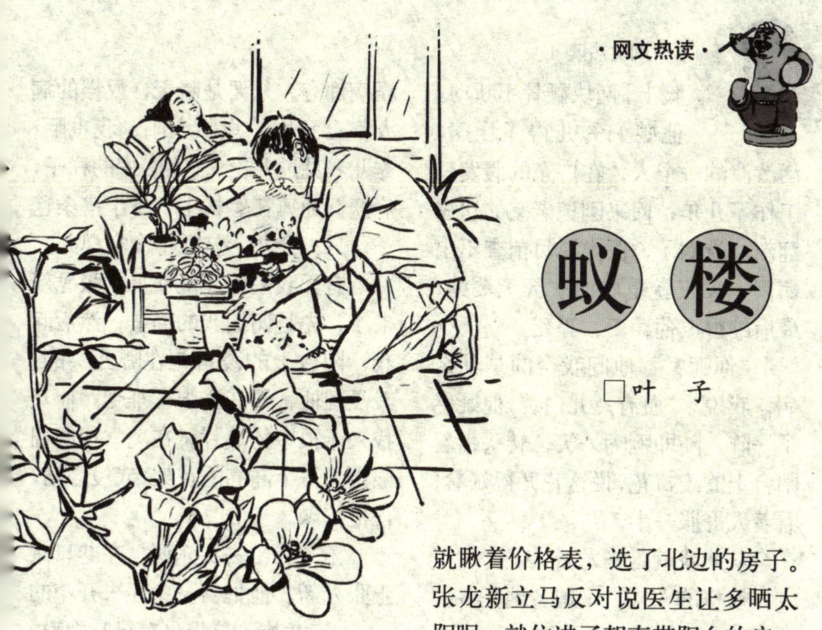

蚁楼

□叶　子

张龙新和媳妇秀儿住在蚁楼。蚁楼与医院一墙之隔，但要去医院，得从泥水泛滥的巷道出去，绕到大门口。张龙新每次背着秀儿去医院检查，过巷道就会骂："没得屁眼的，也不修修……"秀儿就在他背上流泪。

蚁楼其实不算楼，只是个烂尾工程，修到二楼就戛然而止。有人租下来，在楼顶铺上防水布，屋内隔成十几平方米大小，租给住不起院的病人，久了人们就叫这里"蚁楼"。张龙新不喜欢这名儿，这不是把人往低处瞅吗？刚搬来时，房东让他选房子，他让秀儿选，秀儿就瞅着价格表，选了北边的房子。张龙新立马反对说医生让多晒太阳呢，就住进了朝南带阳台的房。

我住进去时，张龙新夫妇已经住半年了。那天，我刚把房间收拾好，张龙新就来了。他在开着的门上敲了两下，逆着光我没看清面孔，阳光把一条影子拉长，铺到我的脚前，像一块木屑嵌进光里。"我是楼上的，叫张龙新，他们叫我老张。"张龙新并没有进屋子，我伸伸腰，让了让，脚刚好踩到他的头。我等着他说话，好半天，他没再吱声，我赶紧说："叫我香米。"他这才进来，说希望我进出动静轻点儿，他媳妇一有动静就会吓得大汗淋漓。

张龙新一说话，瘦脱了相的

脸上，两块颧骨不断动。

他媳妇秀儿得了怪病，活泼泼的一个人，在广东的假发厂工作了几年，回来刚把老家的房屋翻新，就病了，医生说目前查不出病因，反正就是肌肉一天天萎缩，最后缩得像葡萄干，等死。

“你呢？”他问我得的是什么病，我说：“血有点儿白。”他疑惑了一阵，随即咧嘴一笑，转头指着阳台上的凌霄花，说这花开得好看，看着人舒服一半。

从此我就跟张龙新熟了。

蚁楼的人来自全国各地，各种怪病都有。只要是晴天，蚁楼的病人都会到坝子里晒太阳，我也晒。秀儿我见过几次，三十多岁的样子，病恹恹地瘫在躺椅上，身上搭条毯子，只一会儿，就睡得像个婴儿。

有天我刚输完液回来，张龙新来了，先是谢谢我的周全，然后问我，阳台上的凌霄花在哪儿买的。我没理他，蜷在床上，难受。他竟找来了很多竹篾片，在凌霄花四周圈出了一个高高的花架。我没心情，任他忙碌。

下午我出去买东西，在巷口碰上张龙新。他抱着一盆还未开花的三角梅，脑袋晃在绿叶中说：“花期长，这个。”

傍晚，我听见楼上“乒乒乓乓”的声响，接着是女人的号哭，秀儿在骂：“一分钱都要掰成两半用，还买狗屁花啊？”张龙新咕哝什么我没听清。一会儿，院坝里“哗啦”一声，我心抖着一紧，跑到走廊上，见花盆被摔得稀碎，三角梅倒伏，土散了一地。又一会儿，张龙新下来，扶正三角梅，将土拢实，缠上一层密实的草绳，草绳外糊上泥浆，他尽可能将每一处都抹得光滑，然后把三

角梅放到楼门边上。见我在看，他满脸沮丧，咧了咧嘴，匆忙进了屋子。

邻居们多少有些言语，说张龙新是打着灯笼都难找的男人，有些女人啊，享得了一福享不了二福。据说秀儿一直闹着离婚呢。

春节我回了老家，等我再次来到蚁楼，已是初夏。租房未退，原本打算春节过了就回来，但父亲拉着我去看一个老中医，折腾了几个月，病情不见好转。我开门就看见阳台上那盆凌霄花绿意葳蕤，屋子里有“草色入帘青”的味道，藤蔓攀爬成了一根绿柱。

我以为凌霄花早死了。

张龙新见我回来，笑着邀请我去他们家坐坐。迈进门槛，我就呆住了，只见阳台上一片花海，一束束凌霄花吹着喇叭，红的，粉的，紫的，在阳光里摇曳。张龙新用草绳在阳台上织了一张网，藤蔓顺着经纬四面开花。秀儿坐在花海中，仰脸赏花，花影落到脸上，漾开一抹红晕。

张龙新给我捧了一把糖果，说：“得谢你，香米。”我将一袋熏腊肠放到桌子上，说：“老家带的，尝尝。”

张龙新有些忧愁，他说下周要去北京，医院已经联系好了：“还好，秀儿同意治疗了，全靠你的花。”

秀儿给我让座，我挨着她坐在阳台上。秀儿说：“你看，他没少下功夫。”我看见输液管子一头缠在凌霄花的主茎上，一头连着一个大可乐瓶。

张龙新像偷了什么被当场抓住一样，嗫嚅道：“不见你回来，花快枯了，我就想了这法子……”我一下子哭得像个孩子，倒让他有些手足无措。

每天我输完液，就爬到二楼，边赏花边想一些过往。我想起那个男孩儿租下房子那天，他说终于有家了，我说差盆花。我们在纸上同时写了凌霄花，我就成了这盆凌霄花的主人。没隔多久，我查出来有病，男孩儿一把扯了凌霄花，走了。我没有告诉任何人，收拾好这盆花，离开厂子，住进了蚁楼。

张龙新带着秀儿去了北京，我还在蚁楼。每天给凌霄花浇水时，我能感觉得到头顶上花海热烈的花语。去医院输液，路过楼门口，我蹲下来，也给三角梅浇上水。三角梅开得如火如荼。

（**推荐者**：小　凉）

（**发稿编辑**：赵嫒佳）

（**题图、插图**：豆　薇）

阿P卖肉

□刘振涛

小兰刚拿到驾照，阿 P 怕城里开车不安全，便让小兰到乡下老丈人那儿练车。村里空旷人又少，最适合女司机练车了。可小兰竟把油门当刹车，撞进一户人家的猪圈里，撞死一头猪，撞残一头。那家老婶见唯一的收入来源给撞没了，撒泼打滚要小兰赔钱。

阿 P 得知后，赶紧往老丈人家赶。他先来到困难户家，把钱赔给人家，可那老婶哭天抢地，硬是又多要了二百块。阿 P 那个气啊，可还得安慰小兰："老婆，不要紧，练车难免磕磕碰碰，幸好没撞到人，下次可要小心啊。"

接下来，阿 P 把两头猪拉到附近的屠宰场处理了，因为家里没有特大号冰柜，没法储存这么多肉。于是，阿 P 又办好检验检疫证明，把收拾利索的猪肉放到三轮车上，开去了镇上。

小镇不大，只有一个叫刘大的屠夫在卖肉。阿 P 径直朝他开过去，问："师傅，收猪肉不？刚杀的。"

刘大围着三轮车转了一圈，翻动着猪肉，见的确很新鲜，肥瘦也不错，但他认出阿 P 不是本地人，眼珠一转，伸出几个手指头："这个数，我全要了，不然你到天黑也卖不掉。嘿嘿。"

阿 P 一听，半价？虽说自己有心想把肉尽快出手，但这也赔得太多了吧？阿 P 要对方再给涨点，可刘大一口价咬死，因为他断定，阿P肯定卖不出去，这些肉最后还得卖给自己！

阿P被激怒了，把三轮车开到街对面，扯开嗓子吆喝卖肉，喊的价格虽然便宜，可大伙儿看他是个生面孔，怕他卖完就溜，假如猪肉有问题，人都找不着，所以谁也不敢买。

咋办？阿P犯愁了，到现在一两肉都没卖掉，很快肉就会不新鲜了。阿P盯着刘大，忽然计上心来，他眼睛一亮，立马骑上三轮车去找五金店。

刘大见阿P拉着猪肉走了，坏笑着喊：“小子，肉不卖了？四折卖给我吧，不然就臭了，哈哈！”

阿P头也不回，心想：骑驴看唱本，走着瞧吧！

半小时后，阿P回来了，他买了个喇叭，还拉来一张桌子，上面蒙着一张防油布，猪肉摆在上面，喇叭里传出重复的叫卖声：“用尺量肉，不准不要钱，误差超过一两，肉拿走，白送！”

刘大见阿P又回来了，还整了些花活儿，用尺量肉，这啥卖法？路人一听阿P这样吆喝，也倍感新鲜，有听说称肉的、掂量肉的，还没听过用尺子量肉的呢！顿时，一群人都好奇地围了过来。

阿P手里挥舞着一尺长的铁尺，对大伙儿说：“你就说要割哪块肉，我来按斤算账。”一个小伙听明白了，抢先指着一块肉：“给我割这块。”

阿P打算好了，开头一定要说错，免费送两块肉出去，等于花钱打广告，先把人吸引来，这样就不愁卖了。于是，阿P按小伙的要求割下一块肉，然后用铁尺子量了下长、宽、高，张口就来：“二斤二两。”

小伙接过肉，见阿P并没有用秤再称一下，疑惑地看着阿P，那意思是，你说得准不准，最后还不得过了秤才能证明吗？

阿P会心一笑：“我都说了，我只有尺，没有秤。”他指了指街对面的刘大，“你找附近有秤的称一下不就行了？不是我的秤，肯定公平。”

小伙立马明白了，拎着肉跑到街对面称了一下，兴奋地大喊：“二斤半了，你量得也不准啊，这肉……”

阿P故作吃惊：“啊？差这么多？”随即一拍胸脯，“我阿P说话算话，不准，肉白送，拿走！”

人群沸腾了，一个女人抱着孩子抢上前，也要一块，阿P量完报数，女人也跑去刘大那儿称，结果还是不准。阿P大手一挥："白送，拿走！"

这下，要肉的人络绎不绝，但阿P再也没量错过。

看阿P不停收钱，对面的刘大坐不住了，人们都买阿P的肉，他的肉卖给谁去？更气人的是，那些买肉的都来他这儿过秤，钱却不是他赚的。这不是恶心人吗？不行，得治治阿P那小子！

刘大趁人不注意，把自己的秤下调了一两，这样，看你阿P赔得起不？

阿P哪知道刘大对秤动了手脚？果然，下一个去过秤的顾客就大喊不准。阿P一愣，见刘大冲自己阴险地笑着，两头报出的斤两一对照，那边少了一两，立马明白是刘大把秤下调了。阿P冲那顾客一挥手："又错了？拿走，白送！"

本来人群已经趋于平静，见阿P又量错了，大家都希望下一个幸运儿是自己，接着又是一波抢购。但接下来阿P量完后，故意少说了一两，结果又准了！

很快，阿P卖完了一头猪，这可把刘大急坏了，调过的秤明明已经不准了，阿P咋还能报出一致的数？这小子有两把刷子啊！

刘大狠狠吸了口烟，又偷偷把秤往上调了二两。刘大不敢调太多，万一哪个好事的查看自己的秤，还以为自己以前靠"鬼秤"卖肉呢，那损失可就大了。尽管这样，刘大还是自信能坑到阿P。

果然，两头的数字又有了误差，幸运顾客兴高采烈地拿走肉，再次引来不少人围观。阿P脑子一转：好你个刘大，跟我玩起来了，看我怎么制服你。阿P再报数，特意又多报了一两，他盯着那个顾客拿着肉去过秤，从刘大吃惊的表情就断定，准了！

阿P挑衅地冲刘大扬起下巴，刘大一见，冷汗下来了，这小子那把尺不得了啊！看着自己一块肉没卖掉，围在阿P摊前的人却越来越多，刘大忍不住了，走过去说道："兄弟，那啥，你别卖了，剩下的肉我全收了，八折咋样？"

阿P乐了，刚来时你要说八折，早卖给你了，现在你看我卖得快了，又八折了？阿P看看天色不早了，肉也卖得差不多了，留下来的人多数是看热闹的，于是挺起胸脯说："九折，爱要不要。"

刘大眼里要喷出火来，他想了一会儿，说："九折就九折！但是，你得教我用尺子量肉的方法！咋那么准呢？"

听他这么一说，大伙儿也都好奇地竖起耳朵。阿P得意地说，没问题，但要钱货两清之后，才能教他。刘大一跺脚，成交。两人很快过秤、付钱，阿P看着手机里的到账金额，已经超过了赔那老婶的钱，心中暗喜。他让刘大找来纸笔，自己念念有词，让对方记下"秘诀"："肉的长宽高，高也就是肉的厚度，三者相乘。对白肉和红肉占的比例多少要有个判断，因为红肉和白肉的密度不同……嗯，再乘上你判断出的密度……"

旁边有几个中学生，像听到高深的讲课内容，大叫起来："哇，大哥哥好厉害啊！"

刘大拿着纸和笔，却一个字也记不下来，他听得一个头两个大："咋卖个肉还要这么多知识啊？我要有那个本事，还卖哪门子肉啊？！"刘大一摔纸笔，不学了，扛着猪肉去了对面。

阿P笑了起来：跟我阿P斗？差远了！他收拾利索，开三轮车回了丈人家。

老丈人听说阿P用一把尺子把肉全卖掉了，瞪圆了眼睛，姑爷还有这本事？他帮着卸车，抬起桌子时却呆住了，接着脱口而出："臭小子！我说你哪来的本事……"

只见防油桌布掀开，挨着阿P这一侧的桌子被锯开一个方形口子，里面镶嵌一个小型平板电子秤，上面桌布一盖，啥也看不见，只有侧边露出一条小显示屏，非常隐蔽，割下来的肉往上面一放，卖肉怎么可能不准？阿P去五金店，就是为了买秤和改装桌子。

机智地把钱赚了，晚饭还有小兰亲自烧的猪头肉下酒呢，阿P心情大好，得意地吹起了口哨。

（发稿编辑：王　琦）

（题图、插图：顾子易）

扔出来的官司

□朱西岭

这天，刘女士正准备带孩子出门，一个陌生人找上门来。他自称姓王，说刘女士几天前带孩子上街时，把孩子吃剩的香蕉皮乱扔，导致他父亲滑倒，摔断了右腿，医疗费花了3万多元，要求刘女士赔偿。

刘女士想起几天前在街上，她把孩子吃剩的香蕉皮扔垃圾桶时，手一偏没扔进去，香蕉皮掉落到了人行道上，因为嫌脏，刘女士没有捡起来再次扔进垃圾桶内，就走了。

王某的父亲踩到香蕉皮滑倒了，就来要医药费，这不是讹人吗？刘女士想了想，问王某有什么证据，证明他父亲踩到的香蕉皮刚好是她扔的。

王某不慌不忙地拿出手机，说里面有刘女士带着孩子扔香蕉皮的视频，原来那天的情景都被路边的摄像头录了下来。眼下证据确凿，要刘女士对他父亲的摔伤负责，赔偿医疗费。

这下，刘女士不得不承认扔香蕉皮的事实，但对于王某要求的赔偿，刘女士自然不肯，她争辩道："即使香蕉皮是我扔的，老人滑倒也跟我没关系。走路不看路，自己不小心滑倒了，只能怪他自己！如果真要赔偿的话，那也不该是我，而是道路清洁工，他们不负责任，没有及时清理道路！”

但王某还是坚持自己的观点，认为父亲滑倒的主要原因就是刘女士扔的香蕉皮。于是，两人你一言我一语地吵开了，引来了不少周围的邻居。

邻居们了解到事情的前因后果后，意见并不统一，大多数人都帮刘女士说话，认为刘女士只不过随手扔了一个香蕉皮，王某的父亲滑倒主要是因为走路不小心，怪不到刘女士身上。

见刘女士周围人多势众，王某有些坚持不住了，最后扔了句“既然不愿承担责任，那咱们法庭上见”，便走了。

几天后，王某果真把刘女士告到了法院。法院审理之后，认为刘女士乱扔香蕉皮属于有损社会公共道德的行为，同时存在危害不特定公众身体健康的隐患，与老人滑倒摔伤具有因果关系，要求刘女士承担 60% 的赔偿责任。

随手扔了一个香蕉皮，竟然赔偿近 2 万元，刘女士说什么也不肯接受，亲戚朋友也觉得承担的责任太大。她不服判决结果，进行上诉。很快二审结果也出来了：民事主体从事民事活动，不得违反法律，不得违背公序良俗。刘女士乱扔香蕉皮导致老人滑倒摔伤，理应承担 60% 的责任。驳回上诉，维持原判。

拿到判决书后，刘女士心疼极了，后悔当时为什么没把香蕉皮捡起来，扔进垃圾桶！

律师点评：

该故事涉及的一个法律问题，即损害赔偿的因果法律关系。

根据法律规定，行为人的侵害行为与受害人出现的人身损害存在必然关系的，就构成法律意义上的因果关系。

故事中，刘女士没将扔的香蕉皮及时捡起丢进垃圾桶，这显然有过错。由于她的过错行为导致了王某父亲的滑倒，那么刘女士扔香蕉皮的行为与王某父亲的滑倒之间就存在因果关系。所以，刘女士应当为她的行为埋单。

（**发稿编辑**：朱　虹）

（**题图**：张恩卫）

2022年11月(上)动感地带答案

神探夏洛克：狗是天生的色盲，所以农场主说的肯定是假话。

疯狂QA：南来北往都是往北走。

看似精妙绝伦、无懈可击之局，背后却凝聚着众人的一番苦心及惨痛代价，它是暗夜之中的一道亮光、一点正义、一丝希望……

□吴宏庆

疾恶如仇

1. 祸从天降

清朝年间，进士李观山被派往直隶省会梁县任知县。这天傍晚，李观山在衙门里闲逛，走着走着，就来到了六房办公地。这会儿六房典吏大多已回去了，只有刑房里还亮着灯，他抬脚就走了进去。

刑房典吏孙长明是本地人，已近七旬，按理来说早该退了，只不过他对刑房事务了如指掌，又无人可以接班，历任知县不肯放，他也只能继续干下去。

此时，孙长明正就着烛光书写案卷，感觉有人进来，抬头一看，忙起身施礼。李观山拦住他说："孙先生不必客气，坐，请坐。"

孙长明请李观山上座喝茶，随后恭恭敬敬地坐在下首。李观山随意聊了几句，便话入正题："孙先生在衙门里当了四十多年差，见多了宦海沉浮，还请不吝赐教，我这知县该如何才能做得稳当？"

李观山为何有此困惑？只因梁县是直隶省会，境内的各级衙门随便出来一个人，官帽子都比知县大。所以，在梁县当知县的，往往只有两种命运：一种，飞黄腾达；另一种，贬官回乡，甚至连命也保不住。因此，这倒不是李观山有意调侃孙长明，实在是诚心请教。

可孙长明却诚惶诚恐地说："连大人都不知，我一介胥吏如何知晓？"

李观山笑着指了指他，这活成精的人，自然不会轻易跟自己交心说实话。他起身告辞，到了门口，顺口说了一句："明日程老侍郎八十大寿，你随我一起去庆贺吧。"说着，他也不等回话，就走了。

李观山口中的程老侍郎是梁县人，三朝元老，在刑部侍郎位上告老还乡。老侍郎正直不阿，又愿意提携晚辈，李观山对他十分尊敬，上任后常去拜见他。老侍郎对李观山的印象也颇好，在门生弟子和达官贵人面前，丝毫不吝啬对他的溢美之词。所以，老侍郎的八十大寿，他于情于理都要去的。

第二天傍晚，李观山让下人去请孙长明，但不多时，下人回来说孙长明回家了。李观山心里明白，这老头独善其身，不愿与自己有过多来往，但他越这样，李观山反而越想结交。自己初来梁县，人生地不熟，偏偏此地关系盘根错节，一不留神可能会丢了脑袋。孙长明是老侍郎介绍给他的，老侍郎对此人的评价为八个字"人情练达，老而成精"，并劝李观山善待此人，自有好处。李观山观察了孙长明很久，也觉得此人不简单：一来，他为吏四十余年，不仅对刑房大小事务了然于胸，对官场规则也十分熟悉；二来，他通晓梁县人文地理，风土人情；三来，他独善其身，不结党营私。如果他愿意尽心辅佐，那自己这个官肯定能当得轻松些。

于是，李观山独自前往孙长明家。孙长明无妻无儿，一人住在城西的一间老宅里，此时正扇着泥炉里的炭火，见李观山来了，连忙告罪道："哎呀，李大人，老朽该死，竟然把给老侍郎祝寿这么大的事给忘记了。"李观山哈哈一笑，舀了勺水将泥炉里的火浇灭了。孙长明无奈，只得随他去程府了。

程老侍郎八十大寿，满城达官贵人都来了，程府附近挤满了车马轿子。李观山一路行礼，一路谦让，等轮到他登记礼物时，身边已经没几个人了。他拿出备好的五色糕点献给收礼人，正要说什么，突然身后有人一把抓住他的手，轻声道："李大人快随我来！"

李观山回头一看，是老侍郎家的老管家。老管家表情虽然平静，但面色苍白，两眼之中透着说不尽的惊恐。李观山心里一惊，猜测有什么事发生了，于是向孙长明点点

头，二人一起随着老管家进了程府。

程府里亭台楼阁，甚是壮观。老管家领着二人穿廊过巷，在后院的一幢房前停下，颤声道："二位，请切莫声张。"说着，他推开房门。门一打开，李观山便闻到了一股浓重的血腥味，忙疾步上前，一看之下，顿时呆若木鸡。

只见地上躺着一具尸体，身穿团花紫袍，但头颅已然不见。程府内能穿团花紫袍的除了老侍郎还能有谁？李观山愣怔片刻，回过神来，忙上前将尸体的双袖卷起，那是一双满是老人斑的枯瘦双手！他"扑通"一声跪倒在地，连连磕头。

大寿之日，寿星却横死家中，这也太诡异了！这时，李观山突然感觉袖口被人扯住，回头一看，正是孙长明。孙长明冲他不露痕迹地摇了摇头。他立即清醒过来，此时不宜悲伤，老侍郎在他的辖区丢了脑袋，若是不尽快破案，他自己的脑袋也会保不住。

老管家"扑通"一声跪下，说："李大人，小的之所以找您，是因为老爷向来对您颇为器重。"

2. 苍天不饶

老管家说，近几日老侍郎似乎有心事，但又不愿跟他多说。前天，刚好说到了李观山，老侍郎赞他是科举出身，凭本事当的官，且上任三个月，上能讨好上官，下能体恤百姓，在年轻官员里已是佼佼者了；还说日后有机会，定要好好跟他聊聊为官之道。

昨夜，老侍郎禀烛夜读。子时，老管家起夜，看到书房中烛火还亮着，也不敢去惊扰他，就又回去睡了。天亮后，全府张灯结彩，他见老爷一直没起床，忍不住来敲门，却见到了这可怕的一幕。他本该公开这一噩耗，可外面前来贺寿之人很多，他不敢擅自决定，于是一边稳住众宾客，一边等待李观山来。

李观山皱眉问："老侍郎门生弟子满天下，你为何不找他们商量？"

老管家说："老爷曾说过，他的弟子门生虽多，但大多久在官场，人心难测，相比之下，李大人关系单纯，做事反而便利。所以老爷一出事，我便想到了您。"

李观山点点头，看了一眼孙长明。孙长明会意，上前验尸。李观山则继续问老管家："老侍郎的这幢房子，平日可有人进来？"

老管家摇头说："老爷近年来爱静，还特意将书房也搬到这儿来，书看累了，就可以直接回卧室休息了。这里除了我之外，其他下人都是不能进来的。”

其实，李观山对老侍郎的情况也有所了解。老侍郎的妻子早逝，他没有续弦或纳妾，独子多年前患病而死，儿媳也因思念过度去世，唯一的孙子也在两年前意外身亡，任他过去多么风光，如今也只是一个年迈孤老而已。

老侍郎遇害于书房和卧室之间的大厅里，应该是从书房走到卧室的途中被人杀害的，按老管家所说，案发于昨夜子时之后。程府高宅大院，凶手是如何进来的，又是如何出去的？

“死亡时间大概在子时。脖颈儿处的断口很平整，凶器应该是把薄刃厚背的砍刀，凶手臂力不错。”孙长明验完尸，起身四处观察了一番，来到尸身旁的一根柱子后，见地上有一片柳叶，捡起来细看了一番，“凶手应该早就潜伏在这里了，一直等到老侍郎大人从书房回屋，才突然从暗处跳出，一刀劈下，取了头颅，随后……”

孙长明退出房子，环顾四周，走到院墙旁的一棵老柳树前，指着它说：“随后爬树逃出程府。”

李观山上前细看，果然，树皮有被人蹭裂的痕迹，地上还有水滴状的血迹和一些并没有完全枯萎的叶子和树枝。“外面是哪里？”他沉吟道。

老管家说：“夫子庙。”李观山点点头，示意孙长明一起从后门出去查看，老管家则留下来处理后事。

出了程府，李观山看了眼孙长明，见他面露微笑地看着自己，有些奇怪地问：“怎么了？”

孙长明说：“李大人，这案子查还是不查？”

李观山气恼地说：“孙先生，我知道你在揣摩我的为人，我不是圣贤，但也不是恶徒。老侍郎乃三朝重臣，是我敬重之人，还横死在我的辖区，不找出凶手，我有何颜面当这官？”

“既然大人想抓住凶手，我这就带你去。”说着，孙长明信心满满地带着他进了夫子庙。

夫子庙残破不堪，蛛丝密布，圣人塑像仅剩一只胳膊了，就在塑像前供奉礼品的案几正中央，摆着一颗白发苍苍的脑袋，正是老侍郎的！而地上一动不动地坐着一个男子，一把沾血的薄刃厚背砍刀就摆在地上。李观山上前一脚掀翻对方，见此人三十岁左右，满脸发紫，嘴角溢出的乌血已经凝固，显然早已毙命。

摆放老侍郎头颅的案几上布满了灰尘，上面有用手指写的几个字“苍天不饶”，字迹狂放不羁。李观山一把抓住孙长明，厉声喝问：“这是怎么回事？”

孙长明淡然地说：“我知道大人有很多疑问，且听我仔细道来。”

死去的人名叫何同文，是个读书人，住在城北棚户区。十年前，何同文父亲在京为监察御史，因与老侍郎政见不合，被老侍郎弹劾后贬至梁县任团练使的虚职。因梁县是老侍郎的家乡，何父受到当地官员的刁难，后来莫名溺水身亡，而其祖传的一幅唐伯虎真迹也凭空消失。有传言，老侍郎表面是为铲除异己而暗下杀手，实则是为了此画。

何同文想要为父报仇，来到梁县，但当时老侍郎还在朝为官，于是何同文便在程府后面的夫子庙做了教书先生，等待机会。老侍郎告老还乡后，虽然知道有这么个人要对自己不利，但并无畏惧，一介书生怎能提刀杀人？可老侍郎不知道，何同文这些年已拜了江湖人士习武，不再是文弱书生了。

民间很多人都知道这事，孙长明自然也知道。杀人害命，取头祭奠，当他看到老侍郎的尸体时，便认定是何同文干的了，所以才会那么自信地说可以抓住凶手，只是没想到何同文竟服毒自尽了。

3. 暗度陈仓

李观山听了孙长明的解释，不由得松开了对方。孙长明看了一眼尸体，像是突然发现了什么，一把将何同文的袖口掀开，发现其手腕上有几道明显的瘀斑。他皱了皱眉，又将另一只袖子也掀开，这只手腕上同样也有瘀斑，他将两只手腕放在一起，两处瘀斑合并，能很明显地看出是一只手扼出来的。

“好大的手，好厉害的指力！”李观山忍不住惊呼起来。何同文文武双修，能翻墙入院，能一刀砍下老侍郎的头颅，气力自然不弱，但有人却用一只手扼住了他的两只手，另一只手还能喂他服下毒药，那这个人的力气实在惊人。

孙长明也啧啧赞叹：“我从没听说过梁县有这等高手。这样的人物隐藏在城中，实在凶险至极。”

所以，何同文是被杀人灭口的，也就是说，这起凶案并不是他单纯地为父报仇，而是另有阴谋，细思下去，实在令人惊惧。李观山想到程府中还有那么多客人，现在不宜追根究底，于是让孙长明回衙门叫人来守住现场，结果一出门，正好遇到了一队巡街的捕快，便让他们保护现场，孙长明则继续跟着自己去程府。

程府内已是乱哄哄的，因老侍郎到现在也没现身，而老管家又支吾难言，让人越发不满。知府张召冷哼一声：“老恶奴，你一再推辞阻拦，是以为本官没有对付你的办法？”这番话让在场之人纷纷应和，好心好意来给老侍郎庆寿，却遇到这老仆推三阻四的，怎能不让人恼火？

李观山赶紧上前解围，说老侍郎今晨起床，突感不适，无法亲自前来感谢大家，还请大家自便。李观山虽是小小知县，但大家都知道他深受老侍郎器重，因此也没人怀疑他的话。众人没了吃饭喝酒的兴致，一一告辞。张召也起身要走，李观山却悄声请他暂留。

等到众人离去，李观山将张召带到了后院。一见身首异处的老侍郎，张召顿时惊得跌坐在地，连问“怎么回事”。待李观山将事情原委

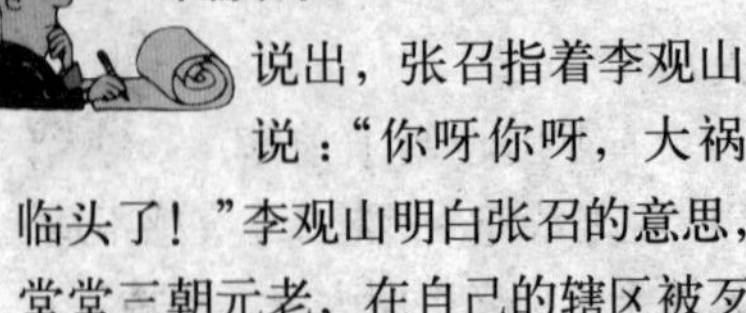

说出，张召指着李观山说："你呀你呀，大祸临头了！"李观山明白张召的意思，堂堂三朝元老，在自己的辖区被歹人摘了脑袋，他这知县快做到头了。

随后，张召又去了夫子庙，看到了何同文的尸体，口气这才有所缓和："李大人，你初来乍到，事发突然，能在短时间内迅速破案，也算难能可贵了。功与过我都会如实上报，至于前程嘛，就看天意了。"

李观山有些诧异，凶手被人灭口了，那幕后肯定隐藏着更大的秘密，他怎么说已经破案了？李观山看了一眼孙长明，孙长明悄悄示意他先别说话。

这时，老管家上前向张召请教，接下来自己该怎么办，二人便去了程府密谈。李观山与孙长明则指挥差役将何同文的尸体抬回衙门。

回去的路上，李观山问孙长明刚才为何阻止自己跟张召解释，孙长明笑了笑，说："张知府见多识广，如何看不出尸体的蹊跷之处？之所以说破案了，是想保你呀。当然，更多的是想保他自己，毕竟梁县也是他的辖区。"

李观山恍然大悟道："如此一来，要想查到幕后真凶，就只能是秘密调查了。"

"梁县衙门这么多，各个衙门都有探子，哪件事能秘密得了？"孙长明给他出了个主意，说不如借老侍郎被杀一案为由，大张旗鼓地整顿治安，一边了结那些陈年旧案，一边伺机调查幕后凶手。

李观山听后，觉得很有道理，但此事还要等朝廷对自己的处理结果下来再定：朝廷若是重罚自己，那整治就无从可谈；朝廷若是褒奖自己，那孙长明的计策便可实行。

4. 如鱼得水

几天后，老侍郎风光入葬。又过数天，终于来了圣旨，李观山忐忑不安地跪下听完后，才松了一口气。原来，圣旨上说，老侍郎被害，令人愤慨，念李观山上任不久，又及时破了案，不予追究责任。但梁县治安如此恶劣，命他务必大力整顿，还百姓一个朗朗乾坤。如遇阻拦者，无论官职、品级多大，先行捕拿，再来定罪。

显然，皇帝也充分考虑到了梁县情况特殊，才下了这道旨，这对李观山来说，无疑是最强有力的支持。他拿着圣旨，跑遍了各个衙门。要说各个衙门平日里哪会将一个小小的知县放在眼里，城中治安的好坏更是不关他们的事，但现在有老侍郎的前车之鉴，又有皇上圣旨，自然愿意给个顺水人情，纷纷点头支持。

至于李观山的顶头上司知府张召，对他更是大为称赞，没有将幕后真凶的事公布出来，而是借整顿治安来抓凶，如此聪明机灵，日后飞黄腾达不在话下。

得到各级衙门的首肯后，李观山还有一点担心，他这个一县主官事务太多，上要应对各种公务，下要催粮纳税，不可能只盯着刑案，具体操办还得是孙长明来，但不知他是否有能力把控局面。孙长明却是一笑，说："大人信任在下，在下必不负大人。"

孙长明毕竟有着四十多年的刑房经历，看案卷，观疑犯，问案情，这三个程序走下来，他基本就对案子了如指掌了。过去他一介胥吏，一身能耐无处施展，如今得到李观山的信任，而且捕快、差役等一干人事调度也交给了他，他更是如鱼得水。

孙长明运筹帷幄，一个个人犯被带进来，一桩桩陈年旧案被查清，对此连李观山都大为惊叹，深感自己没有看错人。

然而，随着事情的进展，有两件事让李观山开始担忧起来：一是有些案子涉及各级上司衙门，此类案子多是大案要案，各衙门主官虽说过会全力支持他，但护短之心人皆有之，阻力极大；二是查了这么久，何同文被杀一案仍是毫无进展。

这日，知府张召突然将李观山传来府衙。李观山进去后，张召便给了他脸色看，只让他跪着，却半天也没理会他。等到他跪得腰酸腿疼之时，张召才像刚看到他一样，淡淡地说："李大人什么时候来的呀？起来吧。"

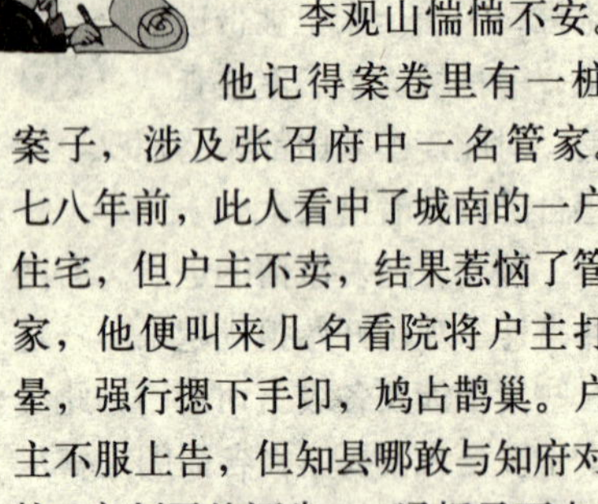

李观山惴惴不安。他记得案卷里有一桩案子，涉及张召府中一名管家。七八年前，此人看中了城南的一户住宅，但户主不卖，结果惹恼了管家，他便叫来几名看院将户主打晕，强行摁下手印，鸠占鹊巢。户主不服上告，但知县哪敢与知府对抗，竟判了他诬告，一通板子下去，户主含冤而死。现在张召将自己叫来，估计是因为孙长明查到了这桩案子。

果然，张召冷哼一声，说："李大人近日好威风呀，有很多人都来跟我说，如今梁县的良善百姓已是人心惶惶了。"

李观山小心翼翼地说："下官不敢。下官整顿治安是奉了皇命，之前跟大人也通过气。下官初次为官，总担心不认真些办差，万一朝廷派人下来暗访，我这芝麻小官说丢就丢了。"

张召又是冷哼一声："你整顿治安是好事，我自然不会反对，但你没事惹总督方安国干什么？是嫌你的官太大，还是太小？"

李观山顿时大汗淋漓。这总督方安国位高权重，权倾朝野，后台之硬，远不是他这七品芝麻官能想象的。也不知孙长明因为什么事，把方安国给得罪了。

张召见他这副模样，突然笑了起来，说："李大人心系百姓是好事。不过，我也跟你说句体己话，梁县的知县不好当呀。"张召如数家珍，将李观山的七八位前任经历一一说了出来。李观山越听越心寒：在这些前任中，升官的只有一个，也就是张召，平调的两个，杀头的两个，罢官的三个。

"李大人，今日我的话太多了，不过我也是一番苦心，盼你明白。"说着，张召也不等他回话，端茶送客。李观山连声道谢，后退告辞。

5. 举棋不定

李观山魂不守舍地回到县衙。孙长明正捧着二三十份案卷等他批复，这意味着又有二三十个陈案被破了。之前李观山只需要看看案卷，再跟孙长明沟通一下，第二天一早便可升堂定罪了。但现在，李观山翻阅案卷后，却将其中两份抽出来放在一旁。这两个案子分别是七年前的知府管家强占民宅案，两年前的总督方安国之子抢妻杀人案。李观山打开一份案卷，看了一眼，顿时头大如牛，方安国之子杀的不是别人，正是老侍郎唯一的孙子！

他盯着案卷看了很久，这才对

孙长明说：“这两个案子缓办吧。”

孙长明一愣，说：“大人，这两个案子罪证确凿，民愤极大……”

“先放着吧。要不然，我这官就该当到头了。”李观山叹了口气，说，“下午，你随我去查一下何同文的案子。”

何同文生前所住的城北棚户区是贫民区，他的住处极小，三面墙皆是书籍，一半是经史典籍，一半是游侠小说。书桌上更是铺了一副对联：“下笔惊风雨，拔剑泣鬼神。”笔力遒劲，自有一派放荡不羁的韵味，与夫子庙案几上的字如出一辙。

李观山看了好一会儿，感叹道：“好诗，好字！以字识人，此人必是磊落洒脱之人！”

陪同的地保也说何先生为人极好，学生没钱念书了，他就免费教；邻人吃不起饭或是生病了，他就拿钱资助；有人受了欺负，他更是仗义执言。

在地保的带领下，李观山找到了何同文的习武师父。那人姓齐，他对何同文的死也很是感慨，说何同文随自己习武数年，是最刻苦的一个徒弟，哪知道对方那么刻苦竟是为了杀一个老人。

李观山问：“齐师傅，依你看，有没有人可以用一手扼住他双腕，再腾出另一只手做事？”

齐师傅一愣，摇头说：“怎么可能？他就是没跟我练过武，也是个健壮的男人。”

李观山见他两臂肌肉虬结，十指粗大，应该是练过外门功夫的，便伸出双手，让他一手用力扼住。齐师傅一发力，李观山觉得痛，两手使劲一挣，也就分开了。这么看来，杀害何同文的人，要比齐师傅力气大多了。齐师傅想了半天，也想不出这附近哪里会有这样的高

手。

告别齐师傅，回去的路上，李观山见孙长明低头不语，像是在沉思什么，于是说："孙先生，我一直有个疑问，你学富五车，怎么没去考个功名？"

孙长明坦然道："先母为娼。"

李观山愕然，朝廷有制，娼、优、隶、卒不得科考，但娼从良后，儿子却可以考，也就是说，孙长明的母亲并没有从良。他张了张嘴，似乎想说什么，但终究是没说出口。

孙长明淡然一笑："时间太久了，很多事都忘记了，但那些地痞流氓、闲汉恶棍欺负我们的画面还历历在目。"以娼的身份带着一个儿子生活，而且将儿子培养得学富五车，这母子二人该吃过多少苦、遭过多少罪呀。所以，孙长明长大后才会疾恶如仇，入刑房为吏，试图铲除世间不平事。

李观山沉默了半晌，继续问："孙先生怎么不带个徒弟，将这满身的本事传下去？"

孙长明愣了愣，说："不瞒大人，有过一个徒弟，只可惜死了。"

"他叫程维龙吧？23岁入刑房，那时你已近60岁，他尊你为师父，你倾囊相授。"李观山没去看孙长明愕然的神情，自顾自地说，"说起程维龙的家境，原本也算不错，祖上经商，积蓄不少，只可惜被他父亲败了个精光，到他手里只剩下一栋宅子了。偏偏这宅子又被知府的管家看上了，最后，宅子丢了，命也丢了。"

孙长明哆嗦着嘴唇，老泪纵横。

李观山继续说道："你想利用我整顿治安之际，重审爱徒的案子，还他一个公道。但你忘记了一件事，我若治了他，乌纱难保，那梁县其他百姓的冤屈又有谁来帮他们？"

孙长明沙哑着声音说："大人英明。"

"英明？"李观山嗤笑一声，"都成了你们手底下的棋子，还英明？"

李观山不是愚笨之人，静下心来一思量，很快就发现事情发展到这个地步，并非自己本意，而是由别人带入局中的。老侍郎八十大寿，自己到场，之后，老管家委托，孙长明破案，何同文死得蹊跷，圣旨来了，他不得不整顿治安，又牵连上陈年旧案，牵扯到孙长明的爱徒和老侍郎的独孙……他一直是被动地卷入，要是还没发现问题，那这么多年的书真是白读了。

孙长明犹豫了一会儿，说："大人，我们绝非有意欺瞒，但我一个人不便说出真相，请随我来，放心，我们绝无害你之心。”

他说的是“我们”，所以，李观山猜得没错，他掉进了一个由多人谋划的陷阱里。

6. 义无反顾

孙长明将李观山带到了程府，见到了老管家。老管家看了看孙长明的眼神，似乎明白了什么，说：“李大人登门拜访，一定是有很多问题吧。请坐，先听我说件事，再问也不迟。”

十年前，程老侍郎确实与何同文父亲政见不合，并弹劾了他，何父被贬官至梁县。梁县是老侍郎的故乡，地方官员对何父多有打击报复，但这并不是老侍郎的意思。

一日，何父参加总督方安国举办的宴会，回家途中，失足跌落河中溺水身亡。当时梁县的知县正是现在的知府张召，经他调查，认为何父是酒醉失足，当日参加宴会的人都可以做证他确实喝醉了。但何家人知道何父千杯不醉，且水性极佳，不可能醉溺于城中小河。

“也就是说，当日参加宴会的那些人都在撒谎？”李观山震惊不已，如果何父是被人杀害的，那背后指鹿为马的人势力也太大了。

老管家说，当时老侍郎曾过问此事，好在那场宴会中还有一人良知未泯，说出了实情。酒席上，方安国公然向何父索要那幅唐伯虎的真迹，并表示可以帮他官复原职。何父怒斥他贪腐成性，说自己死也不会交出那幅画。第二天一早，此人就听说何父溺毙了，与此同时，他还收到方安国派人送来的银子，要他做证何父当晚喝醉了。何父一死，那幅真迹也不见了，坊间传言是让老侍郎拿走了，实际上，他们都知道，真迹已经到了方安国手

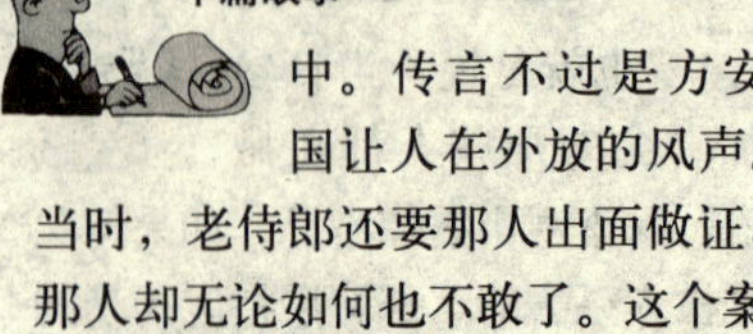

中。传言不过是方安国让人在外放的风声。当时，老侍郎还要那人出面做证，那人却无论如何也不敢了。这个案子后来也就不了了之，而当时主审此案的知县张召很快就升官成了知府。

李观山的心落到谷底，他问："何同文是否知道其中的真相？"

老管家点点头，继续说道，自何父出事之后，老侍郎深感无奈。他任刑部侍郎十余年，但在这件案子上却无力秉公处理，这简直是个笑话，于是便告老还乡了。心灰意冷的他本想不理世事，安养晚年，但偏偏有事要来招惹他。老侍郎的独孙无论相貌、文才还是品德都堪称一流，也是老侍郎唯一的期盼。两年前，老侍郎牵线做主，为孙儿迎娶了貌美如花的大家千金，小夫妻俩甚是恩爱。不料，有一天孙媳妇上街时被方安国儿子一眼相中，强抢回家。老侍郎孙儿气愤难平，当即上门要妻，却遭到方府下人的拳打脚踢，当场身亡。老侍郎得知消息，暴怒之下告了御状。皇帝表面上让知府张召彻查，实际有心庇护方安国，最后仅仅将几个参与殴打的奴仆斩首，但真正的凶手却毫发无损。

老侍郎痛定思痛，决定不惜一切代价，要给孙儿报仇。直到何同文的出现，老侍郎的计划才有了一点眉目。那次，何同文趁夜翻墙入内刺杀他，但他毫无畏惧，面对利刃说出了当年实情。何同文大感惭愧，决心加入老侍郎的阵营。之后，老侍郎又找到昔日好友孙长明，三人一步步细心推演计划，最后得出结论，他们还需要一个人和一个契机。

说到这里，老管家看向李观山："李大人，这个人就是您。"

要完成他们的计划，必须有个梁县主官加入，这个人要涉世不深，聪明机灵，有学问，有担当，最重要的是胸怀黎民。之前好几任知县都不是合适人选，就在他们几近绝望之时，李观山来了。他们暗中观察了他三个月，确定他就是他们等待已久的人选。

李观山听到这里，叹了口气说："一个人找到了，那一个契机，显然就是老侍郎八十大寿被害。"

他心中苦涩，这个契机的代价也未免太大了！老侍郎需要被何同文取走头颅，何同文需要服毒自杀，并由精通仵作的孙长明伪造成被杀的假象，再将他引入局中。他们为了这个局一定花了很多时间演练，这样才使得每一步都显得那么顺理成章，理所当然。而三个布局人，两人要死，他们却义无反顾，可想而知有多坚决。

7.柳暗花明

李观山的话刺痛了孙长明和老管家，二人皆泣不成声。李观山又说："我还有三个疑问。第一，老侍郎是因为孙儿死了，万念俱灰之下，愿以死报仇，而何同文是因为方安国杀父夺画，同样愿意以死报仇，但是，你们凭什么认为我会支持你们？"

孙长明说："你出身贫寒，母亲早逝，父亲为供你读书历经艰苦。你本该三年前就当官的，只因为中榜之日，老父亲被恶徒纵犬咬死，你才不得不回乡丁忧三年。所以，你其实与我们一样，恨透了这世间的不平事。"

这些事李观山只跟老侍郎说过，想必，这也是他选择自己的原因之一吧。李观山沉默了半晌，说："第二，老侍郎在我辖区内被害，按理来说，就算我及时破案，朝廷也会降罪于我，但皇上竟对我颇有赞赏，这是老侍郎的安排？"

老管家点点头说："确实，老爷生前跟朝中知交及门生打过招呼，请他们保您。"

李观山说："第三，如今民间的积案以每天二三十件的速度清理，但涉官案件无法进行下去，因为一旦我过问这些案子，相信很快就会落得跟之前数任知县一样的命运，到那时，我的前程事小，老侍郎与何同文两人就白死了。我相信你们之前推演时，不可能没考虑到这一点。也就是说，接下来我该怎么办？"

李观山能说出这样的话，显然是认同了他们的计策，由被动带入

变成主动加入了。孙长明和老管家对视了一眼，突然长躬到地，说："大人磊落，请受我们一拜。"

孙长明和老管家的这一拜，不仅是拜李观山的为人，更多的是愧疚，因为他们无法回答李观山的问题。事情发展到现在，已经超出了他们当时的推演。

正如李观山所猜测的，为官一辈子的老侍郎不可能没想到这个问题。老侍郎之前已与朝中两位好友约好，说李观山是自己最器重的弟子，请他们在他遇到困难时出手相助，这也是李观山现在还是知县的主要原因。但是后来，当事情牵涉到方安国时，两位好友退却了，只传了句话过来：好自为之。他们知道，唐伯虎那幅真迹此时正在皇帝的案头摆着呢，自然是方安国夺画后又献给了皇帝。

也就是说，老侍郎和何同文拼了性命，最后的结果也就只能如此了。孙长明和老管家满脸惭愧，他们让不知情的李观山卷入其中，却无法善终。孙长明神情落寞，长叹道："算来算去，终究是人算不如天算，罢了，也就这样吧。"

眼下结束一切，对李观山来说有百利而无一害，既奉旨整顿了治安，又没涉及官场，上可讨好上官，下可得民心，升官发财指日可待。李观山闭口不语，片刻后摆摆手，心事重重地离开了程府。

次日上午，李观山开堂审案。一上午，除了几件涉及官员的案子外，其余二十余起民间案子无不迎刃而解。如此，一连半个多月过去，民间陈案越来越少了。

这天，县衙已经无案可审了。李观山神情黯然，对孙长明说："看来，也只能如此了。"孙长明长长地叹了口气，但也只能点点头。

正所谓世事难料，那晚皇帝突然驾崩，新皇即刻登基。第二天，方安国就接到新皇圣旨，让他去给先皇守灵。方安国以为得新皇圣宠，自然立刻前往，殊不知新皇早已识破其贪腐狡诈一面，故意设下此计，在其孤身守灵时捉拿下狱，连同他的党羽张召等人一并肃清。随即，李观山被升任知府。

对此，李观山瞠目结舌，惊喜之余，又平添几分惶恐，以法不能治国，以权却可迎刃而解……

（发稿编辑：朱　虹）

（题图、插图：杨宏富）

故事会微信号:story63,欢迎添加故事会微信,参与互动!

·神探夏洛克·

猝死现场

圣诞节,警方接到报案,一个房东称他的房客死在了房间里。经过初步的检查,警察断定死者是猝死,没有明显的外伤和中毒的迹象。尸体在床上好好地躺着,盖着被子,看起来就像在睡眠时猝死一样。夏洛克来到现场后,感到一阵冷风吹来,冻得他打了个哆嗦。他看了看四周,肯定地说道:"这里不是第一现场,死者一定是在死后才被搬运到这里的。"

夏洛克为什么如此肯定呢?

思维风暴

小王有严重的胃病,却总是往外科跑,为什么?

超级视觉

你觉得图中的人是小偷还是美人?颠倒过来再看看呢?

想知道答案吗?

1. 您可直接扫描下面二维码。

2. 购买2022年12月上《故事会》。

动感地带,与您不见不散!上期答案见本期P65。

本期话题：是什么帮你挺过最难的时光？

被困电梯

一个女生被困电梯，开始还能听见电梯里传出敲击声，可渐渐地没了声响。女生的父母情绪几近失控，冲劝慰的人吼道："口口声声喊冷静，如果是你们的孩子，你们能冷静吗？"终于，电梯被救援人员打开了。只见女生席地而坐，正认认真真地写着作业呢……女生的父母破涕为笑。

大家纷纷称赞女生遇事沉着冷静，可她却说："没办法啊，老师布置了那么多作业，不能耽误太多的时间，再说我知道外面在救援，用不着继续敲打呼救，我做作业反而不紧张了。" （舒仕明）

分　担

儿子两岁那年，妻子外出务工去了。我在家里既当爹又当妈，边带孩子边上班，日子过得十分艰辛。年底时，妻子托人带回一些衣物，让我们去岳父家里取。

那天，我背着儿子，手里拎着衣物，念及妻子独自一人在外过年，脚步不由变得沉重起来。就在这时，儿子忽然指着我手里的那块磁性小黑板，说："爸爸，我帮你拿黑板，这样你就可以轻一点了。"听罢儿子的话，我不禁哑然失笑，他拿着黑板，我背着他，这重量还不照样压在我身上？但那一刻，我却分明感到肩上一松，真的轻了许多。 （雁　戈）

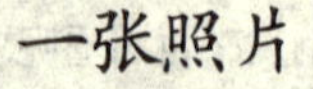

一张照片

一艘船正在江面行驶，突然，船的螺旋桨挂上了一艘采金船的钢索，顿时船身倾斜，眼看有人就要掉下去，退伍兵老金伸手一护，那人没事，他自己却栽进了水里。

水流湍急，一个浪头打来，把老金卷入了一个大旋涡。就在大家都认为他必死无疑时，水里却缓慢地冒出了个头。只见老金死死抓住采金船的钢索爬了上来，因为用力过猛，他两只手掌没有一块完好的皮肤，有些地方还露出了骨头。有人问他，是什么让他坚持下来的。老金从背包里掏出了一张层层裹着的塑封照片，照片里有一张青春阳光的脸。老金哽咽着说："因为这张照片！他是我战友。我要把他送回家。"

（柏琼英）

妈妈的味道

母亲刚去世那阵子，父亲一下子变了个人，情绪低落，寡言少语，小惠很着急。有一天，邻居阿姨送来几张烙饼，小惠见父亲吃烙饼时，眼里放着光，她一下子知道自己该怎样做了。周末，小惠给父亲烙了几张饼，说："爸，快尝尝，听说妈妈以前教阿姨烙过饼，现在我学会了，天天烙给你吃。妈妈的味道在，妈妈就一直陪着我们。"

父亲没忍住，抱住她哭了起来："好闺女，谢谢你，对，你妈妈会一直陪着我们的。"从此，父亲接受了母亲去世的事实，慢慢振作起来。

（何　秋）

"斗"牛

这天半夜，邻居后院的玉米秆着火了，火蔓延到翠萍家。被喊声叫醒后，翠萍冲向后院，只见黑暗中的牛见了火光后不仅乱跑，还顶人，根本拉不出来。翠萍吓哭了，肉牛要是烧没了，这一年不是白忙活了？她边哭边用纸巾擦拭着双眼，忽然有了主意……

第二天凌晨，当救援人员赶到时，只见左邻右舍的肉牛全烧死了，只有翠萍家的五头肉牛安然无恙。有人问她，翠萍说："我擦泪的时候，忽然想到在电视上看过的西班牙斗牛，受到了启发，就在黑暗中用湿毛巾蒙住牛的眼睛往外拉……"（汪　志）

存　折

三年前，倩倩的爸爸去世，家里全靠妈妈打零工支撑，可妈妈最近又摔断了腿。懂事的倩倩对妈妈说："我不想上学了，我想和欢欢姐她们一起去打工，减轻一点你的负担。"妈妈非常吃惊，半晌，才说道："你是担心家里没钱供你上学吗？放心，你看，妈妈存折里有钱呢。"说完，她从枕头下面拿出一个存折，给倩倩看了看里面的金额，又说："你就安心读书吧！"

多年后，学业有成的倩倩无意中在抽屉里看到了那个存折，却发现开户名模糊不清。妈妈解释说："哦，那是我在银行做清洁工时捡到的一个废弃存折，怕你担心家里缺钱。"

（李　捷）

（本栏插图：孙小片）

残忍的吃法

□徐树建

滚刀肉是个小混混，成天踢寡妇门、挖绝户坟，人见人怕、鬼见鬼愁。这天，他觉得肚子里缺油水了，就又拿起钢叉，进水荡叉甲鱼去了。

本来叉甲鱼是当地人家再寻常不过的事，可滚刀肉叉来甲鱼后，吃法太残忍，不是人干的事。他不像一般人只让甲鱼受一刀之苦，而是让甲鱼生不如死。他会把活甲鱼放进一个大瓦罐里，用一个木锅盖盖上，木锅盖跟瓦罐嵌得死死的，上面有个小洞，洞的大小恰好能让甲鱼把头伸出来。

接下来，滚刀肉会悬空吊起瓦罐，下面用柴火烧。待水热了，甲鱼会拼命把头伸出洞来，谁知伸出头后就缩不回去了，因为那小洞边沿有倒刺。随着瓦罐里的水越来越热，甲鱼又疼又渴，就会张大嘴，这时滚刀肉就往它嘴里倒进事先配好的调料。甲鱼如饮甘霖，越疼越喝，越喝越渴。等它还剩最后一口气时，滚刀肉就将它开膛破肚，再放回瓦罐继续用小火烧。因为是活煨，又有大量调料灌下，所以，当彻底煨熟时，甲鱼浓香扑鼻，鲜美异常。

这样的吃法，一般人早吓得毛骨悚然，根本不敢看第二眼，只有滚刀肉吃得大呼过瘾，说这是世上最美味的吃法。

村里有老人见了实在不忍，曾苦苦劝道：“你要吃甲鱼也就算了，可这种吃法也太残忍了，要知道甲鱼是有灵性的东西……”滚刀肉不等老人说完，就破口大骂：“老东西，你红口白牙的在咒我吗？我问你，我吃的是你吗？”老人听了，差点气晕过去。

然而这一天，滚刀肉在水荡里转悠半天却是两手空空，可把他气坏了，扛起钢叉骂骂咧咧地往家走。走着走着他眼前一亮，只见前面有一个女人，手里拎着一只捆好的大甲鱼。

这女人是村东首的王寡妇，看样子她刚好在水荡里逮着了一只大甲鱼。得了，就是你了！

那边王寡妇浑然不觉身后有双绿豆眼瞄上了自己，她回到家把甲鱼放进水盆，盖严实了，便喜滋滋地下田干活了。她前脚刚走，滚刀肉后脚就翻墙进院偷走了大甲鱼。

等王寡妇回到家发现大甲鱼没了，顿时瘫倒在地放声大哭。大伙儿闻声赶来，听说情况后个个摇头叹息，要知道一只野生甲鱼值好几百块钱，况且王寡妇捉到的那只还特别大。这小偷就这么明目张胆地欺负一个寡妇，不怕天打雷劈吗？

滚刀肉就不怕，他决定像以前一样对付那甲鱼。他先牢牢锁上厨房门，那是扇破旧的木板门，时不时出些小毛病。滚刀肉之所以反锁上厨房门，是防止有人看到自个儿吃甲鱼，再传到王寡妇耳朵里，虽然不怕她，但多一事不如少一事。

接下来，他吊起瓦罐，下面点起柴火，不一会儿甲鱼开始躁动了，接下来应该把头钻出来。谁知意外发生了：或许是这只甲鱼格外大，力气也特别大，它拼命挣扎之下往外一顶，竟然把木锅盖顶开了，接着再一挣，它就从瓦罐里掉了下来。

这一掉不要紧，正好砸到下面几根木柴上，这些木柴正熊熊燃烧

着，一砸之下四处乱飞。其中几块木柴飞到厨房一角，那里堆放的干柴草一下子就被点着了！

滚刀肉顿时慌了，他不急着救火，竟先抓甲鱼，死里逃生的甲鱼拼命爬，哪里逼仄就往哪里钻。滚刀肉跪着掏了半天也没掏到，忽然觉得浓烟呛人，这才发现火越来越大了，他不得不赶紧去救火。

可这时火势已旺，哪还来得及救，一时间火苗呼呼作响，像魔鬼般张牙舞爪扑过来。滚刀肉吓得魂飞魄散，想往外逃。浓烟里，他呛个半死，好不容易摸着锁，使劲一拉，居然拉不动！他这才想起先前反锁了，忙反转，可哪里还转得动。此时，火焰直扑向他的后背，那锁却早不坏晚不坏，偏偏这时失灵了，再也打不开了。滚刀肉心急如焚，抬腿一脚，“咣”的一声，木板门被他蹬了个洞，可再蹬，却蹬不破了。

这门上蹬出个洞是好事也是坏事，好事是滚刀肉有了氧气，坏事是火焰也同时有了氧气，“呼”的一声变大了，滚刀肉感觉气都喘不过来了。万分危急之下，他只好把头钻进门上那个洞里，巧了，正好容他把头伸出去。

头一伸出去，滚刀肉就可以呼吸了，也可以大喊了：“救命啊，救命啊！”

邻居们再恨滚刀肉，但听到他喊救命还是一起赶来了，一见这阵势都吓了一跳。有人叫道：“我来蹬门，你把头缩回去，免得伤到你！”

滚刀肉想缩头，却发现缩不回去了，原来门上那洞的边沿都是倒刺，现在正顶着他的喉咙，硬缩的话死路一条。

这时，滚刀肉只觉得屁股火辣辣地疼，是被火烧的，他惨叫起来：“渴渴渴！”

大伙儿早用木桶打来水，拼命往他身上浇，听他喊渴，又往他嘴里灌……很快，门被人用力踹开了，大伙儿七手八脚地把滚刀肉拖出来，却发现他的屁股都被烧烂了，以后再也作不了恶了。

奇怪的是，那只大甲鱼居然也跟着爬出来了，大伙儿一看就明白了，敢情王寡妇家的大甲鱼在这儿呀。再一想，滚刀肉被火烧时从木门上钻出头、大伙儿往他嘴里灌水的样子，不正好跟他烧甲鱼的情形一模一样吗？

（发稿编辑：朱　虹）

（题图、插图：孙小片）

难挂的画

□李频道

老刘最近刚装修完新房，只缺一幅中意的画了。他这人爱琢磨，想法多，不但要求画要有情趣，还要寓意美好，意境幽远。因此，他花了一个月的时间，都没寻到称心的。

这天，老刘的女儿带回家一幅画，说是花了3000元在一家店买的。画中荷叶亭亭玉立，花蕾含苞待放，上面还立着一只翠鸟，正聚精会神地盯着水面上戏水的鱼儿……女儿把画挂上了墙，对老刘说："爸，这画寓意好，意境美，总符合您的要求了吧？"老刘看着画，默不作声。

过了几天，老刘又在琢磨这画，小外孙过来了，左瞅瞅右瞅瞅，冷不丁冒出了一句话："妈妈的3000元白花了，那些鱼早晚会被那只鸟给吃干净！"

这话搁别人身上也就一笑了之，可老刘爱琢磨的毛病又犯了：鱼代表财，有那样一只鸟整天瞅着它们，鱼再多也给叼没了，岂不暗含破财之兆！他越想越不对劲儿，便打电话到店里，想退画，店老板认为他无理取闹，不答应。这么一来，老刘就跟自己生起了闷气，吃不下饭睡不好觉。

老伴劝道："你放心，画是死的，挂100年，那只鸟也叼不走一条鱼！"女儿也劝他："爸，就算鱼被鸟吃了，鸟也飞不出咱家！"可老刘钻了牛角尖，谁的话也听不进去。

无奈之下，女儿来到那家店，跟店老板说了一箩筐的好话，最后人家总算同意把画收回，但只肯退2500元钱。老伴听说白白丢了500元钱，不禁长吁短叹。

老刘琢磨了一会儿，振振有词地说："我说这画有破财之兆吧，你们偏不信！现在怎么样？才挂了几天，咱家就损失了500块！"

（发稿编辑：朱　虹）

一个名额

□胶年儿

赵博是文化馆的馆长。这天，他接到全市人物画大赛的邀请函，文化馆可以选送作品，但参赛名额只有一个。论人物画工，美术部的老金和小董不相上下，但两人关系本就不和，参赛名额又只有一个，选谁都不利于团结啊……

他正伤脑筋呢，老金敲门进来，开门见山道："赵馆长，我听说了全市人物画大赛的事儿。我是这馆里的老人，画了二三十年人物，这次要是能得个奖项，也能光荣退休了，能让我参赛不？"赵博表示要考虑一下。

没想到老金前脚刚走，小董后脚就进来了："赵馆长，这次比赛让我试试行不？我差个奖项，就能评上职称了！"赵博苦笑不已：老金功底深厚，人物画像入木三分；小董年轻有为，人物画像清秀唯美。两人各有各的长处，该怎么选呢？

这时，保洁大姐从门口走过，赵博忽然灵机一动：就让两人都画这位大姐，比一比孰优孰劣！于是，保洁大姐给老金和小董当了半天模特，两人画好后，赵博让美术部所有人一起投票，谁知两人的票数竟不分上下。

赵博把作品带回办公室仔细端详，又犯起了难。这时候，保洁大姐拎着扫帚进来，一眼看见了桌上的两幅作品："这老金，把我脸上的鱼尾纹和老年斑都画出来了，跟我有仇似的……人家小董把我画得多好看，五十多岁的人了，看起来还细皮嫩肉的，塌鼻梁和肿眼泡都没了！"听保洁大姐这么一说，赵博眼前一亮。

一周后，馆里选送的作品在市里参赛，老金和小董的名字同时出现在一个参赛位里，他们的画被装裱成了一个作品，名为《美颜前后》。

（发稿编辑：赵嫒佳）

认可的方式

□赵功强

刚子经常去一家名叫"芳草地"的小餐馆吃饭，餐馆是一对父女开的，父亲憨叔负责掌勺，女儿小玉负责收钱。一来二去的，刚子跟小玉互生好感，偷偷交往起来。

对此，憨叔心知肚明，可他从不在刚子面前表明态度，刚子十分忐忑。

这天晚上，刚子来到"芳草地"吃饭。菜上桌后，憨叔开了瓶啤酒，在刚子对面坐下，叫他陪自己喝一杯。刚子受宠若惊，陪憨叔喝起来。事后，刚子问小玉，她爸叫自己陪他喝酒，是不是说明已经认可自己了。小玉摇摇头说："你想多了！我爸常在店里空的时候，找熟人喝酒。"刚子听了，不禁有点失望。

过了些日子，刚子又到"芳草地"吃饭。憨叔走到刚子面前，向他询问买国产车还是合资车好。刚子耐心地作了讲解，怕憨叔记不住，他还写下了几条买车的注意事项。事后，他问小玉，买车这么重要的事都来问自己，这算不算她爸对自己的认可？小玉说："你想多了！我爸最近要买车，想提前做好功课，逮住机会就向人打听。"刚子一听，更失望了。

又过了些日子，刚子又到"芳草地"吃饭。他点了一盘番茄炒蛋，正吃着，小玉突然跑过来说："我爸终于认可你了！"刚子喜出望外，忙问小玉是咋知道的。

小玉笑眯眯地小声说："之前我爸给顾客炒番茄炒蛋时，从不认真洗番茄，只是在水龙头上冲一下，只有烧给自家人吃，他才会认真地洗。你以前来吃，他也没认真洗过，刚才我看到他把番茄洗得很干净，就知道，他已经把你当自家人了！"

（发稿编辑：朱　虹）

卖耳机

□丁凯丽

小芳在电子城开了家耳机店，生意一直不好。这天，店里进来一个男子，问起一款蓝牙耳机的价格。小芳见来了生意，精神一振，开始介绍起来。

男子静静地听着，突然咧嘴一笑："你说要1200块？"小芳点点头："这款耳机音质好、待机时间长，绝对物有所值。"男子却摆摆手："太贵了。隔壁店也有差不多的耳机，才卖1000块。"

小芳为难地说："这个价格不行啊，我没钱赚。"男子听罢，便往外走："既然如此，那我就去隔壁店买。"

小芳急了，跟出去，发现隔壁店主正虎视眈眈地盯着这边。小芳见状长叹一声，少赚就少赚吧，她大声说："好，那我也卖1000块。"

谁知，男子并不停步，嘴里还说着："还是有点贵嘛，我再看看。"小芳看形势不对，一咬牙，干脆上前拉住男子："大哥，这样吧，我再给你优惠50块，已经是成本价了。"男子这才露出一丝微笑，说："那好，我要了！"

小芳如释重负，说："行，我去给你包起来。对了，刚才忘记告诉你，这款耳机还有个优点，就是长距离内还能收到信号，比如离个100米都能……"男子已经打开了手机付款码，听了这句话竟忽然一怔，接着连连摇头说："不好意思，耳机我不要了。"

小芳愣住了，自己说错了什么？她一头雾水，对着正要跨出店门的男子问："大哥，价格不都谈好了吗？这、这是为啥呀？"

男子回头，叹了口气说："我之前的蓝牙耳机信号也特别好，有次我边走边听歌，没想到，直到走出两条街才发现手机被偷了，这还上哪儿去找啊……"

（发稿编辑：王　琦）

好你个刘二

□楚　团

刘二在县城务工多年，攒钱买下了一套二手房。这天，他骑摩托车接母亲进城，半路上突然下起了暴雨，把母子俩淋得跟落汤鸡似的。

没过几天，刘二开了一辆轿车回来，对母亲说："妈，我买车了，以后坐我的车出门，刮风下雨咱都不怕了。"母亲很是惊讶："你才买房，哪来的钱买车？"

刘二笑着说："妈，我买的是二手车，价钱便宜。"母亲叹了口气说："都怪妈没本事，没钱支持你，害得你房子买二手的，车也买二手的。"

刘二安慰母亲："妈，瞧您说的，二手的咋啦？我这还不是有房有车了？"母亲点点头说："如今有房有车了，你也老大不小了，赶紧给我找个媳妇回来！"

没过多久，刘二就对母亲说，他找到媳妇了，名叫小翠，比他大两岁。母亲想了想说："大你两岁也就罢了，只要不是二婚就成。"

刘二听了，说话都有点结巴了："妈，小翠……还真离过一次婚，不过她人可好了……"

"好你个刘二，我不同意！"母亲板起了脸，要刘二跟小翠分手。可刘二偏偏对小翠上了心，第二天还将小翠带回了家。

小翠长得漂亮，嘴巴又甜，还帮着刘二的母亲干这干那，硬是把刘二的母亲给打动了。

送走小翠后，刘二见母亲不反对了，趁热打铁对母亲说："妈，小翠她……"母亲白了刘二一眼，说："我都同意了，她又咋啦？"

刘二低着头，支支吾吾道："她……她还有一对双胞胎，俩儿子……"母亲气得直嚷嚷："这还不是个二嘛！"

（发稿编辑：朱　虹）

换个说法

□何伟锋

大强是个大龄单身青年，家里条件还不错，但相亲多次，都一无所获。这天，他约哥们小李出来喝酒，一股脑把烦恼都说给小李听。小李趁着酒劲，告诉大强，若他不改掉口头禅的话，条件再好，也没有姑娘愿意。这话把大强给说蒙了，

小李解释道："你太喜欢说'我妈说'，这不摆明你是个妈宝男吗？这年头，哪个姑娘愿意嫁个妈宝男？"

大强挠挠头说："可我家就是我妈当家拿主意啊，这是事实。我现在不告诉人家，迟早也会被发现呀！"

小李说："那你换个说法，要不，你就说'家里有要求'？大差不差，还显得有家教。"

大强觉得有道理，但试过之后，相亲还是没有成功。大强气馁地又找小李诉苦，小李说："那再换个说法？说成'家族有祖训'？"

大强不是很赞成："你电视剧看多了吧？哪来那么多的大家族？说这话，我自己都不能信服，说不出口。"两人不欢而散。

过了段时间，小李看大强一直都没有联系过自己，就打电话过去问候大强。没想到，电话一直占线，后来还是大强把电话回拨过来："哥们，不好意思，刚我跟女朋友煲电话粥呢……"

小李吃了一惊："女朋友？恭喜你啊，哥们！可你是用什么方法跟人姑娘说你妈当家的事儿的？"

大强得意地说："我琢磨了老半天，反正无论是妈还是女朋友的话，我都要听的，所以我就告诉女孩，'我家有个优良传统，凡事女人说了算'！"

（发稿编辑：田　芳）

营救比尔

□一味凉

这天，威廉爵士的独子比尔外出游玩时，被强盗约翰给抓了。当天晚上，威廉爵士就收到约翰的勒索信。约翰在信中除了索要巨额赎金，还嘲笑道："你儿子被吓得屁滚尿流，一点儿也不像'勇敢者威廉'的后人！"

原来，威廉爵士的祖父是赫赫有名的"勇敢者威廉"，当年他临危不惧，勇敢地保护了陷入危机的国王，这才被授予了世袭的爵位。要是让人知道他的后人如此胆小，家族的形象就会大大受损，这可不行！

于是，威廉爵士秘密请来了另一个强盗安德鲁。虽然同是强盗，但约翰只谋财不害命，而安德鲁则是出了名的狠毒，曾为了给弟兄出气，杀光了一整个村子的人。不过，"勇敢者威廉"当年曾救过安德鲁祖父的命，两人约定，要是威廉的后人有难，安德鲁家的人必须听从他们的差遣。安德鲁很讲信用，也不爱嚼舌根，所以威廉爵士找他很放心。

威廉爵士把比尔被绑架的事告诉了安德鲁，说："请你除掉约翰一伙人，救出比尔。"他想了想，又问："你行动前会自报家门吧？"

安德鲁点点头："当然。"说完，他就出发了。

次日凌晨，安德鲁回来了，威廉爵士惊讶地问："怎么就你一个，比尔呢？"

安德鲁不答反问："你没和比尔说过我们祖辈的约定？"

威廉爵士愣了愣，懊恼道："我说过的，只不过这小子每次都心不在焉的，大概没听进去……"

安德鲁冷笑道："怪不得！我到约翰那个据点，刚自报家门，约翰那个胆小鬼就跑了，可笑的是，比尔居然也吓得跟他一起跑了！"

（发稿编辑：赵嫒佳）

经营妙招

□冯　凯

最近很流行“车尾厢集市”，刚大学毕业的大刘也有点心动，想去体验一番。

这天晚上，大刘开着家里的车，去了最大的夜市，却发现那里早就挤满了车。他挑来挑去，在一个角落停下，打开车尾厢，将货物推出来。不出所料，半天都无人问津，大刘以“零交易”结束了这一晚。

回到家，好友阿峰打来电话问情况。大刘苦笑着说：“啥也没卖掉。”阿峰一拍大腿：“你挑的地儿不好，必须选黄金位置。”

第二天晚上，大刘早早来到夜市。这次，他终于抢到一个人流量大、光线充足的地方。这下，大刘充满信心，一定能卖出货物。没想到，到最后，也仅仅成交了几笔。

大刘就给阿峰打电话继续请教。阿峰沉默片刻，说：“你啊，还是不懂得经营。首先，将货物摆得有层次，突出重点；然后，要打出横幅标语，必须醒目；最后，还要播放广告，声音越大越好，吸引消费者。”

大刘觉得很有道理，赶紧制作了标语，买来一台音箱。一切准备就绪，他再次出发。这回，生意稍有起色，但仍未达到大刘的预期。他不好意思再麻烦阿峰，便自行想办法。

几天后，阿峰听说大刘生意有了很大起色，就找到大刘祝贺，还沾沾自喜地说：“我好歹是名校市场销售专业的毕业生，听我的错不了！”

谁知，大刘拼命摆手道：“不，其实与你无关。我爸给我支了个招儿。”说着，他指了指自己的车子，继续说：“我去租了个玛莎拉蒂，果然吸引了不少来拍照的女孩儿，我就告诉她们，凡是在我的摊位上买了衣服的，可以免费上车拍照……”

（发稿编辑：田　芳）

（本栏插图：小黑孩　顾子易）

一对年轻的情侣，手挽着手，脑袋挨着脑袋，专注地听着故事……

听着听着，女孩突然一捏男友的手掌，感慨道："天啊，危险怎么都在身边！"说完，她紧紧地盯着男友的眼睛，像是要挖出什么秘密似的。

谁知男友没有半点要安慰女孩的意思，他把脸一沉，压着声音说道："说起来，的确有件'怪事'，我瞒你很久了……"

《古画上的少女》 《魔鬼比尔》 《法场怪事》

《古画上的少女》

《魔鬼比尔》

《法场怪事》

男友把故事讲完，女孩才回过神来，她"扑哧"笑出了声："你说，你背着我偷偷地来'故事云'几次了？"

男友帮女孩捋了捋刘海，宠溺地说："不是你喜欢听故事嘛，明明胆小，还偏爱听这种惊悚的。我就想着，以后我来给你讲，讲个长长的故事给你听，一讲一辈子的那种……"

《魔鬼大亨》（上中下）

《魔鬼大亨》（上中下）